万征 著

在去看房子的路上

广西师范大学出版社
· 桂林 ·

图书在版编目(CIP)数据

在去看房子的路上/万征著. —桂林：广西师范大学出版社,2017.9
ISBN 978-7-5598-0182-1

Ⅰ.①在… Ⅱ.①万… Ⅲ.①游记-作品集-中国-当代 Ⅳ.①I267.4

中国版本图书馆 CIP 数据核字(2017)第 204983 号

出 品 人：刘广汉
责任编辑：阴牧云
助理编辑：谭思灏
装帧设计：璞茜设计

广西师范大学出版社出版发行
(广西桂林市中华路 22 号　　邮政编码：541001
网址：http://www.bbtpress.com)
出版人：张艺兵
全国新华书店经销
销售热线：021-31260822-882/883
山东鸿君杰文化发展有限公司印刷
(山东省淄博市桓台县寿济路 13188 号　邮政编码：256401)
开本：890mm×1 240mm　1/32
印张：10.375　字数：195 千字
2017 年 9 月第 1 版　2017 年 9 月第 1 次印刷
定价：56.00 元

那些远处的房子，
是令人向往的房子，
更是令人神往的房子。

行走的路便是有故事的路。

即使行走在崎岖的小路上，
也未曾迷失方向。

有时，行走者虽已知道故事，
可一旦在真实的空间中行走，
故事在某种意义上仍被重述。

目录

CONTENTS

序　看房子，以及在去看房子的路上

有人类学家认为，早期人类生活在树林中，靠上下攀爬完成各种生活行为。后来，从森林到草原，两足直立行走扩展了人类活动的水平空间范围，而原来向上攀爬的行为渐变为对水平空间的延展。“远处”意味着期待、幻想，能去远处意味着一种能力。于是，“行走”被赋予了一种文化的意义。

这是一本随笔集。集结在这本文集里的大部分或长或短的文章与我去远处看房子有关，它们是我在 2013 年至 2015 年间所做的几次远行后的手记。这些围绕建筑之旅而书写的文字，有不少大家可能并不陌生，很多我认识的或不认识的朋友已在我的个人微信公众平台上阅读过，其中有四篇文章于 2014 年和 2015 年先后发表在生活·读书·新知三联书店出版的《新知》杂志上。

我很难给这些文字下一个笼统的定义。不管是在写作之前还是在写作之后，我其实都无法简单地定义它们。我去过的这些地方并不是旅行攻略中常介绍的具有代表性的热门景点，它们完全不能成为对一般旅游爱好者有参考价值的旅行指南，因为它们并不是普通意义上的旅行。

很多年前读过香港女作家西西的随笔集《看房子》，

我很诧异这本小书里文字的轻松随意，如其书名一般的，轻松而随意。啊，看房子，好像不过就是背个旅行包，穿双轻便舒适、防滑耐磨的徒步鞋，走着走着去看呗。甚至她写奥斯维辛集中营时也不过就是那么寥寥数笔便勾勒出来了，读者不觉得有多么阴森恐怖，有多么悲壮惨烈。她去了那么多的地方，看了那么多的房子。古的、今的、中的、外的，以我个人的旅行经验不得不佩服人家都能写得出来，都能说到点子上，哪怕就是蜻蜓点水地说上几句，偏偏也是精准的。当时我就在想，看房子真那么轻松吗？或许，写作者的意图便是要呈现出一种“轻松”之态。房子本身不浪漫，而作家就是要把“看房子”写成一个个浪漫的故事。当然也有例外，美国当代旅行作家保罗·索鲁的文字却要颠覆人们对旅行之“浪漫”一贯的陈旧看法，在其代表作《老巴塔哥尼亚快车》里，他详尽细致地描写了旅行中所遭遇的艰辛：那些琐碎，那些疲累、平淡、乏味，甚至还有些丑陋。

应该说所有的文字都是被提炼出来的。一个写作者总会以个人的方式去引导读者的视点。旅行写作是在文字中所做的再次旅行，它通常会放大我们视之为平常状态的某些方面。

在这几年的很多时间里，我都行走在去看房子的路上。在我的旅行写作中，“房子”是一个主题，严格意义上来讲它们都是些小房子，是我个人感兴趣的小房子，它们构成了这些文字最主要的部分。这些房子不是深藏于密集大都市中的某一栋楼里，便是偏隅于哪座远方的小岛上，要在有月色的夜晚去寻访，或是迎着清晨初升的太阳漫步到那里才更耐人寻味。我或许曾经在电影里看到，在书里读过，无论是小说还是游记，无论是专业史论还是闲聊八卦，都构成了我对它们追索的无限兴趣……就这样，对房子本身，对设计房子的人，以及曾经居住在房子里的那些已故之人的兴趣都集结在字里行间，述说着一个个关于房子的故事。有时，作为行走者的我虽已知道故事，可一旦在真实的空间中行走，故事在某种意义上仍被重述。这些故事的内容，似乎也是在用放大镜看这些小小的房子，于细微之处，端详凝视，房子在我眼里被无限放大。于是，小房子在我的文字里倒是变成了大房子。我也同样诧异于自己的这种个人兴趣，不过是一座座小房子，看得那么专注，还要写出那么多的字，看房子哪能这么看?

已故美国建筑师菲利普·约翰逊曾说：“学习建筑的唯一方法是出门到那个地方去，置身在那个建筑物之中。”即便房子的平面图早已了然于心，但空间的故事却只能是在那个具体的空间里展开。看房子需要亲身去到那里，徒步接近建筑物。你可能会穿越一片密林，或登上有些许曲折的、平缓的山坡路，再通过长长的廊道，看着树林斑斑点点的树影投在房子或灰或白的外墙上，听着身后瀑布那哗啦哗啦流淌的水声，或被小雨淋着，或被太阳晒着……然后走进去，呼吸那里的空气，感受那里的阳光，寻味光影的变化，感觉空间的温度、湿度，以及每一粒浮动着的尘埃。不仅用眼睛看一看，也用鼻子嗅一嗅，再用手摸一摸，还用脚踩一踩（感受地面的质感）。这样，你就能说出从这里走到那里需要多少时间，你还能说出厨房的位置对于整个空间的重要性。当门开启时，你首先看到了那把曾经在教科书上看到过无数次的躺椅。你是从左边进去的还是从右边进去的，是从北门进去的还是从南门进去的，感受亦不相同。你踩着台阶一步步上楼，木质地板发出“咚咚咚”的沉闷响声，楼梯口的砖墙上挂着一张建筑师母亲的照片，阳光斜照在窗前一张放着绘图工具的工作台上。你走到窗户边拉开窗帘时看到了缓缓起伏的山坡上有盛开的白色野花，窗外有一棵红橡树。你来到露台上感受到晨露的微凉，靠在栏杆上眺望远处的池塘，观察天空的颜色，以及庭园里那些飞过的小鸟，还有苹果树开的花……总之，必须亲历其中，方可感受和体味只属于那空间的独特氛围。

看一座房子，就是穿行于这座房子之中。然而房子并不属于穿行之人，你只是在其中穿行，这使“看房子”成为一种弥足珍贵的行为。你永远无法拥有它，你只能怀着一颗虔诚的心去接纳它，靠近它。由距离产生的这种珍贵，必须由辛苦的行走去实现。“看房子”是用眼，用脑，更是用脚的丈量去体验的行为。“看房子”不像是去博物馆看画，一次可以看很多。有时，你历经千辛万苦，也只能看一座房子，它或大或小，无论它在什么地方，只要你想看它，你就得想办法去看。那些远处的房子，是令人向往的房子，更是令人神往的房子，是需要颇费周章才能看到的房子。就是这样，你专为它而来，你必须认真看它，端详它，打量它。所以，建筑之旅就是专为某座房子而量身定制的旅程，也是在一系列房子间辛苦奔波的旅程。在一个相对短的时间里看很多的房子，难免囫囵吞枣，以致消化不良。

记得前年的8月，在芬兰从伊马特拉返回赫尔辛基的路上，我有点不好意思地跟同行的建筑师朋友们说："这几天，看了阿尔瓦·阿尔托（1898—1976，芬兰现代主义建筑大师）的作品后，因为这一道道太过丰盛的菜，我确实感到自己有点消化不良……"我自己也不清楚为什么把房子跟菜扯上了关系。不想，回国后不久的一天，在研读一位日本建筑师对阿尔瓦·阿尔托建筑的考察手记时，竟然读到这么一段："如果走访阿尔托一件件优秀的倾力之作的话，我的胃会有种渐渐下垂的感觉。阿尔托这样伟大的主厨，每一件作品都是倾尽精力所做出来的美味大餐。若是一个接着一个出现在眼前，因为每一道菜的味道都非常浓厚，没有相当的能耐，必定消化不良。"呵，竟然会有如此惊人相似的感受！我为自己有这么一位知音而感到颇为高兴。

一般我们在吃了一顿美味大餐之后都需要时间慢慢消化，为了不至于"胃下垂"，写这些文字正是帮助自己细细咀嚼、慢慢消化的过程。我以这样一种方式保存自己对这些看过的远处的房子的长久记忆。书里也有一些没有具体写哪座房子的文字，它们虽没有写房子，却写了在去看房子路上发生的事。

在这条路上，行走已不再只是身体的移动方式，它更是自我面对世界的方式，是另一种形式的阅读和思考。重要的是须踩着自己的步调走路，不必匆忙，避开热闹。然而道路不直，亦不宽敞，且没有尽头。很喜欢已故意大利作家翁贝托·埃科在他著名的小说《玫瑰的名字》里的一段话："即使行走在崎岖的小路上，也未曾迷失方向。"

行走的路便是有故事的路，希望自己能一直走下去。

万　征

壹 房子上面的房子

只有亲身体验了被柯布亲切地称之为「我的家」的莫利特公寓，才能感受到一个真实的柯布，一个既作为伟大建筑师又作为平凡人的柯布，并因而成为一个真正的柯布迷。

“我现在已不住在雅各布大街20号了，来信请寄朗吉瑟-高利大街24号，巴黎（16°）。”——这是我在《勒·柯布西耶书信集》里读到的柯布于1935年10月4日写给朋友路易·苏提尔先生信里的一段话。是的，柯布从1934年起便居住在此，直至1965年去世。

朗吉瑟-高利大街24号公寓又被称为“莫利特公寓”。也许，它并非是勒·柯布西耶最著名、最具代表性的作品，却是我此次到访巴黎最想拜读的作品之一，因为该公寓最上面的七、八两层是柯布自己的家兼艺术工作室，可以说是柯布所有作品中极特殊、极另类的一件。

其实，从现代建筑史的角度看，这幢公寓绝对很重要。它是柯布西耶与其堂弟皮埃尔·让纳雷于1931年至1934年合作的一个实验性项目，不仅充分体现了自1922年以来柯布在城市化研究中的诸多理念，展现了“别墅公寓”这一新型居住形态所具有的诸多元素，满足了“光辉城市”居民应享受的“天空、阳光、风景、树林”这些“最基本快乐”的诸多条件，同时，柯布也将“新建筑五点”应用于诸多细节中。这使它成为一个现代生活方式的展示场，一个依据个性化需求设计的具有相当灵活性的房子，拥有开敞而自由的平面风格，且每一层平面均不同，房间的数量和尺寸根据住户的需求而量身定做。既是建筑师又是居住者的柯布用自己的资金建造了最上面两层属于自己的公寓。

建筑师为自己设计的家一直都是我颇为关注的，得知在此次柯布建筑之旅中将要参观莫利特公寓，我便兴奋不已，充满了期待。

一

参观莫利特公寓是在我们到达巴黎后的第二天，即2013年7月20日，作为此次柯布建筑之旅的第一天，大家精神饱满，体力也充沛。参观莫利特公寓被安排在下午。

夏日午后的巴黎，炙热的太阳热辣辣地烘烤在身上。乘车来到位于巴黎第十六区一个安静的住宅区，大巴车停在离要参观的莫利特公寓三五百米远的街区，我们下车步行前往莫利特公寓。这是一个房子楼层大都在六七层且一栋紧挨一栋的公寓楼住宅小区，莫利特公寓就伫立在临朗吉瑟大街成排的建筑中。

我们看到的是房子的东立面，约12米宽。街道不太宽阔，不能退到很远的地方观赏，相机也不能拍到房子立面的整体。从外观看，这幢建筑并没有柯布其他作品所具有的那种煽动性特征。初粗看去好像只是一幢普通的城镇住宅，但它与周围那些20世纪20年代至30年代建造的具有装饰风格的砖石混合饰面的建筑相比却明显不同，有着很独特的现代风格。大面积的玻璃材质轻盈透明，与混凝土板以及深色金属角框和阳台栏杆的线条构成有节奏感和精确性的整体效果，透明玻璃、玻璃砖和夹丝玻璃形成不同透明度的虚实对比，各种不同的元素统一在柯布的机械美学风格中。

尽管它与印象中的皮埃尔·沙雷奥于1928年至1932年为Dalsace医生的住宅兼诊所设计建造的“玻璃房子”有几分相似，但柯布的这个立面却是个具有明确横向长窗的“自由立面”。首层与上层截然不同，略微后退的墙面由白色大理石、带槽纹的水泥，以及被推拉橡木百叶窗遮蔽的大面积釉面砖构成，上面是二层那带黑色金属扶手的开敞阳台，再上面是贯通三、四、五层的向外延伸的大面积凸窗，被玻璃砖和透明玻璃水平交替划分成五层，因而形成带型的“水平长窗”。凸窗的上面是五层的阳台，最上面的两层就是柯布西耶的工作室，表面全是透明平板玻璃，与其他层截然不同，并略有后退。

首层中间的入口门廊前有一根看似随意的混凝土柱，数块窄窄的面垂直构成带棱角的圆柱，使人想起古典的石头柱式，同时也感觉到底层架空的空间感。穿过门廊的玻璃门进入首层的入口门厅，便能强烈感受到一个充满变化的空间。空间高约3.5米，弧形墙具有一种导向性，在狭窄而纵长的空间左前方，紧挨着弧形墙面有一根黑色的圆柱，再往前是一个略呈正方形的空间，在正中偏右的位置又有一根黑色的圆柱。墙与柱被很偶然地随意布置，这让人能真切体会到柯布“自由平面”的意蕴，一场建筑的漫步在此展开……门厅极其简朴，除了北侧墙面有一幅巨大的壁画——《直角之诗》(柯布去世以后加上去的）以外，整个空间别无装饰，透过磨砂玻璃天窗投射下来的光线使空间呈现一种灰白的色调。

弧形墙的背面是位于内庭院且通往公寓各楼层的主要楼梯，紧挨着楼梯在厅南侧有一部小型电梯，这部电梯小得仅能装载三四人。我是最后进屋的，当时大部分人都乘电梯上楼了，等了许久电梯都没下来，最后我还是决定爬楼梯上去。出了左侧的门厅门走到只有二十几平方米的内庭院，往左转就来到一面是半圆形的楼梯间。这是一段很小的螺旋楼梯，一路往上，再往上，登着台阶转了好多圈，总算是来到了第七层——这个层层向上的过程真是一个有趣的开始仪式。这时，我看到迎面墙上有一块金属小标牌，上面的英文写着“Le Corbusier’s apartment left, 7th floor”(勒·柯布西耶故居，7层)。到了！就要见到自己仰慕已久的大师的私人住宅，心里难免还有点儿紧张呢！

二

| 光的房子

柯布的私人寓所和工作室同在第七层。进到房子里，顿时，一种惊异和兴奋的情绪油然而生！室内没有一丁半点的人工照明，连灯具都很少，有的只是一派阳光灿烂的景象——整个空间都沐浴在温柔而明媚的自然光中！阳光自东西两面被柯布称为“日常快乐载体”的玻璃墙大量涌进，来自公寓中部南北两侧的内庭院的天光透过夹丝玻璃墙面在空间中均匀地漫射，光线也透过屋顶花园的透明立方体倾泻而来——光，在整个房子里弥漫着、律动着、挥洒着……这是一个光的容器，一个真正意义上的光的房子！这时，记忆中柯布的一句话浮现于脑海："这是与阳光的游戏，一拥而入的光，照亮了墙，生成了影。"

勒·柯布西耶，一位热情讴歌光的诗人，他将"光"定义为"光辉城市"的核心元素之一，是人们生活"最基本快乐"的源泉，它唤醒着诗意的栖居……这时，我感觉这房子仿佛很轻很轻地漂浮起来，穿过云层来到一种宁静而祥和的天堂般的境界中。

| 拱顶与碎石墙

整个第七层约有 230 平方米。东西两翼以拱覆顶，西翼是住宅部分，东翼是绘画工作室。我首先来到临朗吉瑟大街一侧的绘画工作室，柯布正式称其为"耐心的研究工作室"。巨大的白色拱顶使空间显得很高敞，它约有 3.5 米高，6 米宽，12 米长，靠东面玻璃长窗一侧的中间有一根在柯布建筑中很少见到的 V 形柱。北面有一整面由裸露石材和砖构成的墙体，粗糙的表面顿时使空间有了艺术的质感，这一粗朴的传统建筑材料与玻璃这一光洁的现代材料形成强烈对比。有一段拱被切掉，安上窗户，光线刚好以 45° 角照射在这面碎石墙上——这是柯布的精心设计。以前在书上看到过这面墙，柯布有很多在这面墙的前面穿着休闲装的激情工作照，以及以墙为背景的绘画和雕塑作品照片。照片上的工作室挤满了琳琅满目的物品：画架、画框、画布、画笔、颜料、纸和书。还有各种奇奇怪怪的东西：瓶瓶罐罐、古董照相机、马丁海岬的贝壳、多层抽屉柜……很杂乱，但绝对很有氛围，恰与住宅部分的整洁有序形成鲜明对比。

但此时的工作室，纯净得如一潭静水，除了那个著名的画架、椭圆形矮木桌、靠墙的一个橱柜以外，所有带有柯布印迹的东西全部消失了，没有他的画，一张也没有。在碎石墙的前面，我凝神静思。是啊，建筑师勒·柯布西耶的光环永远比画家爱德华·让纳亥（柯布的原名）的光环更加耀眼。在此，我与柯布的画架合了张影，想象了一下爱德华·让纳亥的画家生活……

｜一扇门，这是我的家

旋转门在柯布的空间里很常见。这里有两扇旋转门，其中一扇深褐色的巨大旋转门将工作室与住宅分开，当门打开时能从工作室看到住宅的空间，从而使两个空间在视觉上联系沟通起来。

门足有 2.2 米宽，柯布将它处理成空间中的一种面要素，他并没有采用常规的做法，如在墙上开两三扇折叠门，或是顶端固定的滑门，而是将一根枢轴安装在门的非对称位置上，一边 0.4 米，一边 1.8 米，没有使用任何五金件，非常轻巧，非常结实，轻轻一推，当门打开时，门扇极优美地伸展开，绝对具有某种威严的感觉，也仿佛人的手臂伸出来，极恭敬地迎接来客：“请进，这是我的家。”我一边拍下照片，一边想着下次有机会也要尝试一下这种门。

书桌不在大小

柯布的书房在工作室的一个角落里，与绘画工作室是连在一起的，中间并没有分隔。在靠一扇小窗的位置有一张木质的小书桌，其实它简洁得就是一块固定的木质桌板，很难想象这是一张大师的书桌。它的确很小，目测了一下，约有 1.4 米长，0.8 米宽。但透过小窗的自然光很柔和地洒在桌面上，使这个小空间显得特别宁静。柯布一生著述颇丰，他那些骇世惊俗、决定着现代主义建筑方向的言论就诞生于这张闲寂的书桌？想象着作家柯布坐在桌边的椅子上读书、写作，或是画着草图，或是看着图纸……是啊，他是一位大忙人。

勒·柯布西耶，一个在一天中至少从事三种职业的人。画家，从早上到中午 1 时；建筑师，整个下午，到大约傍晚 6 时；晚上是作家。他是一个精力旺盛的人，一个多才多艺的人，一个有着生活情趣的人，一个复杂的人。他的坚韧、他的执著，吸引着我，引导着我，他永远是我最重要的老师。

看得见风景的床?

“呀，这床也太高了吧！”“他每天怎么上下床呢？”虽然事前就有心理准备，知道他的卧室有一张非同一般的高床，但当我看到它的时候，心里还嘀咕着这样的问题。如果不包括床的基部和床垫的话，这张床约有 85 厘米高，加上厚厚的床垫就有 1 米多了，可以毫不夸张地说，如果没有梯子或是垫脚什么的是很难上下床的。金属的床架，只露出一端的两根细细的圆柱形床腿，起着结构支撑作用，床头的一端锚固并紧紧地钩在墙面上，木质的床头板、白色的床单使这张床稍显正常些。

曾经在书上读到过关于此床的说法。柯布希望躺在床上可以透过玻璃墙面凝望远方，目光掠过高高的露台扶手，将自己与周围的风景融为一体。这张床对着西面，也就是图雷尔大道一侧，我还真走到露台上眺望许久，确实没有什么很特别的风景，很难想象当时这里有什么风景。

我崇敬的大师，您到底是怎么想的？

| 橱柜

在柯布的《住宅指南》里没有“装饰”一词，有的只是“机器”。作为20世纪30年代的先锋派建筑，柯布公寓的室内设计无疑是相当功能主义的，标榜着一种新的住宅标准。它有着非常朴素的格调：白色粉刷的墙面，边长20厘米的灰白色地砖定义了公寓的大部分地面，洗浴间出人意料地狭小。用今天的装修标准来看，它甚至显得过分的简朴。然而整个空间却有着极统一的风格，这里没有传统意义上的隔墙，很多功能区域都是由一些可移动的装置以及固定的橱柜来进行分隔的——柯布将其定义为“设施”。

“家具，这个体现了积存传统和陈旧习俗的词，将被一个新词取而代之。这个新词便是‘设施’，住宅的设施。”在1925年国际装饰艺术博览会“新精神馆”的室内设计中，柯布使用了“橱柜”的主题，在莫利特公寓中“橱柜”的理念再次得以体现。

除了嵌入墙体的橱柜，柯布还喜欢使用约 1.5 米高的橱柜，这是既能分隔空间又能储物的“设施”，不仅在他自己的公寓，在他设计的其他住宅作品如萨伏伊别墅、马赛公寓、拉图雷特修道院中也能见到。令人迷惑的是，他在自己卧室的转门上安装了一个木制衣帽柜，约有 0.5 米厚，在门的一侧有一个拉手，随着门的开启和关闭，衣帽柜也跟着转门来回转动。亏大师想得出来，每天开关门岂不是很麻烦吗？其实细想之下，卧室的确很小，在门的后面安装一个衣帽柜，既可以节省空间，又可以通过这种独特的“设施”来强化“房屋是居住的机器”这一概念。

｜厨房

我来到靠近起居室兼餐厅一侧的厨房。这里被柯布认为是住宅里最重要的场所之一，是展开生活的地方，是一处更具功能性的空间——确切地说，柯布的厨房是一架制作食物的机器，冷静得极像个实验室。

开敞式的平面布局，由餐具室和烹饪室两个部分组成。厨房的“设施”是一些工作单元，单元分上半部分和下半部分，上下由两个细小的钢柱连接支撑，上下部分之间是操作的空间。橱柜用于存放各种家庭器具，分两层，物品可以从两面分别拿取。柜门为可推拉的木制夹板，操作台面是锡制的，有些部分铺砌着 22 厘米乘 7 厘米的陶瓷面砖，地面铺砌 7.25 厘米乘 14.5 厘米的白色瓷砖。在靠窗的地方有两个洗涤池，在另一侧设有炉具。

| 楼梯雕塑

在柯布的建筑空间里，总是存在着一个垂直的空间序列。“进入——建筑的表演随即在眼前展开；沿着一条流线，场景相继呈现……”一路向上，步移景异，直至看到充盈着阳光的蓝天，以屋顶花园来结束这场建筑漫步。通常，楼梯是柯布空间里一件极其重要的道具，它既具功能性，又具表演性。

在工作室与起居室之间有一段通往上层，即第八层屋顶花园的小螺旋楼梯。小楼梯用混凝土制成，深灰色的台阶与白色曲线柱面形成强烈对比，屋顶的阳光洒落其上，美丽的光影分外迷人，其造型和色彩在整个空间中格外突出，具有很强的装饰性，恰似一座楼梯雕塑。

三

参观完柯布的寓所兼工作室，我按原路从楼梯下去，再次体验刚才上楼时的过程，只不过这次是向下，而刚才上楼时的兴奋与紧张现在已变成了一种释然，一种做学生时每完成一次作业后的释然——因为，我又完成了一项重要的功课，这便是对柯布私人空间的解读。

作为一个标准的柯布迷，我以为除了用一生去阅读他那些著名的书籍，了解他所有的作品并熟记于心以外，还必须亲身去看他设计的那些著名房子。但是，仅此还不够，要真正解读柯布这个人，哦，而不是那个神，我认为莫利特公寓是必须要看的。只有亲身体验了被柯布亲切地称之为“我的家”的莫利特公寓，才能感受到一个真实的柯布，一个既作为伟大建筑师又作为平凡人的柯布，并因而成为一个真正的柯布迷。

正如每次要离开那些我所景仰的大师的建筑时都会闪过的一念：此生还能再见吗？当我将要离开莫利特公寓时又一次问自己。是的，这是一个回答不了的问题，但是有一点是肯定的，至少我来过了，我看到了，我感受了，哪怕此生仅此一次……

2013 年的夏天，我无愧是一个真正的柯布迷。

2013 年 9 月 22 日初稿

2014 年 8 月 3 日定稿

原文刊载于三联书店《新知》2014 年 9 月刊

贰 让·努维尔之「红」

正如我们有很多方式来欣赏一部电影——它的美学、它的动感、它对颜色以及语言的运用、它的叙述性结构、它的个性，等等。同样，我们也可以有很多方式来欣赏一栋建筑，比如，它的色彩。

“呵，法国人很喜欢红色啊！”

2013年7月炎夏的某一天，我坐在法航的波音777-300飞机上，从上海飞往巴黎。在途中，在高空中，我意识到这个不大不小的问题。引发我想到这个问题的是法航飞机上为旅客准备的红色餐巾纸。也许，是对伯纳德·屈米设计的拉维莱特公园印象太过深刻？那几个鲜红的构筑物在一片绿草地上，强烈的色彩冲突久久挥之不去。可眼前的红色是一种深红色，既不太艳丽，也不很沉浊。

应该说红色是惹人喜爱的。当笑容可掬的法航小姐将色彩配搭无比艺术的食物餐盘递到我手上时，我不禁因餐盘里那手感厚实的红色餐巾纸感到了一种特别的愉悦。首先，这红色让我立刻联想到盛产于法国的红葡萄酒，叫它“波尔多酒红”吧？应该是个不错的名字。法国人天性中那种乐观、开朗、热情以及浪漫在这好看的红色中表露无遗……另外，红色的餐巾纸不也很适合被用来擦拭女士唇上的口红，以及男士唇上的污渍吗？那倒是要比白色餐巾纸更为雅观。

但后来让我为这种“红”着迷的则是位于巴黎塞纳河

畔的一座房子。

说实话，这次的法国之行是柯布西耶建筑之旅，是冲着柯布去的，行前满脑子装的都是柯大师，行程安排里也没有这位让·努维尔先生的作品。在去巴黎之前，我确实对让·努维尔这位法国建筑师知之甚少（尽管他非常有名，我却没有对他特别感兴趣），记忆深刻的是他设计过一座光影斑斓的建筑——阿拉伯世界文化中心，仅此而已。

在巴黎的这几天，我既被巴黎盛夏的艳阳热情地拥抱，又沉浸在造访柯大师作品时无比的幸福中。哪晓得在离开的前一天，在一场骤雨中我邂逅了一座美丽的红房子，让我对这位让·努维尔先生另眼相看。

记得那天很闷热，行程安排也很少。上午参观奥赛美术馆结束后，导游说："咱们中午找个咖啡馆坐坐吧，下午去购物。"于是，就有人提议："顺便去看看那座房子吧。"我甚至没有听清楚说的是哪一座房子，司机就把我们一行人带到位于塞纳河边的"那座房子"那儿了。这时，我听到身后有人说："让·努维尔设计的原始艺术博物馆。"于是，我脑子里马上闪现出一位在建筑书籍和杂志里经常看到的大鼻子、光头法国人。

既然是顺便，当然就没有多少时间，当然也不进到房子里（进去要买门票），只是在房子外围看看而已的。碰巧这时下起了雨，我有些犹豫……但既然来了，还是下去看看吧。

给我们开车的葡萄牙裔司机将车停在路边，领队宣布只给半小时的时间。我一边撑伞一边下了车。先看到的是基地外围一道长长的约有12米高的玻璃围墙，玻璃上印有一些法文字，并张贴着一些海报，玻璃后面是浓密的植物。房子并没有一下子就出现在眼前，远远映入眼帘的是在浓密植物遮掩下，露出的几个鲜艳的红色体块。

我一点儿没有意识到一座将让我惊喜的建筑就在眼前。

雨中，踏着蜿蜒的小路，穿过葱茏的密林，随着那几个红色体块越来越近，雨却越下越大了……在穿越了长长的绿色隧道之后，眼前豁然跃进一个红色的庞然大物。那几个红色体块下面有一个依然是红色的架空层。走进去，石板小路以及茂密的植物也延伸进去，将建筑内外连为一体。架空层大约有两层楼那么高，粗壮的红色圆柱在架空层里结结实实地托起一片红色的屋顶。嗯，这不就是那种红色？飞机上餐巾纸的红色，被我命名为“波尔多酒红”的那种红色，我边看边这么想着。

继续往里走，是钢和玻璃的轻盈体块，极好地烘托出那红色的厚重。这时，雨已经下得很大了，为了躲雨我来到博物馆售卖旅游纪念品的一个大厅，才知道这博物馆叫作盖布朗利博物馆，一座专门收藏亚、非、美、大洋洲原始艺术品的博物馆，接纳了来自四大洲的超过三十万件藏品，常年展出属于世界文化遗产的艺术品达三千五百件。进口处有几尊非洲人像木雕，人像旁边有一排放雨具用的红色木盒，我将湿淋淋的雨伞放进其中一个盒里，转身来到大厅。大厅里有很多介绍博物馆展品的图书、画册以及各种纪念品，从铅笔、钥匙扣到冰箱贴，都是非常惹人喜爱的小玩意儿，我买了几个图案精美的冰箱贴，结完账特意微笑着跟收银的法国老太太说了句“Merci！”（谢谢！）。

这时离集合的时间只有几分钟了，我拾起放在木盒里的雨伞开始往回走，再一次快速穿过那红色的架空层，再穿过密林，走出玻璃围墙，来到刚才停车的地方，却没有看到车。打电话给导游，他说那里不准长时间停车，所以他把车开走了，过一会儿就回来，叫我等着。正说着，雨开始下大了，而且越下越大，大到不行了，雨伞也没有用。我以最快的速度穿过树丛，再次跑回刚才那个架空层里，这里倒是躲雨的好地方。这时，我很意外地发现了不远处的埃菲尔铁塔，哦，原来它们离得如此之近。

在这盛夏的某天，徜徉于巴黎街头，不经意间就能和让·努维尔的建筑撞上，但我怎么也没想到那阿拉伯世界文化中心跟这房子出自同一位建筑师之手。阿拉伯世界文化中心拥有一整面科技感十足的玻璃墙，上面整齐地排列着圆形光圈式的花纹，扑朔迷离的光影成为建筑空间最好的装饰，而眼前的这座建筑分明是粗犷厚重得如原始森林一般。这是一种拙朴的红色调，从大红到土红，到偏紫的暗红，不同的明度和纯度。它应该是属于人类最初的颜色，一种属于大地的色系，泥土的颜色、血的颜色、太阳的颜色——充满生命的颜色。它也如一股驱走寒冷与黑暗的火焰，静静地、炙热地燃烧，向上伸展，直指天空，在周围绿色密林的映衬下更显得娇艳、妩媚，甚至疯狂。这激情与喜悦的红色，无不充满着感性、好奇、敏锐、探索甚至是冒险的精神，仿佛将我们带入对远古文明的奇思遐想中，我似乎就要融化在这一片很艺术、令人兴奋、使人沉醉的红色中……

我下意识地感觉到这“红”不仅很原始、很艺术，而且很法国。让·努维尔，一位有着极高艺术天赋的法国人，将“红”的温暖、率性、阳刚与热烈同祖先的艺术以及法国人骨子里那些优越感极精妙地结合起来。色彩在建筑上竟有如此强大的表现力！是的，我喜欢这红色，我真的为这红色所折服！

大约十分钟以后，雨开始小了，导游打来电话说车来了。我才慢慢从对那红色的臆想回到现实中来，走出架空层，离开那红房子，但自此我却开始走近让·努维尔的建筑世界。

2013年的夏天，在巴黎，在雨中，我邂逅了一座建筑，一种红色。没有事前的准备，没有对整个建筑做预习的功课，不知它的平面规划，甚至没有走进去。只是一种邂逅，一种偶遇，从外观和色彩，就这么感性地一瞥，真的能懂它吗？正如我们有很多方式来欣赏一部电影——它的美学、它的动感、它对颜色以及语言的运用、它的叙述性结构、它的个性，等等。同样，我们也可以有很多方式来欣赏一栋建筑，比如，它的色彩。

我脑子里突然闪过一部小说——《我的名字叫红》，是我喜欢的土耳其作家奥尔罕·帕慕克的成名作，其实我更喜欢这个书名。呵，不如就叫它“红”吧。

我管它叫让·努维尔之“红”。

2014年1月24日初稿

2014年2月19日定稿

叁　从51街出发

每天早晨我就从位于51街的酒店出发，向北或向南，步行穿过街道，穿越城市。我去书店，上博物馆，逛小商店，在公园里小憩赏景，漫游闲步于这座城市中……

去年8月，我去了纽约，在那儿住了几天。

我住在曼哈顿中城东51街。每天早晨我就从位于51街的酒店出发，向北或向南，步行穿过街道，穿越城市。我去书店，上博物馆，逛小商店，在公园里小憩赏景，漫游闲步于这座城市中……

我竟没有带地图，但居然从未迷过路。

时隔近一年，我再来写纽约，写写我在纽约的那些小故事，那些路过的街道、遇到的风景、看见的颜色……

我努力搜寻记忆中模糊的碎片，将它们整理出来。

于是，那些故事变得清晰起来。

| 纽约，该去几次

长久以来，纽约一直是我无限向往之地。

曾经从不同人的口中无数次听到过这样的话语：

“毕业后，我要到纽约去住一年。”

“某某人在纽约。”

“什么时候去纽约？”

“我准备今年去一次纽约。”

说话者的神情中好像一律都有一种不经意间流露出的充实感和满足感……不知是怎么回事，每当听到纽约，想起纽约，总会有一种莫名的激动，而当口中吐出 New York 这个地名的时候，语调总要带出那么点“范儿”的味道。这座城总能使人浮想联翩，它的魔力总是持续吸引着我。

是记忆深处的视觉影像太过深刻？那些冷峻的建筑、密集的街道、匆忙的人流……是有关它的电影、影视剧故事太过庞杂？那些俊哥靓女、爱恨情仇、恩恩怨怨……是幻想着亲自在纽约街头买一份当天的《纽约时报》，或是一本每期 6.99 美元的《纽约客》杂志，然后找一家星巴克咖啡，坐下来一个人消磨一下午的时光？悠闲地喝着咖啡，一边欣赏着街景，一边读着《纽约客》里的漫画和小说，仿佛自己也成了电影里的小人物，在这钢筋水泥丛林的都市里过着微不足道的生活。抑或是想去寻找、去发现一点这城市跟很多人之间的蛛丝马迹？伍迪·艾伦、杰克·凯鲁亚克、菲茨杰拉德、小埃德加·考夫曼（流水别墅第二代君主）、约翰·列侬、安迪·沃霍尔、草间弥生、雷姆·库哈斯、刘易斯·芒福德、坂本龙一……太多太多的人，他们跟这座欲望的都市有着这样或那样的关系，他们的人生故事在这座城市的舞台上演，丝毫不逊于百老汇每天上演的那些精彩剧目，那些昼与夜、富与贫、男与女……一切的一切都是那么具有诱惑力。

从纽约回来后不久的一天，跟一位朋友聊天时听到这么一句话：“关于罗马，不存在该不该去这个问题，要考虑的问题是该去几次。”其实，我当时在心里也暗自说了这么一句："对纽约来说也是一样。"

因为，总的来说，纽约太庞杂、太丰富，短暂的时间根本无法抓住其一二。它就像一本书，一本厚厚的书，需要用尽心力地去阅读。这是一座需要反复阅读的城市，住下来，慢慢地，不着急，徒步去看，去感受，去吸吮它的空气和味道，去沐浴它的阳光和雨水，去享受它的静谧，并体会它的喧嚣。

是的，至少三五次，也许十次，或许二十次……

作家舒国治说，他每隔十来个月就会去一次纽约。这是不是有一种上瘾的表现？就像我总是对日本导演是枝裕和的电影上瘾，每隔一段时间，在想要让自己放松时，就会想起他的电影，翻出来看很多遍，比如《步履不停》，比如《无人知晓》，比如《如父如子》……唉！我相信这是真的。去年 8 月，我去过纽约，算来也快整整一年了。果真一想起纽约，就又想再去，因为纽约这本书还没有读完，远没有读完。

是的，纽约的确是会叫人上瘾的。

心里盘算着，纽约，我该去几次？

| 火车之旅

纽约是坐火车去的。不为别的，就想体验一下美国的火车。

那是在华盛顿停留三天后的一个早晨，从酒店乘出租车来到华盛顿联合火车站。因为火车票已经在头一天买好了，9 时 30 分的车票，8 时 30 分我就到达了火车站，所以时间比较宽裕，我可以很从容地看看火车站。其实，在国内已经很多年没有坐过火车了。火车站是拥挤和嘈杂的代名词。读书的时候坐够了火车，一想起来就后怕。毕业工作以后基本不坐火车，只是前年有一次去重庆出差，三百四十多公里的路程，觉得自己一个人开车去也许太辛苦，突然想，嗯，不如坐坐动车吧，还没坐过呢！于是，才在多年没有坐火车的情况下去坐了一次。还不错，比我想象的好，舒适、方便、快捷。相对于飞机，火车慢悠悠的速度更可以让人有机会近距离地看看窗外的景，以及身边的人和事。

那天清晨下起了小雨，我拿着相机，打着雨伞在火车站前的环形广场上转悠。人很少，很空旷。一群鸽子在喷泉边嬉戏，一对印度父子在广场的雕塑喷泉旁幸福地拍照，出租车排列在车站大厅门口准备接客。

火车站是一座白色的房子，一座用花岗岩砌筑的新古典主义风格建筑，大约建于20世纪初。拱券和爱奥尼柱式的搭配俨然有“帕拉迪奥母题”的影子。平缓的尺度、檐口的线条、檐部的雕塑、底部的大基座，这些元素都有，但比例和尺度都不正宗，细部也不纯粹。在去过意大利之后，我看很多古典主义的房子时都有一种仅仅貌似的感觉，会觉得味道不够纯正。是的，美国的建筑历史不长，甚至于华盛顿这座城市也没有太长的历史，整个城市的建筑都是那种被简化的古典主义风格。

车站室内的人也不多，高侧窗照射进来的光线很柔和，甚至让人觉得空间比较幽暗。站内有很多小商店、品牌店，进去看了看，价格都比国内的低很多。麦当劳餐厅里有免费的wifi，想上网可以随时进去。

来到准备乘车的检票口，已经有些人在门口的椅子上坐着等候。刚好正对面有家麦当劳，有 wifi 信号，很多人拿着手机在上网。我面前有一位美女和一位帅哥，拖着自己的拉杆箱，认真地看着手机。一位很胖的上了年纪的黑人男子打开进站通道的隔离栏，人们自然地排好队依次进入，没有人争先恐后。

进入站台后，我拿出车票来看是几号车厢，但票上并没有车厢号，月台上也没有可以询问的乘务员。眼看开车时间快到了，我便就近上了一个车厢。车厢里很空，近门处已坐了两个黑人，朝里走，很多位置是空着的，椅子上没有座位号，再看车票上也没有座位号，正和我家 Miss D 激烈地讨论座位是不是可以随便坐时，身后的一位白人帅哥起身跟我们说道："没有座位号，随便坐。"啊，他就是刚才进站等候时站在我前面的那位男士，且更为重要的是，他说着一口流利标准的中文，我竟忘了用中文向他致谢，将"Thank you, very much."脱口而出。事后我觉得滑稽，他说中文，我说英文。

美国的火车大体跟中国的差不多，只是装修和陈设还没有中国的豪华，最大的区别是乘火车的人很少。这是因为美国是汽车文化的国度，公路交通高度发达，坐火车反而不那么方便。

火车准时启动，沿途的风景缓缓映入眼帘。这一地带基本没有很荒芜的景象，绿色的原野、奔流的河水、延伸的公路、跨河的铁桥、伫立的电线杆，自然与人文并列杂陈。雨还在星星点点地下着，低沉的乌云、肆意生长的杂草、铁道边的油罐列车，晃一眼看真好像是在中国。但那一排排像兵营一样的农舍、美国式的独立住宅、家家门前入口处的木制小门廊，使我想起电影《廊桥遗梦》，那个叫罗伯特·金凯德的男人和那个叫弗朗西丝卡的女人，他们在这样的屋檐下偶然相遇……那斜屋顶是木制的，外墙也是木制的，刷成白色、粉绿等色彩，显得轻便而廉价。每栋房子一般都有两个车库，车库里的车大多是福特、别克、雪弗兰、Jeep之类，这一切仿佛都在告诉你，这里是美国，因为这是他们具有代表性的人文景观。而从那些冒着烟雾的工厂、那一堆堆积成小山的报废汽车、那些房舍墙上随意野蛮的涂鸦中，你又能体会到美国人的生活并没有那么精致和讲究，这里的生活是粗放而简单的，像他们的建筑，将经典简化，只留取实用的部分，像雷蒙德·卡佛的小说，语言坚硬而冰冷，绝没有多余的抒情和感怀。这些寂静的房子和小镇，免不了让人感到一种淡淡的哀伤，恰似爱德华·霍珀笔下那些寻常的人和景，总给人一种很孤寂、很落寞的感觉。我心想，生活在这里大概是很寂寞的吧。对啊，这就是美国。

途经费城的时候，雨停了，天气变得晴朗起来。透过一些高架桥洞我远远地看见那城市，一些玻璃摩天楼矗立在蓝色的晴空下。怎么回事？完全不是我想象中的那座城市，显得那么新。美国是国际主义风格的发祥地，即使是费城这样的老城市，远观也如新城一般。与欧洲相比，美国的人文景观里缺少密度和质感，它们松散、短暂而轻薄。

火车车厢里有无线网络，但我却没多少心思上网。一路的景色看不够，总是让人想东想西，想这想那，不觉之间纽约就已经到了。

火车停靠在纽约宾夕法尼亚车站。从车站出来，我看见路牌上显示着这样的信息：Seventh Ave West 32 St。是的，第七大道，西32街。

立刻，一股巨大的洪流将我吞并，喧嚣、鼎沸、拥挤、嘈杂，扑面而来，我仿佛被推上了一个大舞台，即将要开始我在这城市流浪的表演。曾经在无数电影里看到的画面真的就出现在眼前。哦，我掉进了一个资本主义的深渊，我立刻变得渺小起来。

天堂还是地狱，就在这一念之间。

真有“我不入地狱谁入地狱”的感觉。

| 步行者

8月清晨的纽约，真的还有点冷。阳光灿烂，空气清新而干燥，且带有丝丝凉意。

8时，我穿着薄毛衣和牛仔长裤，戴着布檐帽，从入住的曼哈顿中城东51街的希尔顿逸林酒店走出来，只见熙熙攘攘的街道上已经人流如梭，车流如潮。我停伫片刻，好像要让自己下定一番决心：“真要冲进去吗？”是的，加入这人潮人海，去感受一下这热闹非凡的城市。

到纽约本就是想随意走走，好，那就走吧。

据说，走路是最高级的旅行方式，能走路是世上最幸福的事情，自由自在，想去哪儿就去哪儿，何乐不为？我最喜欢走路。放眼望去，街上也到处是走路的人。他们大多都穿着薄外套，西装革履，提着小牛皮公文包，多是白人，应该是写字楼里的白领。女士多穿平底鞋，戴着太阳镜，长发飘逸，大踏步地向前走，其行路的姿态自有一种高傲的气质。男士多穿笔挺的衬衫，打着领带，目视前方，不苟言笑，如此冷漠而凝重，看上去都很酷。男男女女，活像是从时装杂志里走出来的模特儿。这里没有悠闲的漫步者，这里的人们似乎比世界上其他任何地方的人更懂得时间的价值，更会计算和利用时间。步行者是纽约别样的风景，沉着、急促、果敢、向前……人们在建筑与街道之间穿行，城市慢慢地从沉睡中开始苏醒。

曼哈顿的城市地图纵横交错，规矩方正，南北向街道称 Avenue（大道），东西向街道称 Street（街），据说曼哈顿有两千多个街区，形成栅栏格子状。因此，城市中有数不胜数的十字路口，每一个路口皆有非常明确的路标，指导行人往东去西，朝南向北。路口聚集着各式各样的人，人们在等待，等待绿灯亮起，等待与心中的某个人见面，人生就是一场又一场的等待……每过一个路口，我都感觉像是站在人生的十字路口，选择，等待，人们迎面而来，又擦肩而过，这里仿佛是浓缩的人生舞台。

纽约是充满色彩的城市。清晨的曼哈顿，太阳还没有完全升起来，但天空却是那样的蓝。碧蓝、青蓝、湖蓝、钴蓝……纯净、清澈，没有一丝浮云。这里的光影是独特的，破碎的蓝天，要将头仰得高高才能看到，天空从林中古树般高耸矗立的建筑物缝隙间露出来，阳光只能照到建筑的上部，下部则在浓浓的阴影中呈现出厚重的暗色，这是纽约最具魅力的景观。纽约人好像早已习惯了这种明与暗的分配，这种光影交织的空间世界。

光影之间，密集阵列的摩天楼是曼哈顿的城市肌理，它们彰显着这座城市的财力和雄心。有以砖石为主的折中主义样式，如 1913 年建成的伍尔沃斯总部大厦；有盛行于 20 世纪 30 年代的美术装饰风格样式，如 1931 年建成的帝国大厦；有钢和玻璃幕墙构成的密斯风格样式，如 1958 年建成的西格拉姆斯大厦；有 20 世纪 80 年代历史复古风格的后现代主义样式，如 1984 年建成的美国电报电话公司总部大厦……式样繁多需认真辨别。我惊叹纽约有着惊人的自我更新能力，每一种样式都在默默地述说着一段逝去的历史，有过趾高气扬的年代，也经历过经济危机的岁月。

峡谷间，黄色的出租车排起长龙，拥挤地塞满街道，穿着黑衣的荷枪警察在街道上执勤巡视。灰色建筑物上的美国国旗，红色、蓝色，热闹地迎风飘展，国旗下面是不同肤色的人种，黑的、白的、棕的、黄的，甚是丰富多彩。

有一种包容叫纽约式的包容，这里是一片包容的海洋，它甚至就是一个国度。

| 看戏和演戏

意大利建筑师阿尔多·罗西说：“城市是人类生活的剧场。”城市是各类事件的发生之地，一座有故事的城市是充满魅力的。在纽约，我尤其能感受到这点。

走在纽约的街头，就好像是走在电影的场景里。因为很多电影在纽约的街头拍摄，《电子情书》《一夜迷情》《这个杀手不太冷》《蒂凡尼的早餐》《穿普拉达的女王》《爱在布鲁克林桥》……太多太多，有时真会感觉自己就是来验证一下故事发生的场景。是啊，那街边转角处的星巴克不就是《电子情书》里汤姆·汉克斯饰演的男主角经常走过的那家吗？也不知道自己是走在纽约的街道上，还是走在电影的街道上，戏里戏外，我真的分不清。

刚到纽约的那天，从火车站出来，坐上一位大胡子男人开的出租车，就有一种我在演电影的感觉。大胡子包着厚厚的头巾，有着浓浓的眉毛，两只眼睛炯炯有神地看着我，他问我去哪儿，我用简单的英语跟他交流后就不敢再看他一眼，也不敢再说话了。我一声不吭地坐在他旁边，心里老嘀咕着一些奇奇怪怪的念头。车里肮脏不堪，就连脚下的烟头也让我联想半天。这是谁的烟头？这车里有没有炸弹？悬念啊，一路紧张，到了位于东 51 街的酒店门口，一位身穿黑色制服、身高足有一米九的高大棕色人种男人微笑着从外面帮我打开车门，并用流利的英语跟我说道："Hello! Welcome to New York!"（你好！欢迎来到纽约！）。顿时，我紧绷的神经才松弛下来。你看，这纽约有多刺激！

更刺激的是，坐在出租车上就能看见街头有拍电影的摄制组，在川流不息的人群中辟出一块场地，拍电影的设备放了一地，一位黑人警察两臂抱在胸前，站在场地中间，也不知道是真警察，还是演警察的演员。一位穿短裤的黑衣男人正在跟两个抬箱子的男人说话，想必他应该是导演……街上的人都若无其事地走着自己的路，没有围观者，没有好奇者，这是纽约每天都会发生的极其寻常的事情。我下意识地看看那些走路的人，揣测着他们到底是真正的行人，还是演电影的群众演员。

一日下午，在下东城的11街看到一群帅哥警察，白人、黑人均有，穿着黑色的警察制服，高帮警靴，头发都剃成美国大兵的式样（头顶是寸头，下面剃得光光的那种），个个戴着墨镜，吹着口哨，潇洒地从我面前经过。然后坐上一辆敞篷的警车，急速地开走。我看得傻眼，呆呆地站着，这是在演电影吗？我正愣着，一位亚裔容貌、穿着湖蓝色长裙的长发女孩朝我走来，她有二十三四岁，用我听不懂的英语问我，大概是问路，听口音她一定是韩国人，因为只有韩国人才说那种英语。我抱歉地告诉她我是中国人，不知道她说的地方。等我回过神来的时候，那女孩已经消失得无影无踪了。

嗨，在纽约这座大剧场里，你既是看戏的，同时也是演戏的。

| 甜甜圈早餐

纽约的早餐绝不典雅，也不精致。

我住的酒店不提供早餐，所以早餐需自行解决。

头一天晚上在附近的超市里买点水果、酸奶和面包，有时也去麦当劳对付一下。但我也想走到街头去吃一次很平民、很草根的大排档早餐。在国内，我从来不会去吃什么甜甜圈之类的又甜又油的高热量食物。但在纽约就吃过这么一次。

那是某日的清晨，照例从酒店出来。肚子是空空的，还没吃早餐。

我从51街出来，一直向南，大约在东45街的一个路口，看到一个印度人的小食摊。食摊是用一辆小型客车改装的，用板子将车身封起来，上面有摊主售卖的食物图片，厨房就在车上，当然很多食物都已经过预加工，放到车上，有客人来买，略微加工后就可以出售。这种食摊在曼哈顿有很多，大多是印度人、墨西哥人经营的，分布在城市的各个路口，它确实解决了一些忙碌的上班族、背包客的就餐问题。食物的味道怎么样？当然不知，但卫生状况不容乐观。

索性就试一试吧。我朝小食摊走去，生意还好得很，排了好些人。我看着板子上的食物广告，盘算着买什么，只有咖啡、奶茶和甜甜圈，甜甜圈一美元一个。当轮到我时，我跟车上的络腮胡印度男子说：“请给我一个甜甜圈和一杯咖啡。”他明白了，先拿了用纸包住的甜甜圈给我。在他给我倒咖啡时，我又加了一句：“请加奶和糖。”他朝我笑了笑。我想，反正都吃了糟糕的油炸食物，不如就再糟糕点吧，所以就要了糖。

背着背包，一手拿甜甜圈，一手拿纸杯装的咖啡，我就这样站在嘈杂的路边，随便找了个地方，是水泥桩还是消火栓都已记得不清楚了，反正是可以放杯子的一个小平台，开始这纽约街头很具地域特色的甜甜圈早餐。

甜甜圈是冷的，表面有一层凝固成白色的奶油和糖，里面是油炸的面圈，但咖啡是热的，还烫手。曾经听过一则笑话，说美国人常常一边手里拿着甜甜圈，一边在谈论着他们的减肥计划。哈哈，他们怎么可能瘦下来，美国人是热爱运动的，但胖子也很多，甚至满大街都是。他们吃热量太高的食物，还特别热衷于吃甜食。我咬了一口甜甜圈，真的不好吃，冷的、硬的，还特别甜。回想在家里的早晨，先吃一堆蔬菜水果，再吃鸡蛋、麦片，或自制的豆浆、奶茶，再有红薯、玉米等粗粮搭配，早餐杜绝油、糖，只加少许的盐。按照我的早餐标准，油炸、甜食全都有，没有蔬菜，没有粗粮，这样的早餐绝对是垃圾食品。

我心想：难道美国人就天天吃这个吗？

| 有米饭的晚餐

不久前读到一则游记，是一位资深旅人写的，说满世界跑的他，有一个很深的体会，就是每到一个地方，只要一遇到中国人，甭管是海南三亚的，新疆吐鲁番的，还是东北大兴安岭的，一坐下来聊天的主题大多都是一致盛赞我们伟大祖国优秀的饮食文化，大概中国人在饮食上还抱有对自己文化足够的自信。

其实各地在饮食上都有自己的特色，纽约是各色人种的大熔炉，各国各地的特色餐饮业也相当发达。但是我却不想把时间大量花在“吃”这个问题上，所以仅抱着不饿肚子的想法凑合吃饱了事，当然是吃不到什么好吃的东西。

纽约的晚餐的确不怎么样。

晚餐是要到中餐馆吃的。不用去唐人街，就在离我住的位于东 51 街的酒店比较近的 41 街上，有家叫“大四川”的中餐馆，在那儿吃过两次，在 46 街的一家颇有名气的叫“五粮液”的餐馆也吃过两次，还有就是在墨西哥人的餐馆吃过两次。

其实，我对口味不甚挑剔，只要健康卫生即可。“大四川”是一位学生推荐给我的，在 41 街一个很偏僻的角落，很小的门面。挤进去后发现里面也是一个长条形的空间。老板当然不是四川人，听口音应该是江浙人。看菜单上的菜价，大体都是素菜九美元左右，荤菜十二美元到三十美元不等。

要了一份干锅，大约二十五美元，里面有牛肉以及辣椒、洋葱、胡萝卜、土豆等蔬菜；一份炒绿叶菜，已记不得是什么菜了，反正国内没有这种菜；一份酸辣汤。菜确实不好吃，很油，很甜，不能跟四川的味道相比。当然是有米饭吃的，就这点来说我还是觉得比吃西餐好。

“五粮液”据说是家老字号餐馆。铺面也很小，我在幽暗的灯光中进到餐馆里，发现室内的装饰、陈设和家具都很陈旧。老板大约六十岁出头，应该是潮州一带的广东人，亲自端菜、上菜、收拾客人用完餐后的碗碟，累得满头大汗。服务生应该都是他们本家的亲戚，全部为男性，没有一位花容月貌的女性，这跟国内的餐饮业形成鲜明的对比。

来吃饭的白种人也很多。上菜时，盘子上都会放一把勺子，这可能是为了方便那些不怎么会用筷子的西方人。这里没有吃公款的，所以尽管桌上的菜也很丰盛，但基本没有剩余的饭菜，全部吃完。这里也没有国内餐馆里那种劝酒的习俗和风气，就餐的人都安安静静地吃，并安安静静地离开。

墨西哥人的餐馆有米饭，有辣椒，这是我选择它的原因，食物称重后可以打包带走，带回酒店房间里吃，所以我就买了很多蔬菜水果沙拉、一些鸡肉、鱼肉、饼，还有炒米饭等。餐馆还会附送面包。

就这样，今天吃吃这个，明天吃吃那个，算是把这晚餐给混过去了。一个人的肠胃真的是深深印刻着自己对故乡的情愫，没有比这更真实的想念，更浓情的思念，更痴情的怀念，多半在这样的时候，身在异乡的流浪感便会油然而生。

| 乘地铁

“The New York Subway System is the largest mass transit system in the world with 468 stations and 842 miles of track.”（纽约地铁是拥有 468 个站和 842 英里长的最大规模的轨道运输系统）。

上面这段文字是我在酒店房间抽屉里的一本酒店介绍手册上看到的。读到这段文字之前，我其实对纽约的地铁早已有所耳闻。它是世界上著名的十大地铁之一，每天二十四小时营运，三百六十五天永不收班，它已经跑了一百多年。

纽约的地铁是城市地面之下的另一个纽约。它是纽约众生相的大舞台，抢劫犯、乞丐、嬉皮士、艺人……都在这座城市有了生活的着落。以前读到一则逸闻趣事，说纽约地铁里的乞丐是有级别的，他们不仅挑食，而且还要价不菲。说不定当你走下地铁时，不经意间就会有个乞丐迎面向你走来，用纯正的纽约英语理直气壮地大声说道：“Five dollers.”（五美元）。好像你真的欠了他五美元似的，谁叫纽约的生活成本如此之高呢？而在其他城市，同样的情况下只可能是一美元。

一日，我在下东城华尔街一带走走看看，到了下午，觉得累了，决定返回。

坐地铁吧，这是我故意安排的。每到一座城市，只要有地铁，我都会去体验一下，何况是纽约地铁呢？

乘坐纽约地铁心里面多少会有些不安，因为它被众人说得挺糟，实际情况则可能更糟。站口倒是很多，分布在城市的各个位置。看见一个地铁站口，二话不说就进去了。下了阶梯，一股热浪迎面袭来。黯淡的光线、陈旧狭小的空间，没看到几位西装革履者，倒是很多黑人以及有色人种挤在站台上东张西望。有背着背包的，有拖着拉杆箱的，有牵着孩子的，有推着自行车的……

其实，我看不懂那密密麻麻如心电图般的地铁线路图，来到卖票的小窗口询问去东51街该坐哪条线。卖票的是一位很胖、戴着一副眼镜的黑人女子，她说了些什么，但我没听懂，但大概是说乘坐四、五、六号线。我把钱给她，她递出车票和找零，我没在意票价是多少，收起零钱，手里拿着票在站台上等着。

站台上，用深蓝色油漆涂饰的圆柱、用卡其色马赛克贴饰的墙面显出几分古典的韵味，虽很陈旧，但它绝对是有历史的。漆黑的约有一米高的垃圾桶靠墙放置着，很有几分霸气，也与美国人的身量很般配。黑乎乎的铁轨中间是密集排列的钢柱，钢柱分隔出向两个方向的行驶轨道，从钢柱间能看到对面站台上走动和等车的人们。

这时，来了一群黑人妇女，年轻的有十几岁，年老的有六七十岁，有几个胖子。她们都穿着浅蓝色的连衣裙，面对铁轨站成一排，手里似乎还拿着一面小旗，旁若无人地放声歌唱。唱的是什么？黑人歌曲，我当然没听懂，只是觉得节奏强劲，欢快奔放，慷慨激昂。这可能是一个什么团体出来做什么活动的。她们不停地唱，还随着歌声摇摆起来，惯于安静的我觉得很吵很闹，但也得到一种深刻的体验，毕竟，纽约的丰富和生动就近在眼前。这，就是纽约呀！

列车驶进了站台，我上了车，没有空位，就站在扶手旁。车厢里的黑人很多，此外从相貌上看，大约有墨西哥人、亚裔人等，白人很少。几天来我在美国发现了一个现象：白领一族，体面的工作，体面的场所，以白人居多；蓝领一族，服务性行业，体力劳动者，低收入行业则以有色人种居多。我发现那群黑人也跟我在同一车厢上。

接下来就得认真聆听报站广播，车上有电子显示屏显示站名，但要是不注意看也很容易坐过站。当听到下一站是 51 街时，哇，好亲切啊！一种很释然的感觉，刚才所有的紧张和不安立刻消除，好像 51 街就是我的家。

| 买地图

在纽约买地图是一段有趣的经历，现在回想起来还觉得蛮好玩的。

那天是我们住在纽约的最后一天，已经在租车行预定了一辆车，准备第二天到肯尼迪机场取车，然后自己驾车去芝加哥。

我们一早从 51 街的酒店出来，一路向北，走过几个街区，大约是六十几街吧，路过街口的一个报摊。一把遮阳的大伞撑起一小块地盘，伞下有个不高的铁架子，上面放了些报纸和杂志，在靠右手边的位置放了好几本约八开纸大小的地图册。上面是英文“2013 North America ROAD ATLAS”（2013 年北美公路地图册），标价是 14.99 美元。我正在翻看时，我家 Mr. Y 走过来说要买一本，带在路上可以看，并说上次来美国的时候买了一本，让同行的吴教授看后遗忘在酒店里，给弄丢了。不过有点贵，要 15 美元一本呢。

我在美国买东西向来是不讲价的，但不知这样的小摊是否可以例外。旁边站着一位像是墨西哥人的男士，我以为他是摊主，就指着地图册问他多少钱，他只摇头说这摊儿不是他的。怎么办？真不知道其他地方还有没有卖的，但也只好走吧。

但过了几个街区，再也没发现有小报摊，觉得还是要先买地图册，万一没买到，第二天上路可就傻眼了。于是，又往回走，准备转回刚才那个报摊去买。东转西转，总算转回来了，远远地看到那摊还在，但站在那儿的男人已不是刚才的那位。我家 Miss. D 说：“我去买吧。”Mr. Y 说：“要跟他讲讲价哦，15 美元一本很贵的。”小姑娘点头同意就过去了。她指着地图册问多少钱，摊主回答说 1 美元。她回过头问 Mr. Y：“老爸，还讲不讲价？”Mr. Y 立刻说：“不讲了。”小姑娘把钱递给摊主，我们拿着地图册心满意足地走了。

后来在去芝加哥的路上，当我们拿出地图册来翻看时，Mr. Y 说：“10 美元一本还是很划算的。”我跟小姑娘几乎同时说道：“是 1 美元一本！”Mr. Y 说：“我怎么听成了 10 美元一本？”小姑娘哈哈大笑起来：“所以，我当时问你还讲不讲价，都 1 美元一本了，还怎么讲嘛。”

“哈，1 美元一本，早知道就多买几本了！”

笑喷。

无语了。

| 人和房子的缘分

我一直相信人与人是有缘分的。人和物呢？例如人和房子是不是也有缘分呢？去过纽约古根海姆美术馆之后，我相信也是有缘分的。

纽约古根海姆美术馆位于曼哈顿上东城，坐落于第五大道 88 街至 89 街之间一个街区的拐角处，对面就是中央公园，离大都会博物馆也很近，位置相当便利，而且好找。

记得那天是周四，天气晴好。我一早从位于 51 街的酒店出来，一路向北步行，穿过中央公园，在快要到 88 街的时候从公园出来，远远地就看到那座在无数画册图书上看到过的白色螺旋形建筑伫立在街道的对面，是弗兰克·劳埃德·赖特 1959 年设计建成的纽约古根海姆美术馆。赖特一生设计过众多建筑，尤其以私人住宅居多，大型公共建筑则少之又少。这是赖特设计的唯一一座建在纽约的城市公共建筑。它是建筑史教科书上必讲的经典案例。

越往北走，曼哈顿城市建筑的高度越趋于低矮，空间也更趋于平缓。上东城较之于中城和下城更安静，这里有不少高级公寓住宅、俱乐部、餐馆等。这一带有曼哈顿很有特色的“褐石房”联排住宅，颇有古老的韵味。它们大多三四层高，下石上砖，门前有几级台阶通向一层门厅，下面是半地下室，可以由地面与人行道平行的铁梯进入，我们在美国电影里经常看到这种房子。古根海姆美术馆那纯净的白色以及曲线的造型，在这样一片略有古典风格的街区中间显得很突出。

房子离第五大道很近，前面并没有很开阔的区域。要拍照就只能站在街对面的中央公园一侧。建筑的门口有一些摊贩在卖一些小画，行人大都习以为常，照例匆匆走过，只有我这个远道而来的访客在门前打量着房子，看了又看，近看远看，左看右看，上看下看，乐此不疲。

房子的外观相当朴素，白色涂料素裹着混凝土的壁面，简洁中不失优雅。唯一的装饰就是壁面上的那一排英文：THE SOLOMON R. GUGGENHEIM MUSEUM（所罗门·古根海姆博物馆）。

每当我真正面对那些教科书上的著名建筑，走进它们的空间时，都会有些小小的激动。这是真的吗？我真的看到它了？

来到入口处准备进去的时候，发现大门关着。旁边一块告示牌上说周四、感恩节和圣诞节闭馆。啊，周四闭馆。怎么这么巧？今天就是周四。据我的了解，美国的各大美术馆、博物馆一般都是周一闭馆呀。我一时想不通，站在那儿愣了好一会儿，失望，甚至失落……怪自己怎么就不提前上网查查，落实一下闭馆时间。看来，真不能凭经验办事。

没办法啊，只好第二天再来吧。

本来行程就很紧，第二天也有很多安排。为了看这座向往已久的房子，我就真的去了第二次。

还是一个晴朗的上午，还是步行向北，还是远远地看见那白色的螺旋形房子，还是有些小小的激动。在美术馆的前台售票处买了二十五美元一张的票，寄存了包，然后乘电梯到达第六层，从电梯出来顺着弧形的走道一直往前走，走了好一段都没有看到墙上有悬挂的艺术作品，正觉得纳闷时，发现中庭被白布挡住了，我靠近女儿墙，将眼睛凑近看，什么也看不见。我有点慌乱，不知所措。

我感到有些不妙，想找个人问问，见大家都顺着 3°的斜坡在朝下走，我也就跟着走，经过了第五层、第四层，大约是走到了第三层，在一个转角处的房间门口见排了很多人，我以为那是去看馆藏作品，就在最后面排着。见前面的人每次都只能进去几个，进去后没几分钟就出来了，这是怎么回事啊？再次纳闷。当排到我时，我也是和几个人一起进到一个黑压压的展厅里。只见墙的两个角落里有两块光悬浮在空中，大家站在房子中间静静地看着那两块光，看了约五分钟后就从另一个门出去了。

我越发不解。这哪里是传说中的馆藏作品？我想我是不是走错了，于是再次从电梯上到六层，再次从电梯里出来，再次顺着坡道朝下走，但是，还是来到这间黑屋子。我索性再往下走，走到了一层，这次真的进了那个大大的中庭。黑黑的，只见在很暗淡的光线下，一大堆人横七竖八地躺在地上，朝着高处那个一层层向上收缩的螺旋形光晕凝视着。确实比较好看，光晕一会儿呈紫色，一会儿呈蓝色，一会儿呈红色……映照在人们的脸上以及身上，整个空间都笼罩在寂静而神秘的氛围中，连呼吸都变得短促，甚至静止。

我站在一层的坡道上看着，往上看看变化的光晕，又往下看看那些躺着坐着的人，心想，这是不是就是那个我熟记于心、盼望看到的赖特设计的坡道中庭呢？

还是觉得不对，就又顺着坡道往上走，走到第二层，发现了一间明亮的展厅，进去一看，果真有毕加索、蒙德里安、马蒂斯、夏加尔等大师的作品悬挂于墙面上。但是作品不多，一会儿就看完了。转到与这间展厅相连的另一个小螺旋形中庭，二层空间有一些人在喝着咖啡，但一律都很安静。真的不好意思找人来问。记得刚才在第六层，从电梯里出来时旁边有一间卖画册和纪念品的小商店，于是，我又上到六层，来到那间小商店。

只有一位工作人员坐在收银台旁边，是一位棕色皮肤、黑色卷发的微胖男子。我从书架上拿了一张印有古根海姆美术馆平面图的明信片，朝他走过去。

我指着那两个圆形问道："劳驾，你能告诉我这儿是这个，还是那个？"

他指着那个大的圆心说道："这儿是这个。"

我说："但是，我看不到那个螺旋形空间。"

他说："因为它被包裹起来了。"

我问道："为什么？"

然后他就从书架上拿了一本画册过来，封面上就印着刚才我在一层时看到的那个紫色的光晕，以及英文：JAMES TURRELL（詹姆斯·特雷尔），然后语速很快地跟我说了一大堆我听不懂的英语，但我还是明白了，这里正在举办一位叫 James Turrell 的艺术家的作品展，那间小黑屋子的光影和中庭的光晕都是他的作品。为了展示他的作品，那个螺旋形中庭被包裹起来了。

我没有看到赖特的螺旋形中庭，但却看到了这位 James Turrell 先生的光晕中庭。

很好！这就是我的纽约古根海姆美术馆之旅，这就是我看到的跟别人不一样的古根海姆！

这，就是纽约！

去了两次，终于见到一个被包裹的中庭，赖特没有露面，而我就这样遗憾地离去。

这是不是命里注定的安排？它要我下次再来，而这次我只跟这位 James Turrell 先生有缘。真的，我深信人和房子也是有缘分的。

后来，2014 年 4 月的日本之行时，我在直岛，在安藤忠雄设计的地中美术馆再次见到了这位 James Turrell 先生的光影作品，我是不是跟他很有缘分呢？

| 松鼠在看我

> 我真难以想象，如果没有中央公园和河滨大道公园让我赏心悦目，吸引我去闲逛漫游，我的整个城市环境会是多么压抑而沉闷啊……
>
> ——刘易斯·芒福德

被学界称为“曼哈顿之子”的美国现代城市研究学者刘易斯·芒福德自称是一名纽约客，一个地地道道的曼哈顿人，从孩提时代起就跟着德裔外祖父在纽约城市里闲逛漫步，这是他曾经在著述里提到的中央公园。

翻开纽约的城市地图，四面环水的曼哈顿是纽约五个区中的中心岛区。在曼哈顿的区域内，有一块长方形且尺寸巨大的绿地，它南起 59 街，北抵 110 街，两侧分别是著名的第五大道和中央公园西路，南北长约 3 英里，占据 51 条横街，东西宽约 1.6 英里，占据 3 条纵向大道，占地约 840 多英亩。它的设计者是被尊为现代景观设计之父的奥姆斯泰德。

这位在写作上颇有造诣的旅行家，在去不列颠诸岛完成徒步旅行后，写过一本《一个美国农夫在英格兰的游历与评论》，他设计的纽约中央公园也深受英国自然主义风景园林艺术的影响。1857年，奥姆斯泰德获得纽约市中央公园负责人的职位，次年3月和卡尔弗特·沃克斯一起以一个非常有预见性的“绿草计划”提案获得设计首奖，规划设计了这块城市人工景观。他用自己的作品极好地证明了景观设计学可以有效改善城市生活的质量。

“公园里一切照常，有人穿了运动衣在跑步，有人遛狗，还有一群拉丁裔的青少年在草地上练习棒球，他们西班牙语的呼喊声此起彼落呼应着。傍晚五六点钟，夕阳依旧从树枝的间隙斜照下来，斑斑点点洒在满地焦枯的落叶上……”在众多关于纽约这座城市的书中，我尤其记得作家白先勇先生在《纽约客》里的这段描述。在一座如此庞大而冷峻的城市里，大多数个体都不得不蜷缩在狭小的公寓、阴冷的地下室，以及潮热的地铁站里，他们也许渺小得微不足道，但唯有这块城市绿地向所有人开放。在这里，每个人都可以拥有一片属于自己的天空。

还是一个天气晴好的早晨，我从51街出来，沿第五大道，穿过路两边高楼间的“峡谷”以及繁华的商店，一路向北步行，二十多分钟便来到59街。

公园虽有围墙，但面向城市呈开放的姿态，没有任何明确意义上的“门”，只有一些“开口”，人们自由地穿行于城市与公园之间，没有任何阻碍，这里是真正的城市客厅。

在入口处有一张整个公园的平面图，略看了看，有大小不同的几个人工湖、湿地区、大草坪区、森林区、人工峡谷和山丘、野鸟保护区、儿童游戏区、马场区、徒步区、花园区，以及儿童动物园等。那些自然起伏的地形、蜿蜒曲折的道路，以及公园与城市道路的衔接都被标注得清清楚楚。我心想，如此巨大的空间，怎么可能一次看完、走完呢？当然，我本就没打算一次看完，留待下次吧。纽约，是需要来很多次的。

公园并没有轴线，道路看似随意地延伸着。密植的高大树林挡住了第五大道上那些高层建筑，缝隙间偶尔也露出一些楼层低矮的公寓，这些是富户的住宅。据说，宋美龄生前的公寓就紧邻中央公园，这里环境幽静，闹中取静，确实是生活的好地方。我看了半天，寻思着她该住在哪栋公寓里。

据说当初建园的时候种了 7.4 万多棵树，如今这些树都是百余年的老树了。树干，很粗很壮；树冠，遮天盖日，投下一片浓重的阴影；树枝，很美很老很苍劲。树的下面是一个清凉的世界，微风拂面，光影迷离。园内有很多的坡地，被自然生长的草皮覆盖，也间有一丛丛的灌木肆意地生长，这是当时规划设计时故意保留的原生态地貌，以减少人工造作的痕迹。

有几位街头艺人摆着摊在画画，我走近看，有点像在中国看到的炭精画，磨得很细腻，画的有切·格瓦拉、奥巴马、梦露等。就艺术性来说，画得不好，但不管他们画得怎样，在一片风景中，有人在画画总归是有情调的。走着走着，看到前面有跑步的人，汗衫、短裤、棒球帽、运动跑鞋、太阳眼镜，一样都不少，看来都是很专业的样子，是啊，跑步就得有个跑步的样儿。又走了一段，发现有个艺人在吹萨克斯，他有棕色皮肤、黑色寸头，戴了墨镜，在他面前的地上有一块布，上面有个木盒，想必是用来装钱的。但是一大早，周围还没有多少人，也没有人驻足围观，他只是一个人吹着，沉浸在自己的音乐世界里。

有位穿红色短裙的美女遛着狗从我旁边走过，美女很瘦很高，狗狗很胖很圆。远处草坪上有一对情侣在晒太阳，高大浓密的树林将他们的身姿映衬得很小很小。湖岸边，水平如镜，映照着蓝天和树林的身影，一些鸳鸯在戏水，泛起阵阵涟漪，一位母亲牵着小宝宝在看鸳鸯，小宝宝用稚嫩的声音跟妈妈说："妈咪，走！妈咪，走！"

我找个有树荫的地方坐下来，黑色的铁制长椅散布在路的两边，一对夫妻坐在我的斜对面，他们大约四五岁的儿子有一头金黄色的头发，他正在玩着一个五颜六色的玩具车。我朝他们会心一笑，他们也向我点头微笑。这时，一只灰色的小松鼠跑到我的脚下，我还没看清楚，它就拖着长长粗粗的尾巴一溜烟地跑掉了。我的眼睛顺着它跑的方向跟踪过去，发现它跑到我身后的草坡上。这时，我又发现了另外几只跟它一样大小的松鼠在草坡上奔跑，或是在觅食，或是在玩耍。我静静地走近其中一只，想用相机拍下来，咔嚓咔嚓，一下子拍了好几张。多可爱的小松鼠啊，在这喧嚣的城市里，它们也有一处自己的家。

我不由得朝着那阳光灿烂的林间天空看过去，刚才那只松鼠正悄然站在树枝上，两只眼睛在太阳下机灵地闪烁着。我忽然闪过一念：哦，它在看我吗？

| 深夜的喧嚣

那天晚上吃过晚餐已经是夜里 11 时多了。从 41 街出来由西向东走，来到一处与大道交汇的地方，我已记不清那是第几大道，可能是第六大道。发现整个街区异常热闹，密集的人流散布在整个街区，街道两边高耸的建筑在夜色的笼罩下无法辨认清楚，各种灯箱、霓虹灯以及电子显示屏广告覆盖其上。广告发出的明亮光彩将整个街区照得如同白昼一般透亮。很多人聚集在那里，一律仰头看着那些五颜六色的广告，每个人的脸也被广告的灯光照得艳丽无比，美女更美，帅哥更帅。我被那气氛打动，心想，这一定是时代广场。

几乎每人手里都拿着手机、照相机以及摄像机拍照留影。也有人三五成群，坐在椅子上，拿着啤酒瓶，喝酒嬉笑。黑衣警察穿梭在人群中间，黄色的出租车在人潮涌动的街上缓慢地移动……

我找了个角落驻足细看。一对东方面孔的男女就在我前面，男的高大，女的矮小，两人都穿着 T 恤、短裤、夹脚拖鞋，肩上斜挎布包，像是一对情侣，从女子微微内弯的双腿判断她可能是日本人（这个判断没有任何科学依据，只是很个人的直觉）。人群中，一位穿红色连衣裙的白人妇女很醒目，黑头发，长得很端庄，抱着大约两岁的小男孩，旁边一位高大的白人男士大约比她大十岁，浅棕色头发，肚子微凸，牵着一个约五岁的小女孩，看这一家子，他们一定是捷克、波兰等东欧国家的人。几个身材肥壮的黑人妇女从我面前走过。一个大约十七岁、穿着耐克球鞋的黑人男孩吹着口哨朝我走过来，诡异地看了我一眼，然后穿过人群。两位包着黑色头巾的阿拉伯女子走过来，站在我旁边，广告的灯光照在她们的脸上，那深陷的大眼睛和长长的睫毛显出青春姣好的面容。一位亚裔模样的女学生，细小的单眼皮眼睛，唇上的口红很红，说着一口流利的英语，正和一位戴眼镜的中年男子热烈地谈话，不时发出爽朗的笑声……

这真是一个欣赏各色人种、各样面孔的好地方。

再看看那些广告。索尼、佳能、日立、夏普、松下、柯达……好多“日本制造”，无数巨幅电子广告牌不停息地以数秒钟一次的速度变化着，内衣美女和雪佛兰汽车，滑旱冰的黑人男孩和可口可乐，一群女孩从摩天楼顶上跃起，一个戴墨镜的小男生在跳街舞，忽而又来了一位小女生，那是美国鹰牌服饰的广告……广告像潮水般涌来，不经意间就将你吞没掉。在这深蓝的夜空下，那些红橙黄绿青蓝紫，那些姿容，那些秀色，迷离、缤纷，甚至疯狂。它们漂浮着，激荡着，爆炸着……

在这样一个舞台上，人总会有一种表演的欲望，每个人都是演员，每个人都是观众。是否还可以肆意幻想与那位大嘴美人朱丽娅·罗伯茨不期相遇，或与那位饰演阿甘的汤姆·汉克斯在酒吧里邂逅呢？这可真不好说呢！毕竟，全世界那些聪明的人、漂亮的人、有艺术才华的人、有活力的人似乎都会到这里来，我想，整个地球的热闹，整个人生的热烈不过如此吧。

夜已很深，但喧嚣依旧。我想，极普通的一天都是如此，那到了每年的新年倒计时活动时，又该是怎样的热闹啊！

写到这里，我不禁想起今年4月的一天清晨，在日本京都的龙安寺呆坐了一会儿的情景。在晨光熹微中，十五块石头和沙砾、苔藓营造的寂静庭园，那空寂的氛围，恰恰与这里形成绝妙的对比。世界的安静，人生的安静也就不过如此吧。这是两个极致，热闹也罢，安静也罢，都是需要用心去体会的。而我们平日的生活大多平淡，在安静与热闹之间，我们做着各自的事情。我们习惯了平淡，偶尔会遇见这样极致的场面，但这总归不是生活的常态。

人群中不时发出尖叫、口哨、大喊、惊呼，各种声音汇聚成一片鼎沸的海洋……

我的疲累也到达了极限，就在神经快要崩溃之际，在街角处找到一家麦当劳，进去安静地坐了一会儿，喝了杯橙汁，吃了个苹果派，打开手机，在微博上发了一张全景的时代广场图片，输入文字：Times Square。此时是凌晨1时16分。

当我回到位于东51街的酒店时，已经是凌晨1时51分了。

从纽约回来后不久的一天，我不知怎么就突然想起勒·柯布西耶说过的那句话："我想了一百遍，纽约是个灾难。其中有五十遍想，它是个美丽的灾难。"

2014年7月24日初稿

2014年10月3日定稿

肆　四月东京物语

东京，对，这就是东京……
昨晚的春雨，今早的晨光……
这静寂的早晨，这静谧的早餐
时光，还有那沉静的人……

在去东京之前，我当然听说过不少关于这座城市的奇谈怪论。很多人都说，乌鸦是东京一道独特的风景线，乌鸦会把那些人家阳台上没有收走的晾衣架叼走，在树上搭建它们的窝。哦，多么聪明的乌鸦！我倒是很想看看这些在大都市里生活的生灵。

4 月的一个春日，我来到东京。然而，我并没有遭遇乌鸦，却遭遇了春雨……

那天，到东京的时候已是暮色时分。天色还没有完全暗下来，路上的车很多都早早地打开了车灯。透过车窗玻璃，在一座建筑物上隐隐约约看到我曾经在电影里看到过的“警视厅”字样，便真的意识到：是啊，东京到了。

街道的华灯初上，建筑物上以及街边小商铺的各色霓虹灯争先恐后地发出耀眼的光芒。天下着小雨，细细绵绵地落在身上，湿漉漉的街道地面在灯光的映照下显得格外光亮。行人大都撑着如我们在日剧里所见的那种透明雨伞，步履匆匆地赶往何处。一阵阵凉风吹过，忽觉穿在身上的衣裤单薄起来，似乎不能抵御这突然来袭的春寒。

在涩谷区的一家烤肉店吃了烤肉，顿觉身体暖和了许多。回到位于港区的 Celestine 酒店，办理完入住手续，添加了厚外套，便打着雨伞独步于东京街头。仰面看天，雨点如串珠一样滑落下来，在风的鼓动下轻盈地在半空中飘舞着。刚好酒店所在的区域并非热闹的商业区，所以周围的人、车皆少。街道并不宽敞，清寂的街面井然有序、格外干净。我走过一座座写字楼，走过一家三菱银行，来到一处街头小公园，幽暗的灯光下，茂密的树丛呈现出浓重的色块。这时，雨渐渐下得大起来，路上的行人也开始少了。在茫茫夜色中，路人的脸真的看不清，其实很多东西都看不清，除了远处建筑物的剪影，就是近旁的街灯、行道树，以及偶然一闪而过或停靠在街边的出租车。

空气真好，我的呼吸仿佛也变得顺畅起来。在朦胧中，这种特异的好感忽然间带出一个好心情，让我自问：东京，该是怎样的一座城市呢？

有人说，喜欢一座城市，首先是因为那座城市有你喜欢的某个人，我不禁边走边这样想。不是吗？刚才在涩谷吃烤肉时，我还想到了渡边淳一，那位写情爱小说的日本作家，曾经读过他的多部小说，他应该也有八十岁了吧，听说他的工作室就在涩谷区，他还好吗？仍在写作吗？（回国后的几天，得知他于 4 月 30 日去世的消息，也就是说我在东京的那几天竟是他生命的最后日子。）虽说这是仅仅十几秒一闪而过的念想，竟也成了一种牵挂。

村上春树，我最喜欢的日本作家，文坛却认为他最不具日本性，因为在他的小说里，没有樱花，没有飞雪，没有山泉溪流，没有山川草木那样纤细的川端康成式的日本美，有的是爵士乐、酒吧，以及村上式的孤独和幽默，甚至还有那么一点玩世不恭。我喜欢他的随笔甚于喜欢他的小说，更准确地说是喜欢他这个人。

妹岛和世，是我挺佩服的一位日本女性，素面朝天但别有独特的气质，1956 年出生的她似乎有一种永远的少女气质，从她身上我知道了少女跟年龄无关。认识她是从她 2000 年设计的“小小之家”开始的，那是位于东京一处密集住宅区的小房子，她为自己设计的家，中间一个连续的楼梯井将三层的水平楼板串连成整体——一个开敞而连续的空间。她设计的房子总是在轻盈流动中有种简素的日式味道，不知她现在还住不住那儿。

小林聪美，一位小个子的美女演员，人如其名，不仅聪慧而且美丽。看过她主演的《东京绿洲》《眼镜》《海鸥食堂》，都是一派舒缓而温暖的格调。她扮演的角色总是那种充满内在自信的独立知性女性，亦如她本人，演戏也写作，人长得美，戏演得棒，散文也写得好……

我这样随意地胡思乱想着，很多的名字和他们的脸一下子涌到脑子里来，虽说抽象，虽说素未谋面，但也算我喜欢的人吧。是啊，因为有他们，东京这座城市于我似乎并不陌生。这样想着，不知不觉中又走回了酒店。

第二天是个大晴天，太阳早早地就照在酒店对面那些建筑的屋顶上。

7 时，我准时来到酒店的餐厅用餐。在门口，一位日本中年男士弯下腰向我鞠躬，我不太习惯地点头表示谢意。餐厅里弥漫着一股诱人的咖啡的浓香，我给自己倒了一杯清咖啡，选了个靠窗的位置坐下。透过眼前大面积的落地玻璃，我看到外面是一个小小的树阵广场，我没有认出那是一种什么树，但很好看。四月的春绿挂在树枝上，方形树池的周围有圆木将树干井然有序地支撑着，每隔几米便有一盏柱形的路灯，整齐地排列成行。周围空无一人，阳光安静地倾斜洒落在平整而干燥的水泥板铺地上，仿佛昨夜根本就不曾下过雨似的，路面干净得简直可以席地而坐。

我下意识地看看天空，似乎想寻觅一点乌鸦的踪迹，然而，什么都没有。据说乌鸦喜欢寻找垃圾，左顾右盼了一下，竟也没有发现垃圾箱（昨晚雨中散步时好像也没看到过垃圾箱）。雨后的天空并不那么湛蓝，但洁净得竟连一丝浮云也没有。

这时，窗外大约十米处走过来一位中年妇女，个头大约在一米五八，戴着黑色细边框眼镜，头上戴一顶灰色的窄檐布帽，身穿灰绿色的休闲卫衣和干净的牛仔裤，脚上是款式老旧但看起来很舒适的休闲鞋，肩上斜挎一个黑色的布包，我认真地打量着她。这时，从另一个方向又走过来一位戴口罩的三十来岁的男子，很高，大约有一米八，寸头短发修剪得很精神，一身黑灰色的西装，配上白色衬衫、黑色皮鞋，手提黑色的公文包，悄无声息地走过。

东京，对，这就是东京……

昨晚的春雨，今早的晨光……

这静寂的早晨，这静谧的早餐时光，还有那沉静的人……

没有加糖的咖啡是有点苦，我起身来到自助餐台前，询问一旁的印度裔侍者哪儿有糖，他用并不是太清楚的英语回答："It's on the table."（它在桌上）。

这是我一大早听到的第一句话。

2014 年 5 月 30 日

伍　清晨的龙安寺

「空」，是日本艺术的一种技法，被世阿弥称为「无为之空」。它表现为两段曲目之间的停顿，舞姿与舞姿之间乐曲的间隔，以及语言和动作的停顿，还有那石头与石头之间的空白，这些都是艺术上最用心的地方，也是最重要的表现内心世界的东西。

曾经在日本电影里看到过如下的景象：大热天的，一排人坐在寺庙的廊檐下，对着一大片石头认真地发呆。他们有的凝神，有的皱眉，有的托腮，有的闭目打坐，躁动的心仿佛因此而变得清澈沉静起来。禅学上称此行为是“冥想”，语义虽格外玄妙，但行为却十分的简单。这是我神往已久的一幅画面，或者说是我认为很具日本文化性格的一种象征。我虽不懂佛教中的什么派、什么宗，然而对那些石头和白沙组成的石庭却情有独钟。京都的禅寺林立，但是最想去看的当然是仰慕已久的那座大名鼎鼎的枯山水小庭园——龙安寺。

4 月，春烂漫……

为了在游客聚集的高峰时间之前赶到龙安寺，我起了个大早。京都本就是一座极安静的城市。4 月清晨的京都，当一切还在沉睡中的时候，它显得尤为安静。河岸边、小桥旁、街道侧、町屋人家房前屋后的樱花静悄悄地挂满树枝，一丛丛，一片片，如烟似雾般悬浮缥缈。

8 时 30 分，我来到位于京都市西北角的龙安寺。

进了大门，穿过一段长长的碎石小路，鞋与小石子摩擦发出有节奏的“嚓嚓”声。樱树满园，路两边的樱花树低垂着枝头，飘零的樱瓣就落在碎石上，落在人们的头发上和脸颊上。转了一个弯，前面坡上有一座老旧的木造房子，在浅色樱花的掩映下显得格外深沉厚重。踏上几级石阶，我来到一座石板铺地的小院，进入小院，迎面是一个敞厅，这是方丈庭园东侧的玄关，光线很幽暗，正中央放置了一排书法屏风。室内是木柱、木顶、木地板，门口两侧分别还有一排木鞋柜。我将鞋脱下放在鞋柜里，穿着袜子在木地板上行走。向左转，再踏上两步台阶，就看到阴暗的木廊下已经坐了好些人，他们都看着正前方庭园里那几处石头凝神静思。

面对庭园的宽大廊檐有 3 米多宽，房子被架高起来，靠庭园的边侧设有三级台阶，台阶的高度刚好适宜坐下来。被磨光的木台阶发出黝黑的光泽，我找到一个偏东侧的位置坐下。清晨的凉风还夹带着寒意，晨曦中，静谧的庭园被美丽的灰色笼罩着，那是被黑川纪章称为“利休灰”的一种朴素色彩，一切都还有几分朦胧，但它分明就在眼前。

这一方丈庭园的确不大，长约 22 米，宽约 10 米。北面是寺院住持的居所，东、西、南三面围有低矮的瓦顶土墙，虽因年代的久远已变得颓落斑驳，却更显出一种苍凉的情调。墙外是茂密的绿松，春日粉红的樱花从墙外探头进来，给这素净的空间增添了些许的色彩和入世的气氛。这片开阔的平地上零星错落地安置着十五块大小不一的石头，或直立，或倒置，或俯卧，形态各异，趣味亦不同。周围铺设了白沙和苔藓，石块为山，被耙出波纹的白沙为水，此外别无一物。

梦窗疏石，一个赋有诗意的名字首先浮现在我脑海里。他是镰仓末期至室町初期的临济宗禅僧，被尊为“国师”，是禅庭的创始人，设计过著名的西芳寺和天龙寺。大概以前建造庭园的禅寺僧人不仅醉心禅语的顿悟，还研习并深谙自然之美，用犁耙在白沙上耙出波纹也是僧人们每日必修的功课，靠着一种艺术的直觉在沙石上画出美丽的图画，本就是一种与自然互通感应的天赋。禅庭既是自然山水的浓缩，又成为修行的道场。

然而，这龙安寺的设计者并非梦窗，相传是室町时代后期的画家相阿弥，他被视为枯山水庭园的创始者。这座建于1450年的庭园，深受北宗山水墨画的影响，余白的构图秉持山水画中留白的意趣，一种简素而枯淡的美，恰好表达了日本文化中“物哀”与“幽玄”的美感，就像拖着长长颤音的日本歌曲，也像那面无表情的日本能剧，更像那漫天飘落的樱花，那是怎样的一种哀伤却宁静的美啊！原来，非凡的作品都绝不只是技术层面的表达，它必须是直抵心灵的以心传心，是融进情感的精神符号，这就是中国古典园林中那些杰出的作品同样也出自画家、文人之手的原因，王维、白居易、文震亨……园林的创作者想必更应该是美的创造者。

石头是苍劲的，白沙是温润的，重与轻，粗与细，多与少，有与无，外在与内心。

我感到一种异常的平静。

一种缘于“空”的平静。

“空”，是日本艺术的一种技法，被世阿弥（日本室町时代的猿乐演员和剧作家）称为“无为之空”。它表现为两段曲目之间的停顿，舞姿与舞姿之间乐曲的间隔，以及语言和动作的停顿，还有那石头与石头之间的空白，这些都是艺术上最用心的地方，也是最重要的表现内心世界的东西。

石庭与人之间也存在一个“空”，所以禅庭不能进入，它只能被观赏，被幻想：日本丰饶的大海、岩石、岛屿、波涛起伏之海岸……都在这一方空庭里成为一幅幅美丽的画面。在京都清晨湿润的空气中，那白沙仿佛也含着水分，在晨的光影中，在一派寂静中幻化出各种色泽。据说，白沙皆产自京都白川附近，其质坚实而洁白。白沙在夜晚可以反射月光，以为月夜赏月之用。古代贵族们的风雅啊！我不禁感叹。

石庭的美还在于造园者为观赏者设计了一个观赏的最佳视点——在檐廊上坐观庭园，一个东西方向的横向延展。我有意移动了几处位置，变化着视点，每一处皆是佳景，每一角度皆成画面，石头看似随意的组合，实则是精巧的安排。让人无不惊叹着“少即是多”的妙论，这没有技巧的技巧，这艺术上的独具匠心！我从来没有这样认真仔细地观察过石头，因为它的“少”，因为它的“空”，它获得了一种无限的丰裕之感。

慕着这些石的名而来，坐在檐廊上的有好多西方的白种人，他们似乎都想从这些石头中看出些名堂来，久久不愿离去。这时，春日的阳光慢慢升起来，穿过矮矮的长墙斜斜地照进庭园里，庭园在白沙的反衬下显得愈发明亮起来。而檐廊下却依然昏暗，想留张影，请同行的朋友帮我拍一张，照出来脸却是黑的。

这个叫“缘侧”的空间是日本建筑的精髓，被叫作“灰空间”，它既不是“外面”，也不是“里面”，而是屋子伸向庭园的夹板，若将屋子四面糊着纸的障子拿开，整个屋子就是一个大凉亭，坐在家中也可看四季美景，这是一种由内而外的空间观。由于出檐很深，檐下空间当然是黯淡沉郁，这就是被大文豪谷崎润一郎礼赞的“阴翳之美”！是的，这微暗，使这“缘侧”更有一种模糊的魅力，更添一份闲寂的安详。这京都的禅寺，这凝滞中极深沉的缓慢，定是属于寂人的。

看了石庭，坐了“缘侧”，还发了呆……

那日的清晨，我不会忘记，在京都的龙安寺，那十五块石头，我看了很久，也拍了好多石头的照片，但我的确没能在那昏暗的檐廊下照出一张像样的留影来。

2014 年 6 月 11 日

陆 水滴房子

难道时空可以逆转吗？一座崭新的建筑竟可以跨越千年时空，与古老的茶室和禅庭对话，这是我从这座房子里读出的深意。

日本的濑户内海，位于本州、四国和九州之间，在这片曾经孕育滋养了日本国宝级画家东山魁夷的海域，岛屿和海水都呈现出美丽的青色色调。群青与绿青的微妙融合，构成了东山风景画朦胧的群青色。在这片青色中，无数的迷你小岛像珍珠一样镶嵌其中。在把日本本州岛与四国岛分开的那片海峡之间，比小豆岛略小的丰岛上有一座纯白色的房子，圆滚滚的，如一滴水珠静卧在那微微起伏的山丘上，这便是西泽立卫 2010 年设计的丰岛艺术博物馆。

2014 年的春天来得比往年要晚一些，这让本没打算非要看樱花不可的我竟意外地赶上了樱花季的末尾。4 月 16 日，樱花开得正烂漫，我们要去丰岛看看这座传说中的“水滴房子”。为了赶早乘船，我们起了一个大早。车行山间，穿过漫山遍野的樱花丛，那已开始飘零的粉红色花瓣随风扑面而来，一大片一大片的，颇为壮观。据说，樱花会在一夜之间绽放，又会在最绚烂之际凋落。在日本人的审美中，樱花的死亡是一种极致的美，所以有武士道切腹自杀的所谓“死的艺术”，以及伟大茶人千利休以最后的茶会从容赴死而成就的悲剧之美，这些日本文化的意象颇具禅意，以及深邃而玄妙的意境。

看着眼前的樱花美景，想着马上要见到的这座“水滴房子”，我居然有些不安起来，那将是一座怎样的房子？一般在旅行出发之前，我都会对将要造访的建筑做一些预习的功课，唯独对这房子所知甚少，只略知去年有一位建筑学大五的中国学生，看着这房子竟然不能自控地哭起来。这倒使这房子先有了一个感人的故事——一座能把人看哭的房子！

“我会哭吗？”我不禁自问起来。

船在海上航行了半个多小时。下了船，汽车又在山路上行驶了许久。从早晨8时出发，直到中午1时多才到，这有点像是去朝圣，一路的艰辛只为心中神往的那幅震撼画面。

到了，那个柔软的白色巨构物体就匍匐在不远处的山坡上，准确地说它本身也很像一座山坡。周围是青绿色的稻米梯田，同时散布着丰岛当地的植物和杂草。但你仍然不能接近它。参观它必须先绕过一个小山包。徒步走过一段蜿蜒狭窄的山间小路，远远地看见那白色物体的背面伸出一个小小的洞口，大约只有1.3米的宽度，且很矮，约莫1.8米高。门前有一排水泥长凳，凳下已放了好些各式的男女鞋。我脱了鞋，将鞋放置在长凳下面，然后看着地面小心翼翼地走过那小门洞，因为之前有被告知，不要踩着地面上的水珠，因为那是艺术家的作品。

真的很冰凉啊！这是我进入室内，脚踩在坚硬水泥地面上的第一感受。但是，立刻，我被那无限的空旷给震慑住了：一个完整而单一的巨大空间，瞬间便有一种使人沉静下来的力量。一时间，我诧异，我惊讶，我甚至无法言语，我真的不能明确判断它到底有多大。一个如洞穴般的场所，有机的曲线，通体的白色，一个似穹顶一般的壳体结构覆盖其上，它纤薄得只有20多厘米厚，上面有两个长长扁扁的开洞，任由阳光雨露倾泻而下，同时透进室外的绿树和蓝天，周围的自然景色被融入这个白色的空间中，形成两幅巨大的风景画，且随着人观看角度的变化而呈现出多样的构图。

没有墙和顶的分别，没有一根柱，没有一样其他的物品和家具，只是空空如也，如也空空。我甚至难以把握它的边界，难以认清它的具体形状，它的宏大让我想起中国哲人老子曾说过的“大音希声，大象无形”。这难道就是一种无限的境界？这时，我感到一种失重的状态，有一种飘起来的感觉，像飘在一朵白云上，置身于一种纯净的超现实仙境中……对，仿佛一切的凡俗都已无踪迹，或者说在刚才进来的一刹那就被拒之门外，建筑师是想打造一个充满神性的场所，让人们抛开杂念与俗识，极致地关注我们平时所忽略的神物——水。

是的，内藤礼的水滴是这一空间里的艺术作品。水是普通的水，并无特别之处。它们从地面一个个小孔洞中涌出，并随着略为倾斜的地面流动着，形成水坑。我坐在地上凝神细看：涌出，流动，汇聚，再涌出，再流动，再汇聚……循环往复，无穷无尽。它们形态各异，绝不相同，它们一会儿“扑通”一声就钻进了小洞里，一会儿又“嘻嘻”着将笑脸露出来，再一会儿又会拖着长长的尾巴“唰唰”地向前奔跑……这些纯真的孩童，多欢乐啊！多顽皮啊！多任性啊！脑子里不自觉地又浮现出老子的另一句话：“上善若水。”是啊！至美的境界不就是水吗？这件作品永远都处于未完成状态，因为它是动态的，它是不确定的，它还将永无止境地在每一分、每一秒呈现出无穷的变化。

我静静地在房子里走动。来到其中一个大孔洞下，展馆的工作人员，一位二十多岁的日本女孩身着浅白色服装站立其下，双臂垂下自然合拢在腹前，站姿与神态跟这空间极为协调。一根极细的白色丝线不经意地从孔洞边缘悬吊下来，很轻、很轻地飘浮着，这是内藤礼的另一件作品。于是，我看到了风的流动，一股气从孔洞外贯通下来，它打破了混凝土空间的凝重，使原本白色的空间更具轻盈感。寂静的空间，风声、水声、神性的光……彼此交融，原来空间可以如此纯粹！此时，我真的能理解那位哭过的大五建筑系学生，“对着一座混凝土的构筑物流泪，绝不只是有感于物理变化和空间流线这么简单”。我的眼眶竟也湿润起来。

这时，地面的冰凉已透过双脚传至全身，4 月的日本不时还有几分寒意。我来到“水滴”另一头的顶端，那个位置稍低的孔洞下。由于洞口开得很低，尽管身体还在建筑的内部，但又感觉好像已经在建筑的外部了，这种内外空间的模糊性深具日本传统建筑空间的精髓。我一边回头环顾四周，想把这异样的空间印在脑子里，一边向刚才进来时的小门洞走去。偌大的空间只有一个门洞，它没有门扇，只是一个洞。走出这小洞的一瞬间，我忽然惊异地意识到，这跟千利休的草庵式茶室那低矮的门洞不是如出一辙吗？进入小门洞亦如进入茶室小门洞，仿佛将尘世抛于身后，脱鞋的行为亦如脱鞋进入茶室，颇具日式的味道，对水滴投入的专注，亦如全神贯注的点茶过程。在这一过程中，人的本心，一切事物的自性自在的本来面貌便透出禅的境界。

“简”，即这种至美的禅境；“空”，可以使人直抵冥想的状态。茶室乃绝对“空”的艺术，室内只设一壁龛，壁龛里挂一幅水墨画，或字幅，或古字残片，一花瓶，一小花，席地摆放茶具，再无任何其他摆设，这种简素而枯淡的美使人感受到无边的开阔和无垠的幽玄。所以，日本美学家冈仓天心说，茶室这种“虚空之所”带有道家“无所不有”的理论。同样，在日本传统的枯山水庭园中，自然亦是一种意象的自然，凡山岩水流，皆以石沙表现，此外别无一物，“余白”之“空庭”，正符合禅宗“以心传心”的教义。天地万物，自然万象，都在那一沙一石一庭园中体现。

这房子难道不是很具日式“空寂”之美学意蕴吗？从“极简”到“无”，妙就妙在这“绝对无”，亦如日本能剧的舞台，无布景、无道具、无表情（表演者戴上能面具）。也许，“空无”才是一种更具震撼的力量吧！

日本人还有一种“微”的审美意识，倾向于从细微处来看待整体。从这里，从一珠水滴，从这座房子，房子之外的树林、山海景色，由内而外，层层延展……水滴房子只是连绵山峦与无垠大海的一部分，它完美地融入其中，与周围的地景取得和谐的统一，这也正是西泽立卫所经营的“景观式建筑”。房子内部的水滴更具有某种极纤细的审美性，建筑因此与艺术作品在语义的表述上取得一致的主题。微小的水珠及其流动的状态跟整个建筑的宏伟无限的静态空间形成强烈的对比。因为有细小，所以才能更深刻地体会出那巨大的含义。在这里，水滴亦如禅庭的一沙一石般具有抽象的意念：它是微小的，它也是巨大的——一滴水，就是一个世界，同时，它还可以是整个宇宙。

难道时空可以逆转吗？一座崭新的建筑竟可以跨越千年时空，与古老的茶室和禅庭对话，这是我从这座房子里读出的深意。文化是流淌在某一群体中每个人身体里的血液，它叫“血统”，也叫“血缘”。它来自遗传，也在不断更新。西泽立卫，一位“60后”的建筑师，对樱花，对禅茶，对禅庭不可能不熟悉，不应该没有感悟。此时，我读到了千年以前的日本，与今天的日本没有什么不同，还是那个日本，还是那种禅意。所不同的仅仅是：这房子不再属于平安时代那木头、石头和沙的意趣，而俨然是一座钢筋混凝土的构筑物，一座信息文明时代的艺术殿堂。对，西泽一定研究过千利休，到访过京都禅寺，读过川端康成……每年樱花的开放与败落，一年又一年，日本人不都在一次又一次地寻觅、解读与确认自己的文化身份吗？

水，一种远古就已存在的物质，走过千年、万年……只要有它的存在，人类就将继续着自己的旅程，因为它是生命存在的第一要义。从这个意义上讲，它绝不仅仅是一种物质的存在，而更是一种精神的纽带，连接着人类的过去、现在，以及未来。它是自然的神灵，也是人类的神灵——它是一种卓越的神物。西泽立卫和内藤礼的作品创造了一个充满神性的空间，在这个空间里，你必须敬畏自然，哪怕是一珠水滴。

2014年6月8日初稿

2014年12月18日定稿

原文刊载于三联书店《新知》2015年7月刊

柒 月色下的花见小路

京都的美，京都的好，不就很适合这样的暗夜？不就很适合在月色下散漫地游荡，在边走边看中去细细体味吗？

问：去京都最想看的是什么？樱花？艺伎？禅寺？町屋？或是老街？

答：都不是，是月亮。

是的，我对京都的理解始于月亮。

模糊地记得很多年前读到一则故事，说的是一个读书人到了京都，晚上走在京都的街道上，仰望天空，一轮满月正挂在天上，该书生激动得热泪盈眶，感叹道：那可不是普通的月亮啊，那分明就是唐朝长安的月亮。于是，他认为自己做了一回中国古时的唐朝人。

我为书生的浪漫而感动，尽管那时我并未到过京都，但“京都”两字于我的认识中已然不再是一个普通的地名，而是一则古老的传说，它总能莫名地勾起我内心一种淡淡的哀伤。

后来，当我读到日本文学家森鸥外的短篇小说《高濑舟》时，文字里有这样一段描述：“……喜助并没躺下，只是举头望月，默然无语。云影忽浓忽淡，月光也时明时暗。”高濑舟正是往来于京都高濑川上的一种小船，喜助是被押上船将要发配至远方小岛的一名犯人，因为他亲手

“杀死”了自己的亲弟弟。故事就在这月色下的小船上，通过一名犯人和押送犯人的解差之间的对话展开。寂静的夜，黑黝黝的水面上泛着粼粼的波光，一只小船漂浮其上，去向远方……这是在我脑中构建的另一幅关于京都的画面。

于是，我暗自思忖着，这辈子也该去一次京都吧，至少一次。为了那一轮“唐朝的月亮”，为了那浪漫的故事、那古老的传说。也为了看看森鸥外笔下的高濑川，那月色下静静流淌的河水，以及押送喜助的小舟……

后来，我居然爱上了京都，是因为读了作家舒国治写的《门外汉的京都》。那简素的舒式文字所营造的氛围很符合我对京都之美的臆想，我对京都油然而生的好感几乎都来自这本书中的描述，它仿佛也成了我的京都指南。

再后来，我就老想着去京都的事。

再后来，我就真的去了京都。

那是今年的4月，樱花季的末尾，春樱已开始飘零。在一个天气晴好的宁静傍晚，我来到这座千年前的平安京，关西地区被山水环抱的小城市。

炫丽的晚霞映照在城市的天边，一抹紫色，一抹黄色，煞是好看。天色很快就暗下来了，离开京都火车站嘈杂的人流，我去吃了清素的汤豆腐，到酒店稍事休息，就准备出去巡游一番。

按照京都指南，晚上最适合散步的地方当然是祇园的花见小路。乘坐计程车穿过车水马龙的四条通大道，在一处有古旧老房子的清静小巷口停下，徒步走进去，那是有五六米宽的小路，路面用石板铺就，两边的房子大多是上下两层的低矮町屋，一律的瓦顶木造，在夜幕中虽看不清颜色，但仍能感觉到一种深沉浓稠的暖意。

黯淡的灯光下，一位盛装和服的姑娘踩着碎步很矜持地迎面向我走来，脸和脖子都涂得很白很白，白得像一张白纸，一副面具。发髻上的簪子花花绿绿的一大串，唇上抹着厚厚的口红，很红很红。是艺伎吗？我有点兴奋起来，据说有艺伎和舞者之分，艺伎戴假发，而舞者为真发，当我回头想再看清楚时，她已走远，隐没在夜色中了。

为什么要让脸如此之白？据说古时没有电灯，只有蜡烛。女性，尤其是青楼女子只能将脸涂白，以强调自己的五官。谷崎润一郎在《阴翳礼赞》一书中也有如此的描述，古人故意剃了女人的眉毛，把女人的红唇涂抹成青黑色，还要将牙齿涂黑，笑起来就会露出漆黑的牙齿，更能衬托出面颜的白净了，大概这样的美才能搭配那身华丽的和服吧。

这条街从江户时代起就是日本有名的风月之地，京都是艺伎的故乡，艺伎也多集中在这被称为“花街”的街道。在日语里，赏樱又被称作“花见”，然而在这“花见小路”窄窄的街道上并没看到有樱花树，两边挨家挨户的尽是居酒屋、料理店、茶屋等特色小店。几乎每家门口都有石灯笼，那依稀微弱的光线，照出周围的一小块天地，竹篱沙石，石钵泉水，竖条的木格子纸窗户、门口悬挂的布帘、纸灯笼……透过木格子门的间隙能窥见里面青石与小石子铺地的玄关，几盆精致的盆栽，洒了水的地面异常干净清雅，那尽头处的灯红酒绿，那男人女人的谈笑风生，不禁让人浮想联翩。

偶尔驶过一辆出租车，停在街对面一家居酒屋的门口。这时，只见一位化着浓妆、穿着紫色和服的陪酒女搀扶着醉醺醺的客人笑盈盈地从店里走出来，客人上了出租车，车开走了，陪酒女仍站在门口，目送出租车走远……她是叫“熏子”(《伊豆的舞女》中的女主角）吗？这一瞬间，我惊呆了！她的背影的确有点像熏子。我怎么就觉得这是在电影里见过的画面呢？那故事，那情节，仿佛是在川端康成的小说里读到过的……

我停下来站在街边，朝街对面那斜斜屋顶的方向看过去，一轮明亮的满月正孤悬在深蓝色的夜空中。它很圆、很亮，我有点不敢相信自己的眼睛，再定神细看，果然是真的！

“啊，那不就是……是，唐朝的月亮吗？”

我心里一阵惊喜！世上竟有这么巧的事？难道今天正是农历十五（后来才知那天是农历十七）？一时间，我有些傻，有些愣，还真觉得自己穿着宽袍大袖的古式长衫，梳着高高的发髻，正走在《唐朝》这部电影的场景里。自问道：“我是哪家的小姐抑或是书生？竟敢独自走此夜路，也不怕路遇窃匪，招惹麻烦？”古装片里的杀斗场景浮于脑中，我也摇身一变成为江湖上义勇的大侠，绝没有丝毫的畏惧。不怕，对，唐朝本是安全的，京都也向来就是一座治安极好的城市，我的意识开始有些混乱起来。京都，分明就是一座让人产生幻觉的城市。

家快到了，它就在前面朝左拐的深巷里……

深巷清清静静，大约只有三米宽，没有人，亦没有车，只有月亮在前面带路，将人的身影拖在身后。各家小店都关门闭户，京都人一定是早睡早起的贤民良众。伫立门口张望，各家门前都收拾得干净利落，小巧别致。门缝间透出隐隐约约的光亮，仿佛告诉路人，屋里的人都过着安稳而踏实的生活……

是啊，我也当了一回京都的“门外汉”。深夜散步回家，好想敲门进去。这错觉，真好！

京都的美，京都的好，不就很适合这样的暗夜？不就很适合在月色下散漫地游荡，在边走边看中去细细体味吗？

路灯微弱，不时有一段段素朴的长墙向前延伸，淳厚幽深的古意回味悠长。

一转折，又是一幅画面，月亮还是那个月亮，它照亮了前面丁字路口处一家小店的招牌。我下意识地走近看，门前灰绿色的青石板被磨得光溜溜的，门上的黑色匾额上写着“八木美术店”几个字。啊，真想进去看看，可惜已经关门了。明早它会开门的，然后我就会进得里面去把那些笔纸看个够，我又开始胡思乱想起来……

我就这样迷乱地瞎走着……

也不知走到哪里了，前面拐角处出现了一座小桥，桥下流淌着静静的小河，河面有五六米宽，河水在周围灯光的映照下闪烁着星星点点的荧光，这是祇园北缘的白川，那桥便是白川桥。

京都也似水的梦乡，鸭川、桂川、加茂川、明神川、高濑川……小河大川纵横交错。立桥观望，我看到了樱花，原来，这花见小路分明是有花的！

樱树的枝头低斜着，盛开的花朵就挂在水面上方，川边也都是古旧的老房子，以及宴饮热闹、亮着灯火的店家。月光下，绽放的樱花显得格外繁丽，飘落的樱瓣顺着河水流去。她们是在含笑？抑或是在哭泣？

京都的故事，当然是少不了这樱花的。这月光下的河水，这川边的樱花树，这水畔人家的佳景……京都，竟如此完美地符合我的想象。

客观地说，美得是有些虚假，这是我看了很多很多的樱花后总结的看法。

是啊！正如梶井基次郎所认为的："樱花竟然能开得如此之美，美到令人不敢相信……"在散文《樱花树下》，他如是说道。

千百年来，樱花就这样盛开，然后凋落，一年又一年，循环往复，轮回重生。

日本人就以樱花来寓意一次转瞬即逝的人生，感伤、忧思、遐想……这就是樱花之美。

夜，很深了。我从樱树的花朵和枝隙间看出去，那轮月亮显得愈发明亮……

如果说男人属阳，是太阳的话，那么女人属阴，就应该是月亮。

城市也应该是有性别的吧。京都，她当然是女性，她就应该是月亮。

2014 年 6 月 18 日初稿

2014 年 8 月 15 日定稿

捌　那年春天，宁静的海

眺望海面，湛蓝、青蓝、紫蓝，远处的海平面逐渐消失在水天一色中。

去直岛的渡海船在濑户内海上平稳而缓慢地航行着……

它，非常慢，非常慢，慢得我甚至觉得它没有走，就停在海面上。

渡船很大，渡海的汽车就停在船的甲板上，有小型私家车，也有很多大型的货车、客车，但一律都干净、整洁，安静地匍匐着，一动不动。

那天，我穿着一件黑色的粗棉布长外套，戴了一顶灰白色的宽檐布帽。刚一从车上走下来，我就在众多丰田、本田中一眼发现了一辆黑色的吉姆尼停在前面不远处，就是刚才在码头上看到疾驶而过的那辆。它显然被改装过，车轮很大，车身被高高地架起来。我相当喜欢这小车，九十九个优点，只有一个缺点，就是小，但小也正是它的优点。原研哉先生曾说过，“日本人的小车就像日本人的榻榻米”，空间紧凑而实用。再想看看开车人的模样，驾驶座是空着的，没人。

爬上船身一侧那陡峭的钢楼梯，来到船的顶层，那里已经稀稀落落地坐着一些上来观景的人。船上的风很大，我戴的帽子几乎要被吹走了，我摘下帽子放进包里，找了一个靠边的位置坐下。

那是4月的一个星期二，天气晴好。

清晨的海风有些许的凉意，虽穿了一件薄外套仍觉得有些冷。放眼望去，远处的景物有些模糊，海面上似乎笼罩着一层薄薄的雾气，那种微微的湿润感恰是我最为喜欢的。

8时许，一抹淡淡的朝霞还映在天边，天空是蓝色的，海水是蓝色的，远处的岛屿和山峦是蓝色的，正像东山魁夷的风景画所描绘的那种群青与绿青微妙融合的青色调。在山海浑然一体的朦胧中，海水泛着温柔的波光，海面在我眼前深沉而凝重地展开，呈现出一幅三百六十度的海景图。

东山魁夷是日本屈指可数的重要画家。据他在自己的散文集《与风景对话》中的讲述，从小就住在神户，在这片青色的美丽海域边长大。当他从欧洲留学回到日本，乘船到达濑户内海时，“惊奇地感受着这派不折不扣的日本风景”，感触于日本风景所拥有的那些微妙神韵。后来，这里的景色也成为他表现日本那惊艳之美的一个重要素材。

记得奥斯卡·王尔德曾说，伦敦以前没有雾，直到惠斯勒画出来后才有雾。这是不是有点夸张？伦敦以前分明是有雾的，只是没有惠斯勒的画来教会人们欣赏它。是啊，从这个意义上讲，我可不可以这样说，在东山魁夷之前，日本的风景里没有青色调。

极喜欢这种缓慢的旅程。没有手里沉重的行李箱，没有匆匆赶往机场的精神紧张，没有被安全带锁定在机舱狭小座位上那漫长而孤独的无聊，没有出入境排队等待的焦虑烦躁……

生活的压力常常使人喘不过气来，人们似乎早已习惯了忙碌，即使在旅途中也得不到片刻的放松和宁静，细细体味那平凡中的平凡，以及，简单中的简单。此时，海的宽广使人放空，一种静谧的氛围悄然而至，只需用眼，任由思绪无限地蔓延开来……

经过了一长段空漠而单调的景象之后，眼前出现了一座座迷你的小岛，岛上的绿色丛林、海边的沙滩、一些奔跑的小孩、搁浅的小渔船、一些小村庄、一幢幢小房子都极和谐地融进这紫蓝色调的画面。又航行了一段以后，那紫蓝色的山峦缩得很小很小，走了半天，景致也没有变化，所以又感觉船好像没动。但往近处看，海浪有力而极富节奏感地拍打着船身，船冲过水面形成的水花轻柔地翻滚着，分明在告诉你，船在前行。

这时，蓝色海面上飞来了一大群白色的海鸥，它们个个肥硕健壮，展翅空中，翩然起舞，抑或是在欢笑追逐，忽而划过水面，忽而又飞向天空。

由近及远，姿态万千。从没有看过这么多的海鸥，我聚精定神地看了约有十分钟，那优美的舞姿会让你忍不住拿起相机拍下几张。

到处是水平线，无论从什么角度看都只有一根平展的、绵延的、大海的水平线……

我静静地凝视着远方……

很多年以前看过的一部日本电影又浮于眼前。他叫茂，她叫贵子，一对聋哑恋人。一个夏天，一片海滩，温柔清新的音乐是久石让的作品。没有对话，只有凝视，女孩凝视着男孩，男孩凝视着女孩，一种青涩，一抹惆怅，还有那淡淡的忧伤。无垠的海面、冲浪的男孩，一个平凡的故事，一部安安静静的电影。男孩抱着冲浪板走在前面，女孩托着冲浪板走在后面，从左往右走，又从右往左走。近处是低矮的灰色岸堤，远处是平静的蓝色海面，一次又一次地重复，这个画面成为我脑海中对这部电影的永久记忆。

电影的一幕幕又在我脑中不停地回放。

《那年夏天，宁静的海》，20 世纪 90 年代初的电影，导演是日本极负盛名的北野武。曾在东京的街头见过他的巨幅头像，他的相貌颇富戏剧感，想不到这位长成一副土匪样、整天戴着墨镜、走路外八字、总在电影里扮演杀人不眨眼的角色、气质颇有点黑社会老大味道的老男人也能拍出如此柔情细腻的电影，这一点甚是有几分难解。

无言，无语。因为这部电影，我喜欢上一种慢吞吞、没有对白、只有画面的电影风格。

渡海船继续向着直岛的方向航行着。

我起身来到船头最前面的甲板上，凭靠在铁栏杆旁，一面日本国旗插在船头，迎风飘展，船头激起的白色浪花在耀眼阳光的照射下显得格外明亮，欢喜的海鸥仍在海面上不停地嬉笑打闹。眺望海面，湛蓝、青蓝、紫蓝，远处的海平面逐渐消失在水天一色中。

那年春天，宁静的海……

2014年7月17日

玖　东京没有时差

管它的，只看，不说，就这样四处游走，我确有一种莫名的愉悦。幻想自己是森山大道，或者是荒木经惟，随意地走吧，拍吧。

经常外出的人都会有个词时常挂在嘴边，这就是“倒时差”。

谁让地球是圆的，让那些生活其上的人们不停地在奔波中辛苦地去适应不同的时间，北京时间、巴黎时间、纽约时间、芝加哥时间……

记得去年 7 月底，刚从法国回来还没休息一星期，六个小时的时差都还没有调整过来，就又去了美国。新的时差接踵而至，那是一次跨越半个地球的穿越，十二个小时的时差无疑是一次体能上的巨大消耗，从华盛顿到纽约，从纽约到芝加哥，一路上我的眼睛都好像没有好好睁开过，干干的、涩涩的，半睡半醒的状态一直持续到要离开芝加哥的那天。

芝加哥的中国姥姥（朋友的母亲，我跟着他家孩子一起叫姥姥）对我说：“你好像时差还没调整过来呢。”我说：“是啊……”“你看，我就没有时差。”姥姥很自信地说。我能说什么呢？很惭愧，我的体能居然还不如一位八十多岁的老人。

一提起时差，我就觉得眼睛又睁不开了。

自从去了东京，回来后我常常对人说：“东京一定要去，因为没有时差。”这话讲过多次以后我开始认真思考起来。想想确是这样的，三个多小时的空中飞行的确很容易度过，读一本薄薄的小说，看一部短片，抑或是打个小小的盹，不等睡醒就已经到了。

仅一个小时的时差是身体可以接受的。曾听一位喜欢旅行的中年建筑师说：“年轻的时候总想跑得远远的，欧洲、美洲、非洲，老是向往那些遥远的地方，越远越好。到了一定的年纪，身体的适应能力就没有年轻时那么好了，体能也开始下降，这时就想着去近一点的地方，我想到了一海之隔的日本。”

日本是比较适合经常去的地方，好像它就近在家的隔壁，没有那种要远渡重洋的紧张感。气候接近，饮食也相仿，虽不懂日文，但随处可见的汉字却使你没有身处异乡之感。相同的容貌使你不会有“外国人”的感觉，很多次我对用日语问我的日本人说：“对不起，我是中国人。我不懂日语。”

这时才赫然发现，原来相同面孔的背后是两种不同的文化。

看过电影 *Lost in Translation*（《迷失东京》）的人都会对那个听不懂日本人讲英语的美国人记忆犹新。其实我也常常听不懂日本人讲的英语，语言有时竟可以成为一个人生存的巨大障碍，置身陌生语言环境中，一种孤独感难免会油然而生。

然而，语言同时也是很苍白的，我深信这点。我不懂日语，但我照样能阅读这座城市。

管它的，只看，不说，就这样四处游走，我确有一种横的街道、交错的地铁网、拥挤的十字路口，还有那些俊男靓女、摩肩接踵的人流、行色匆匆的上班族、推着婴儿车的漂亮妈妈、穿着深蓝色校服的少男少女、开出租车的白发老人、街头的艺人，更有那些安静的书店、凝神阅读的美女，以及那些深巷里的便利店、花店、理发店、眼镜店、拉面店，街口的咖啡店、小酒店，走几步便有的自动贩卖机，随意停放在角落处的脚踏车。还有那些绿意盎然、樱花盛开的城市公园，那些随处可见的漫画、霓虹灯、创意广告、电影海报，那些有名的实验建筑、亮丽的商业店铺、优雅的美术馆、前沿的设计美学、时尚的生活潮流……更为重要的是，她有一段极合适的距离。

北纬 35°41′，东经 139°44′。

不远不近，刚刚好。

喜欢东京，更喜欢她的距离。

2014 年 6 月 27 日

wanzheng

拾 早安，赫尔辛基

天还没有放亮，夜的底色还没有完全褪去，天空呈现出幽蓝的色调。然而晨光已经初露，穿过云层，洒向大地。受光的云层透出晨光的颜色，淡紫、淡黄、淡红，层层叠叠，深深浅浅，似水墨的自然晕染，挥洒不拘，有水彩的清新淡雅，又像油画一样浓重富丽。云在走动，光亦璀璨斑斓，它忽隐忽现，变化万千。

那是今年8月下旬的一天。和往年一样，天气依然有些闷热，而此时的我即将要去往一个非常凉爽的地方。

0时25分，芬兰航空AY70班机准时从香港赤腊角机场起飞。

目的地：赫尔辛基。

飞机已经飞行了9小时3分钟。

凌晨4时28分，在朦朦胧胧的黑暗中，我昏昏沉沉、意识恍惚地被一道刺眼的亮光唤醒。不知是前排哪位乘客打开了舷窗的遮光板，我坐在飞机中部靠近过道的位置，那光线刚好刺向我的眼睛。我下意识地看了看手表，手表上显示的是中国北京时间，上午9时28分（赫尔辛基时间与北京时间相差五个小时）。

随后我打开座椅背上的液晶显示屏，打开航班信息图，看见飞机已经穿越了莫斯科上空，转了一个弯，正向着西面，目的地赫尔辛基的方向飞行。字幕信息显示：飞行高度：49212英尺，飞行速度：497英里/小时，离目的地距离：523英里，室外温度：52华氏度。

从起飞开始，我就一直试图以昏睡来治疗感冒。既没有看书，也没有看电影。

我将随身带的体温计放到腋下，再次测量体温。出发的前一天我有了感冒的症状，体温在37.5℃至37.8℃之间徘徊，属于略微低烧，担心在旅途中会高烧起来，便吃了退烧的药。就在昨天，我独自在成都双流机场一边排队等着安检，一边测量着体温。这时母亲打来电话："好点了吗？真叫人操心啊！"我每次外出，总是让母亲提心吊胆，真的很对不住母亲。我说："妈妈，不要紧的，您放心吧，我会好好照顾自己的。"其实说这话的时候，我自己心里也没底，但还是对自己说了好几次："会好的，你能行的！"五分钟之后，看体温计，显示在37.2℃，略微偏高。虽然一上飞机我就把自己座位顶上的空调风口给关上了，但机舱里的空调还是吹得我头痛，我用棉布方巾将头包起来，但还是觉得冷。又吃下五片感冒药想再次睡去，却睡不成了。

空乘员送来了湿巾，一位一米八五以上的高个子男人，走过来用不锈钢夹子从盘子里夹住一块湿巾递给我，我谢了他，然后将湿巾盖在脸上，当然很多人就直接用湿巾在脸上、手上擦洗。机舱里确实干燥，头发会产生静电，干枯如麻，再加上近十个小时的飞行，时差错乱，再注重保养、衣着讲究的乘客都会面容憔悴、神色厌倦、迟钝麻木。

过了一会儿，那高个子男人过来收乘客手里用过的湿巾，我这才把他看清楚。尽管剃了光头，但还是能看出他那具有北欧人特质的毛茸茸、软绵绵的金发，眉毛也是浅浅的，眼睛是灰蓝色，在白皙的脸上显得很突出。我还注意到另一边过道上的那位男空乘员有一头好看的浅褐色头发。当然，我也很留意始终微笑的两位空乘小姐，金色直发梳成马尾辫，眼角处均有很深的鱼尾纹。她们穿着深色套装裙，从起飞开始，一直就是单调机舱里一道靓丽的风景，即使是简单的来回走动亦如芭蕾舞般的优雅，营造着很温馨、很北欧的氛围。“你想喝点什么吗？咖啡或是茶？”啊，她们清脆的嗓音不停地重复着这样亲切的问句。

睡意难去，又难以再睡。难吃的套餐又送上来了，我撕开食盒上烫手的锡箔纸，将一次性叉子拿在手上，很无奈地叉起食物，然后送入口中，像嚼蜡似的咀嚼并咽下那变了色的火腿肠，不知是鸡蛋还是奶酪做成的一团模糊不清、软绵绵的像饼一样的东西，还有那硬硬的面包、冰凉的果汁。奇怪啊，世界上最难吃的食物莫非就是飞机上的套餐了？但年年都会自觉花钱来吃。我一边很努力地咽下，一边这样想着。

英国作家阿兰·德波顿说，飞机上的食物因为是在那么高的天空上、在云海里、在那狭小的小桌板上享用的，所以具有一种独特的滋味和情趣。我似乎也觉得应该是这样，即使是普通的食物也因转换了时空而另具新意，就像郊游时的野餐，重要的不是吃什么，而是在什么地方吃。每当这个时候，我都会自觉地告诫自己：旅行的本质并非是物质的追求和感官的享受，而是将自己置身于一个全然陌生的地方——在那里，没有谁认识我，我将再次用好奇心去面对一切，去构建一种富含全面营养且高质量的精神生活。物质的自己总是被另一个精神的自己打败。一趟旅行下来，体重也可以减少一两公斤，何乐而不为呢？

用餐过后，机舱里开始嘈杂起来。我解开安全带，起身来到紧急出口旁，那儿有一小块稍微宽松的空间，可以活动一下经过十多个小时的飞行被安全带固定在座位上已经变得僵硬的身体。从舷窗望出去，飞机巨大的铁灰色机翼精致地伸出很远，沉稳地划过云层。机翼上的灯像钻石一样闪烁，外面是厚厚的云层，往下看什么也看不到，仿佛已登临另一重天空，让我再次联想到天外有天的说法。我看到云海的远处隐隐有一抹淡淡的橘红色，一看手表，是凌晨 5 时 16 分，这是一个即将破晓的时刻，一想到还有不到一个小时飞机就将降落在濒临波罗的海的那座港口城市，不觉有点兴奋起来。

是啊，这是怎样的一座城市呢？

北纬 60°，五十万人，夏天平均气温 16℃……我的旅行笔记上这样记着。但这些都不足以说明什么。重要的是，这是阿尔瓦·阿尔托和弗兰斯·埃米尔·西兰帕这两位芬兰国宝级人物曾经生活过的城市。前者是头像曾印在五十元芬兰马克纸币上的建筑师，赫尔辛基有以他的名字命名的阿尔托大学、阿尔托餐厅、阿尔托咖啡馆，后者是 1939 年荣获诺贝尔文学奖的作家。再加上音乐大家西贝柳斯、建筑师伊利尔·沙里宁，芬兰这么小一个国家竟有这么多影响世界的天才人物，可以说他们是芬兰人引以为傲的民族英雄。而且，他们都曾经生活在赫尔辛基，与这个城市息息相关。在我的印象中，这座地处最北端的首都，即代表了这个国家。

临行前，母亲问我为什么要去芬兰这么遥远的小国家。

“因为它是设计和艺术的大国啊！”简单地回答过后，我自己也认真思考起来。

和往常不一样的是，行前并没有特意去阅读关于她的种种文字，其实在内心深处我始终认为她是一首静谧的诗歌，我只想让自己自然感性地认识它。在我的想象中，夏夜是这个北方国家最美的时刻：

“北方的夏天，夜幕迟迟不肯降临，黄昏久久徘徊不去，暮色在流连中渐渐苍老，即便天色渐暗，也给人难以言喻的明朗之感，仿佛黎明不久将至。迟暮就像一曲舒缓的旋律，悠扬的音符在紫罗兰色的晚霞中愈发轻柔，直至画上短暂的休止符……”

我喜欢西兰帕的小说《夏夜里的人们》中的这段细腻描述，它是诱发我对这个北国产生无限遐想并心驰神往的最初原因。很多年前我去过一次荷兰，也是在夏季，到达阿姆斯特丹是在晚上 9 时许，入住酒店已是夜晚 10 时许了，天还是大亮着，我欣喜地穿着 T 恤、短裤和拖鞋在酒店外的绿地树林间游荡。太阳以很低的角度照进树林里，极优美地在大地上拉出长长的影子，我痴迷于那样的光和影，也痴迷于在那样的光影中诞生的伦勃朗和维米尔的绘画……很多年过去了，我仍然记得那个夏天，那个北纬 52° 的白夜，远远的紫红色的太阳以水平角度热情地照在我的脸上，最后形成一条光的线，在地平线上久久不肯沉下。

那番美景始终萦绕于心，于是，还想再看。北欧，成了我心向往之地。

这座即将到达的位于北纬60°的城市，一座比阿姆斯特丹更北的城市，又该是怎样的景象呢？ 8月下旬，此时的芬兰也到了夏末的时候。在这个冬季漫长而极寒的国家，夏季无疑是芬兰人忙碌的季节，也是狂欢的季节。虽然已过了仲夏节前后体验白夜的最佳时机，但是还来得及，一切都还没有结束，还有长长的日照，还可以看到人们在阳光下尽情地欢愉，那蔚蓝的大海、清澈的湖泊、幽静的森林……

我将去往阿尔瓦·阿尔托的夏季别墅——科耶塔罗，和他当年一样，在用红砖砌筑的小院里静坐片刻，凝望森林，眺望湖泊。我也将去体验一下弗兰斯·埃米尔·西兰帕笔下的芬兰风光，去到他曾经坐过的湖岸边，看看湛蓝的湖水，以及湖边用原木搭建的农家小木屋，透过亚麻布的窗帘，窥看一扇面向湖面的窗户，还有窗户下绿意盎然、摆满鲜花的小庭院。再沿着湖岸的碎石小路走走，看看那瞬息万变的阳光，以及深不可测的天空之景，再想象一下《夏夜里的人们》中那些优美的语句从何而来……

在这个夏末的凌晨，在即将到达的前夕，我已顾不得自己的感冒好没好，也无心细想下飞机前要不要再添加衣裤，以便抵御北国的寒凉。

飞机已开始下降。我重新回到座位上，系好安全带，调直座椅靠背，又打开液晶显示屏，航空图显示飞机正在赫尔辛基上空绕圈飞行，我似乎再也睡不着了。

这时，液晶显示屏上开始播放芬兰航空的广告宣传片。一位白衣女子正裙摆飘逸地奔向海边；一位男子正闭目静坐，沉浸于桑拿；一对情侣正悠然快乐地骑着自行车……轻快的音乐伴着清新的画面，芬兰，就近在眼前。

6时10分，飞机降落在赫尔辛基万塔国际机场。

晨曦熹微中，从舷窗看出去是大片的草坪，远处的航站楼隐隐约约发出些许的亮光，有数十架飞机已经停在宽阔的停机坪上。我想，这架从远东飞来的班机也该是这宁静早晨远道而来的客人之一吧。

大约十分钟以后，飞机停在指定的下机门。我走出机舱，与微笑的空乘小姐互道早安，并沿着一段伸出的下机通道步入航站楼。触目可及之处皆有着明亮光滑的质感，浅灰色的铺地、大片的落地玻璃将空间分隔、联系，创造出丰富的视觉景象。

透过入境乘客通道的玻璃，左边能看到离境大厅里有一早准备搭乘飞机的乘客正静静地等候在登机口前，远处有一排还没有开门的免税店。从整体上看，空间并不阔敞，也没有特别暴露的巨型结构，以及过分张扬的设计。空间小巧精致，灯光、标牌等理性实用，北欧设计的简约舒适可见一斑。

右边则是一幅蓝色调的全景图。天还没有放亮，夜的底色还没有完全褪去，天空呈现出幽蓝的色调。然而晨光已经初露，穿过云层，洒向大地。受光的云层透出晨光的颜色，淡紫、淡黄、淡红，层层叠叠，深深浅浅，似水墨的自然晕染，挥洒不拘，有水彩的清新淡雅，又像油画一样浓重富丽。云在走动，光亦璀璨斑斓，它忽隐忽现，变化万千。

这，就是赫尔辛基的晨光。

在这个8月夏末的清晨，我是如此兴奋地看着黎明前的曙光。在我每天生活的城市，我却从没有这样认真仔细地看过黎明。突然间，家乡仿佛只是一个完全陌生的地方，而他乡的风景倒是显得更加悦目动人，这是怎样怪异的现象！

来到入境大厅，排队等候。我将护照递给海关关员。他问道："你打算在芬兰待上几天？"我答："十天。"随即关员在我的护照上盖了入境章。

我来到了芬兰。

7时15分，我步出机场。一股寒风迎面吹来，"冷……啊……"我哆嗦了一下，比想象的还要寒冷，我立刻觉得衣裤单薄。我将围巾系紧了点，做了一个深呼吸，然后，迎风向前。

天已经亮了，空气异常清新，四处弥散着具有透明感的光，这将是一个阳光灿烂的晴朗天。而此时，这北国的太阳真的离我好远好远……

我向着远方升起的太阳道了声：

"早安，赫尔辛基。"

2014年12月22日

wanzheng.

拾壹　电影里的书店，阿尔托的书店

我知道阿尔托的许多作品，唯独不知道这个，当我知道后便好奇地又把电影反复看了好几遍，想去芬兰的愿望愈加强烈，一定要去那家书店看看。对，就是非去不可！

人们在做一件事情之前往往会给自己的行为找一个恰当的理由，哪怕这个理由并不充分。比如，在超市排队等候结账时，一个想插队的人上来跟你解释“我只有两样东西需要结账”，或“对不起，我家有急事”，一般你都会认可这种理由而同意插队的行为，并不去深究它。

我们通常也会对出门远行，将要去往一个地方，给自己找个理由。为什么去？

日本导演荻上直子的电影《海鸥食堂》（改编自作家群阳子的同名小说）拍摄于2006年，讲述了幸江、小绿和正子三个日本女人在芬兰的故事。她们来芬兰的理由各不相同。幸江是一位独立有个性的小个子女人，说因为从小对圆滚滚的东西情有独钟，所以特别喜欢芬兰的海鸥。又说想来芬兰看帅哥，当然这是在开玩笑。还说“其实不过是不想去做自己不喜欢的事情罢了”。夏日的某一天，幸江在赫尔辛基开了一家叫“海鸥食堂”的小餐馆。小绿说想去遥远的地方旅行，打开世界地图，闭着眼睛在地图上随便指了一个地方，结果刚好指到芬兰，于是就买了机票飞到芬兰。她非常认真地对幸江说：“因为我非去不可。”正子说有一次给卧病在床的父亲换尿布时，看到电视新闻里正在介绍芬兰的空气吉他比赛，看着那些人拼命做着这么无聊的事，人生过得如此悠闲，无忧无虑，好生羡慕。在父亲病逝以后，她独自来到了芬兰。

荻上直子的电影看过好几部，《眼镜》《厕所》都是我喜欢的，一律是清新舒缓、慢吞吞的格调，被称为治愈系电影。看她的电影不能着急，需要用一颗细致平常之心慢慢品味生活本真的味道。三个人为什么来芬兰各有说辞，但我对小绿的说法最为认同，“闭着眼睛一指”，“人有时候无论怎样就是非做不可”，虽有些无厘头，不过想想也是，难道就不能让自己任性一次吗？因为喜欢《海鸥食堂》这部电影，我似乎也喜欢上了芬兰，而我去芬兰的理由其实说来也有一些荒谬——想看看电影里的那家书店。

起码，这是很主要的一条理由。

幸江的小餐馆从开业以来一直没有顾客。一天，一位哈日族芬兰帅哥汤米走进她的这间小店，成为她的第一位顾客。他喝了幸江的免费咖啡后询问幸江日本动漫《小飞侠》主题歌的歌词，但幸江怎么也想不起来了。隔天，幸江来到一家书店，在书店的咖啡厅坐下后，发现近处的座位上坐着一位东方面孔、长相很男性化的高大女人，她就是刚下飞机的小绿。她本来预定了酒店，可一时没找到，就在街上闲逛，遇到这家书店就走了进来。

小绿手里拿着一本日文书《噜噜米谷的夏日祭典》在读。幸江走过去问她知不知道《小飞侠》的歌词，小绿点头说知道，然后拿出本子和笔，一口气把歌词写下来。两人一起小声哼唱起来，幸江的兴奋之情难以言表，轻轻鼓起掌来。在安静的咖啡厅里这两人的举动好像有点奇怪，竟引来周围芬兰人诧异的目光。这个情节是整个故事中最吸引我的地方，电影里的书店也让我始终无法忘怀。

后来，我无意中读到一个日本人写的书，介绍赫尔辛基值得看的地方，其中写到这家书店，原来是芬兰建筑大师阿尔瓦·阿尔托设计的。中间那层的咖啡厅，就是幸江偶遇绿子、请绿子写出《小飞侠》歌词的那间，它就叫"阿尔托咖啡厅"，电影在此取景。我知道阿尔托的许多作品，唯独不知道这个，当我知道后便好奇地又把电影反复看了好几遍，想去芬兰的愿望愈加强烈，一定要去那家书店看看。对，就是非去不可！

在8月下旬的一天我来到了芬兰。

此时正是这里的夏末，但气温跟我们的春秋季节差不多。到达赫尔辛基的当天是一个阳光明媚的晴朗天，尽管我穿了厚厚的衣服还是觉得寒意阵阵，因为那天我感冒了，准确地说是出发前的一天便感冒了，但却不能因此而取消这次旅行。吃感冒药，在飞机上昏睡，感冒依然没好。该死的感冒，怎么偏偏在这个时候？

赫尔辛基是一座规模很小的城市，步行基本就可到达你想去的市内任何地方。带着地图从入住的市中心克劳斯K酒店出来，穿过清静的林荫街道，穿过那些有无轨电车缓缓行驶而过的街口，穿过市中心公园的光影斑驳、弥漫着狗屎味道的绿地，与那些戴着太阳镜边晒太阳边散步遛狗的芬兰女士擦肩而过——整个城市好一派缓慢的节奏，与《海鸥食堂》这部电影的风格绝对搭调。不到十分钟就来到一个较为繁华热闹的商业地段。整个街区基本都是19世纪新古典主义风格的建筑，三段式的基座部分都是粗重的砖石。临街有好多品牌店铺，著名的家具品牌阿泰克也在附近。

蓝天下，站在路口看过去，斜对面的街角处有一座深灰色的规整网格立面的房子，颇有几分密斯建筑的韵味，在那些五六层高的古典砖石建筑中非常突出。它一面临凯斯库萨图中央大街，一面临滨海大道。建筑外墙的金属板是铜制的。在午后强烈的阳光下，方形窗框的玻璃映照出天空纯净的蓝色，框边投下浓重的阴影。整座楼是一家百货公司。建筑临两条街道的外立面略有不同，在临滨海大道一侧，方形窗框的四周嵌套了白色的装饰板，从而使建筑立面显得格外精神。我隔着车水马龙的滨海大道在街对面凝神细看，临街一层的额部上有一排文字：AKATEEMINEN KIRJAKAUPPA、AKADEMISKA BOKHANDELN。这是我看不懂的芬兰语，但毫无疑问，它就是阿尔托设计的赫尔辛基学术书店。

踏上两三级台阶，有一个凹进去的门厅。芬兰是一个寒冷的国家，建筑的出入口一般是双层门，而且门都特别高大笨重，推门进去的时候我将手握在门的铜制双把手上，把手的弯曲弧度很适合手的把握——这是阿尔托标志性的设计。走了几步，回头再看看那门把手，可不是嘛，小绿和幸江就是这么进来的。双把手在阿尔托的其他作品中也常出现，它确实很适合这样厚重的大门。阿尔托不仅设计他的建筑，同时也设计他建筑上的门把手，他的建筑里总是有很多细节。

设计于 20 世纪 60 年代的这家书店并非阿尔托最主要的代表作，然而确实是我很喜欢的一件作品。这是一个三层共享的中庭式空间，开放的楼层用自动扶梯联系上下。简洁明了的空间关系，虽着笔不多，但很多细节却恰到好处，从功能到形式都极好地表现了阿尔托空间语言的特色。特别是中庭顶上那三个陷入室内的锥形立体采光天窗，是经典的阿尔托式采光设计。尽管早已知道，但在看到的一刹那我还是被它的美丽深深地打动。它们晶莹剔透，就像是悬在空中的三颗巨大钻石，折射出璀璨迷人的光影。这三颗“钻石”的面是透明的玻璃，边则是钢框架边框，并以长轴为中心左右对称。但这根轴在截面上却有宽窄和高低的变化，菱形剖面越变越小，底部的那根长轴形成一条倾斜的直线，颇具动势。

浅浅的灰白色大理石装点着墙面和地面，使空间显得分外明亮。除了靠墙面放置的书架外，大尺寸的图书展示台整齐地排放在大厅里。图书一叠叠整齐平放在展台上，展台搁架上的书都直立摆放，搁架下面嵌有柔和的灯光，使眼睛很舒适地落在展台的图书上。读者可轻松随意地拿取图书，并驻足翻阅。书架旁，展台侧还放置了一些沙发，沙发一侧有落地灯提供局部照明，读者可坐下来休息，细细阅读。

这显然是一个让人很想待的地方。我在临近的展架上随意拿了几本书，找了个座位坐下来。旁边是一位胖胖的芬兰大妈，一头卷曲的白色短发，灰色外套下面是卡其色格子呢料及膝长裙，戴着老花眼镜，正安详地翻着一本小说。对面有一个二十岁出头的男孩，深棕色寸头，灰蓝色眼睛，上身的白色短袖 T 恤袖口下露出左臂上一个树形图案的纹身，下面是深色宽松牛仔短裤，脚穿一双迷彩帆布鞋，红色的双肩背包放在腿上，正埋头翻着一本厚书。我把从展架上拿的几本书逐一翻了一遍，呵，书里可都是我看不懂的芬兰语，但从书的插画能大致解读出来，一本是讲植物知识的科普书，另一本是讲家庭故事的小说，还有一本是讲一个人在一座岛上独自生活的故事。

我就这样翻着书大约坐了二十分钟，感冒没有好的我依然有点昏昏欲睡的感觉。我起身将书放回原处，然后走到自动扶梯上。扶梯徐徐地上升，我看到一层大厅的全景：展台、展台上的书、那些站在展台旁翻书的人，以及坐在沙发上读书的人，还有刚才我身旁的那位芬兰大妈和那个深棕色头发的男孩。

来到二楼。环绕中庭一侧的女儿墙约有 1.2 米高，靠女儿墙内侧排列着书架，这也是阿尔托在很多设计（如芬兰年金协会大楼）中惯用的手法。作为建筑要素的墙与作为家具设施的书架结合在一起，形成一种矮隔断式空间分隔，限定出一条回廊式通道。我走在通道上，看到书架上摆放着很多图书，高更、德加、达利、弗洛伊德……在书架最上层的支架上安装有长条形灯管的局部照明，灯管的照射角度刚好照在书籍上，且不会产生让人的眼睛不舒服的眩光。过道的另一边是展台，靠里面的墙是较高大的书架。我在书架及展台间慢慢浏览着，偶尔也会看到有英文书专柜，有加西亚·马尔克斯的《百年孤独》、亨利·戴维·梭罗的《瓦尔登湖》、乔治·奥威尔的《一九八四》、托马斯·曼的《布登勃洛克一家》、马克·吐温的《汤姆·索亚历险记》……

这时，一阵诱人的咖啡浓香飘散过来，我径直往前走到廊道的尽头，来到二层的咖啡厅。

咖啡厅与书店之间并无任何分隔，这是书店里一处轻松惬意的休憩区。回廊靠中庭一侧的白色大理石墙面上有一排金色的英文字——CAFE AALTO（阿尔托咖啡）。我当时在想，以建筑师的名字来命名这间咖啡厅也是有那么点芬兰特色的个人崇拜，但他们崇拜的可是建筑师，这位头像被印在五十元芬兰马克纸币上的阿尔托先生真不愧是一位深得民心的国民建筑师。对于芬兰人来说，他不仅是一位建筑设计师，还算得上是一位民族英雄。可以说，他不仅开创了一个建筑学上的“阿尔托学派”，还以他的设计创造了一座城市乃至芬兰整个国家的精神。大概唯有那位被称作“国民大作家”、头像印在千元纸币正面的夏目漱石先生在日本国民心目中的地位能跟他相提并论吧。

咖啡厅低矮的格栅顶上悬着金色的吊灯，一看便是典型的阿尔托式设计。木质的方形小桌两边对放着黑色的餐椅，靠过道一侧摆放着圆形餐桌，和我在电影《海鸥食堂》里看到的是一样的。只是觉得有点奇怪，餐椅居然不是阿尔托的作品，而是丹麦设计师雅各布森的“蚂蚁椅”。我用英语问了服务员为什么是这样，她们回答说也不知其原因。

环视着咖啡厅，电影里幸江和小绿邂逅的画面再次在脑子里回放，我寻思着她俩曾经坐过的位置，是啊，她们应该是坐在哪里呢？咖啡厅比我想象的小，并略显拥挤，甚至有些许的嘈杂，与电影里安静的场面不甚符合，好像也不能让人静下心来写出《小飞侠》歌词。感冒的不适多少让人扫兴，而且我刚下飞机才几个小时，时差还没有倒过来，倦意难耐。但这些都不算什么，重要的是，我真的就这么进来了，真的走进了电影里的书店，这家阿尔托设计的书店。小绿脱口而出的那句“在街上随意闲逛，看见一家书店就走进来了”，总使人回味。“不过，我可不是随意闲逛进来的啊。”我自言自语，并暗自笑起来。

本来想坐下来喝杯咖啡，但一时没找到座位，就此放弃。

乘电梯来到三楼。三楼的格局与二楼几乎一样，只是站在临女儿墙的过道上能将那三颗“钻石”看得更清楚。“钻石”就在近旁，近得几乎伸手可及，它们突然显得硕大无比，大得有点使人透不过气来。我在回廊上边走边看，“钻石”的形状和光影在移动身体和视点时产生了奇异的变化，从每个角度看都不同。透着天光的“钻石”变成了蓝色，与室内的暖色调形成鲜明的对比，显得那么雍容华贵。这种钻石造型的窗不仅是一种很好的装饰，还能导入更多的光线，使自然光均匀地发散。在它们的外层还有一层玻璃凸出于屋顶，两层玻璃之间形成一个内空的窗空间，可以增强房子的密封保暖性。外层的玻璃是倾斜的，所以不会使积雪堆积，在芬兰这样一个冬季漫长而高寒的国家，这是一种极富地域性的设计。想想看，冬夜的大雪漫天飞舞地飘落下来，落到天窗上便融化了，那三颗“钻石”依旧闪闪发亮……

我准备在临走前再去二楼的咖啡厅坐坐，下到二楼走进咖啡厅时，发现异常安静，已经没有顾客了。我正觉得奇怪时，服务员走过来跟我说：“对不起，我们打烊了。”

我下意识地看了看手表，此时是下午 6 时。

我再次握着刚才进来时握过的铜质双把手，用力推开那扇沉重的大门，从书店走出来，走到熙熙攘攘的滨海大道上。当我再次穿过那些店铺林立的街道时，发现街边的行人比来的时候更多了。路边酒吧门前有好些喝酒闲聊的俊男倩女，都坐成一排，戴着太阳镜，面带微笑地朝远处看着。我朝他们看的方向抬头望去，清透的阳光正斜照在赫尔辛基大教堂高耸的穹顶上，几百米的前方就是渔人码头，海鸥在海面上展翅飞翔，朵朵白云飘浮在蓝天上。

下午 6 时 15 分的赫尔辛基，天色依然明朗。

2015 年 2 月 7 日初稿

2015 年 5 月 21 日定稿

拾贰　夏天的房子，科耶塔罗

在芬兰语中，「科耶」是「实验」的意思，「塔罗」是「家」的意思，「科耶塔罗」就是「实验住宅」。夏季别墅是一座「正在实验中」的房子。

北国的芬兰也有夏天，就在每年的6月至8月。芬兰人爱夏天，因为它短暂却美好。1939年获诺贝尔文学奖的芬兰作家弗兰斯·埃米尔·西兰帕在他最优美的长篇小说《夏夜的人们》中有这样的描述：

“北方的夏天，夜幕迟迟不肯降临，黄昏久久徘徊不去，暮色在流连中渐渐苍老，即便天色渐暗，也给人难以言喻的明朗之感，仿佛黎明不久将至……密密丛丛的树林里，晴朗明澈的长空中充满了莺歌燕语……林间隐隐约约有条小径通向……

“湖区碧波万里，延绵不绝……虽然天静无风，湖面却不时泛起细碎的涟漪，使湖水更显幽蓝。星星点点的木筏子在水面上悠悠飘荡……”

我要去的地方正是在芬兰中北部湖区，位于派延内湖上一座叫莫拉特赛罗的小岛。岛上有一座著名的小房子，从教科书上的图片看，它可能并不起眼，甚至普通得不能再普通，就像民间的一座乡土住宅。然而从它的格局和手法看，却绝不是民间工匠建造的，它声名显赫，出身名门，血统纯正，它就是芬兰现代主义建筑大师阿尔瓦·阿尔托给自己盖的夏季别墅——科耶塔罗。房子就建在白桦树的林子里，濒临一片清澈的湖水。

一

1952年，阿尔托设计的距离芬兰中部城市于韦斯屈莱很近的珊纳特赛罗城镇中心竣工，这是战后阿尔托设计的第一座重要的建筑。这一年10月，他与事务所的女建筑师艾丽莎结婚，他们一起在离珊纳特赛罗城镇中心不远的莫拉特赛罗小岛上发现了一块景色绝美之地，并把它买下来，决定在这里建造他们的夏季别墅。

从一开始，阿尔托就自有想法，称这房子是“实验室”。在建筑史上，那些建筑师的自宅一定是设计者最真实的自我表达，也只有在自家房子的建造上才可能大胆实验新的想法。即使在今天，实验建筑也是先锋和另类的。阿尔托不喜欢任何形式的分类和文字解释，他虽被尊为现代主义建筑大师，与柯布西耶、格罗皮乌斯、密斯、赖特齐名，然而他却很独特，在现代建筑史上算是个异类。自从1933年帕米奥结核病疗养院建成后，年轻的阿尔托就从偏于北欧芬兰一隅的一名小建筑师一跃成为享誉全球的功能主义建筑大师。他从不反对技术，但也绝不盲从，总是和主流保持一定距离。他的作品里虽有柯布的影响，却也融入了许多根植于芬兰土壤的设计元素，这使远离欧洲现代主义运动中心的芬兰找到了属于自己独特地域性的现代主义建筑语言，一种技术与温情、乡土与古典等各种元素并列杂陈，丰富、有机而灵活的阿尔托式建筑语言，他的建筑也因此被称为“人情化建筑”。与柯布比起来，他不太长于写作，也不喜欢通过演讲来宣示自己的建筑主张，但我始终记得他曾说过的“我建造”，这就是他应对所有理论问题的唯一答案。

1953 年，房子建成，随后不断有朋友来访。第二年，阿尔托又增建了客房和仓库，这样，他和家人入住的时候就可以同时接待来访的朋友。从此，每年的夏天，阿尔托都会到这里来住上一段时间，过着隐居的生活。

1954 年的夏天，勒·柯布西耶从南法地中海边的马丁岬给阿尔托写信：“我听说芬兰的夏天十分美好。如果我能去，我们一句建筑也不要谈。那该是多么令人向往哦！”

整整六十年过去了，房子依然完好静立于莫拉特赛罗小岛上，小岛也因此变得更加著名。不过，那可是个不容易去的地方。据说，当年阿尔托在世的时候，很多人都去过，包括后来成为阿尔托研究专家的约兰·希尔特。而那些越过丛林前去小岛上拍摄房子的建筑师，如果运气好的话说不定也会偶遇正在那儿度假的阿尔托，这时，阿尔托会把他们请进房子里热情款待。如今，阿尔托早已不在人世，而当年柯布写的那封信也被封存于历史的记忆中，他是否真去看了那房子呢？我们已不得而知。

二

8 月下旬是这里的夏末。虽说是夏天，但气温与我们的春秋两季别无二致，早晚很凉，即使白天也要穿上厚点的风衣或外套。天空总是阴沉着脸，云层低低地压在头顶上，说着说着就会下起一场雨来，且总是下个不停。雨过天晴时太阳斜射透过云层，幻化出熹微轻透的光影，云影忽而淡紫，忽而淡黄，天空的色彩变化多端，同时也显得格外渺远空阔。清凉的空气使人神清气爽，但时不时也会让人心生倦意。“千万要打起精神，可别在那房子里睡着了啊！”——这不是在开玩笑，还真是确有先例，去之前我又想起了那个“可以让人睡觉”的故事。

几年前，读到日本建筑师中村好文的考察手记，说他造访科耶塔罗时居然在房子前睡了一觉，醒来时想起另一位受阿尔托影响很大的美国建筑师查尔斯·摩尔说过的一句话：“为了获得对伟大建筑物的实际感觉，最佳的方法就是去那建筑物中睡一觉再醒来。”

如果真能睡着，那倒是一件很惬意的事情。

三

到达那座小岛是在一个天空灰暗的午后。小岛现已有桥梁和陆路连接，所以，我们不是乘船，而是坐车，这当然少了很多当年阿尔托乘船去往小岛时的意趣。房子离路边还有相当的距离，路边有木制栅栏将这一片林子围起来。等待了约有二十分钟，开门的管理员来了，是一位酒红色头发、戴了鼻环的女士，稍显时尚的打扮跟我印象中的芬兰妇女有些出入，因为在意识深处我总是不自觉地将芬兰女性想象成阿尔托的第一位妻子、建筑师爱诺·玛西奥的样子。

但很快我就没能再继续想下去，而是被这里的景色深深吸引了。

| 穿越密林

真是一片隐秘的丛林。

这里并没有可称得上是“道路”的东西，只是踩着前人的足迹向那密林深处走去。脚下是裸露的岩石，凹凸不平，且覆满斑驳的青苔和针叶树纤细的落叶，在特别不平的地方有木条板铺设以便于通过，下过雨的地面格外湿滑，当然得特别留意，否则就会被树枝或岩石绊倒。右边就是湖岸，岸边的灌木悄无声息，脚下的落叶沙沙作响，这样的荒野之地正如我想象中的芬兰。轻薄而柔和的光线从密织的白桦树林缝隙间透下来形成弥散的漫光，平静的湖面透过笔直的树干显出一条直线，与森林形成垂直与水平的绝妙对比。一条木制的栈道从岸边伸向湖面。湖岸边，堆砌的乱石被湖水任意拍打；湖中央，芦苇被微风轻轻地吹拂；湖对面，还是连绵的森林。沉寂的湖水，静谧的森林，正是做梦的好地方。我想起阿尔托曾说过：“我们北方人，特别是芬兰人，爱做‘森林梦’。”

走了约有五十米，我看见一座木制的小屋。说是小屋，走近一看其实是用木条围合的一个长方形匣子。从木条的缝隙间能看到里面有一只船，这正是当年阿尔托自己设计建造的小船。那时候，陆路交通还没有开通，在夏季别墅建成后，阿尔托立即开始设计来这里的小船。他曾画过很多小船的设计草图，并与造船师合作，尝试将各种类型的木材用于船的建造。他们研究船头的形状，使之不仅适于船体划过水面，还可以在平坦的派延内湖岸边着陆。这也是夏季别墅的一个实验项目。在船侧钉着一块板子，上面写着“在家乡不被接纳的先知”，这是他给小船取的名字。虽然阿尔托的成就在芬兰可谓家喻户晓，他的头像也被印在五十元芬兰马克纸币上，但这样的自我认知也难免透出一丝孤独，是否有“古来圣贤皆寂寞”的感觉呢？每年的夏天，他乘火车来到这片湖区，坐上小船，经过一个小时的水上航行到达这座小岛，将船停泊在湖边，然后登岸，穿过森林，来到他自己的科耶塔罗。

又走了约八十米，树林里再次出现一座木制的小屋，这次可是真的小屋，是用原木搭建起来的，坐落于一块木制平台上，平台的下面仅以原木和石块来调整平整度。木色因历经岁月而变得暗沉发黑，窗户和门都开得很小，屋内有一个炉子，有一个小洞可将柴草递进去，这是阿尔托很珍爱的桑拿小屋。很多芬兰人的住宅都有这么个小屋，离住的地方有一定的距离。我看这小屋的确跟柯布马丁岬的十六平方米小屋很像，那是柯布晚年的归隐之地。在骨子里，似乎他们都有一种隐士的情怀。

小船、桑拿小屋，沿着崎岖的林间小道跋涉，人心也就在这一过程中被净化了。穿越了约两百米的密林后，在面向湖泊有点下坡的地方，就能看到那座高高低低、错落有致的白色住宅，透过树林隐隐约约地出现在一块巨大岩石的背阴面。

｜白色的房子

房子是白色的，与天空几乎浑然一体，隐逸在树林间，所以当它出现在眼前时，你甚至感觉不到它的存在。它就那样安静地在那儿，没有丝毫视觉上的震撼。这种低调的姿态使房子很好地融入环境。

从北面接近房子，看到的是一排展开的小建筑，它们彼此分离，除了主体的部分，那些小体量的附属用房就是后来阿尔托在主体部分的东面增建的客房和仓库。从平面图来看，最初阿尔托还计划在森林中做一些其他的实验，比如利用太阳能的暖气实验装置，以及弧面砖墙的堆积实验等，但后来这些计划没有完成。

主体的部分为砖造，在砖上面直接涂刷上白色的涂料就是外墙了，砖的纹理清晰可辨，阿尔托还故意做了一些凹凸并附了木条，以增加一些粗朴的味道。主体部分的西面，面向湖泊的一边有着大大的开口，开门的部分立着垂直的隔栅——经典的阿尔托式竖条，以表达对周围森林的敬意。

客房部分的外墙贴着木造的壁板，也漆成白色。板子是横着的，与主屋外墙的砖缝取得很好的连续效果。而在仓库的一个转角部位，木板变为竖直，形成有趣的变化，随后逐渐过渡为阿尔托式的木条栅栏，与周围林木树干的直线协调起来，房子便悄然消隐于森林中。

| 结构实验

房子就直接坐落在岩石上，与地形的关系相当亲密。增建部分并没有打地基，不像通常的做法那样建在人工平整过的场地上，而是随形就势地将原木直接搭在岩石上，架起一个等高的室内地坪，仓库则保留了倾斜的地面，仅调整木柱的高度来保证屋顶的水平。因此房子与地面之间有各种不同宽度的间隙，以保持基地自然的原貌。这是为实验住宅做的一项大胆的结构试验，它其实也是在模仿芬兰小木屋的结构。阿尔托想以此来实现建筑对环境最大的尊重，以及最小的干预。

| 中庭

攀上陡峭的岩石来到内院的入口，院子的开口朝南，正对着那一片清澈的湖水。我站在岩石上眺望湖泊，看一眼湖水真的就能使人沉静下来。当林间的夏花盛开之时，这里该是怎样的绚烂？阿尔托会去桑拿小屋里蒸桑拿，然后在清冽的湖水里游泳，无论是在宁静祥和的午后，还是天色依然明朗的傍晚，他都会坐在院子里凝视湖面，倾听鸟语。此时，时间仿佛变得缓慢，甚至静止。

走进内院，立刻是另一番景象，与白色外墙的素静恬淡形成鲜明对比的，是这里洋溢着热烈与欢快的气氛。这是一个用红砖砌筑的院落，呈正方形。建筑整体也呈正方形，边长为 14.41 米。内院就被包裹在院墙和房子的中间，朝南和朝西两面是院墙，有大尺寸的开口来接纳周围的景色，东和北的两边是呈 L 形的住宅。内院的边长与整体建筑的边长之比为 2∶3。它非常几何化，且比例精确。

其实，对这房子的平面图我早已通过书本熟记于心，到现场来不光是要验证一下自己对图纸的感觉，还想亲自用手摸一摸，也用脚踩一踩。我刚一踏上红砖的地面，那并不太平整的感觉就带给我一种无以言表的愉悦，真有一种农家小院的亲切之感。地面被分割成大小不同的十个方块，每一块都采用不同的铺设方法，真是要花费不少的心思。砖缝间覆满青苔，细碎的针叶散落四处，使本来红砖地面的颜色变得更为生动而有韵致。

墙角处有一些杂草，看着它们，那些画册上的图片再次浮现于我脑海中。当年主人在世的时候，墙角处生长着各色花草和攀爬的葡萄藤。休闲的躺椅置于院子中间靠北一侧，有太阳的时候，阿尔托会在那里晒太阳，艾丽莎爽朗的笑声总是回荡在小院里。阿尔托有一张不修边幅地穿着短裤在院子里画画的照片，右手握画笔，左手拿画框，如同他的房子那样随意自在。他的画并不刻意于某种形，只是漫不经心地在色彩和笔触的涂抹之间自然流露出一种松散与随心的趣味。阿尔托也从不把自己看作画家，这一点是他与柯布很不同的地方。

| 火炉

正方形中庭的正中央有一个凹陷下去的正方形火炉，处于整个建筑的中心位置。火炉的边长约为 1.6 米，与中庭边长的比例为 1:6。凹陷的深度约为 0.18 米，大约是三块砖的厚度，火炉同地面一样也是用红砖砌筑，烧过柴草的灰烬还留在火炉中间，仿佛主人刚刚离开，今晚还会回来。

在房子建成后的十余年间，岛上都没有通电，所以阿尔托一直愉快地享受着使用煤油灯的原始生活。在那样的环境里，火是如此重要，如同文明的早期，人的生活围着一团火而展开，火就是一个生活的图腾。火炉在这里不仅具有功能性，也很具象征性，它是整个房子最传神的一个亮点。可以想象，在凉爽的夏季傍晚，阿尔托会亲自在火炉里点起篝火，周围万籁俱静，只听见火苗噼里啪啦的声响，燃烧的火焰映红了小院，当太阳在西面沉下去的时候，一缕炊烟从小院中间袅袅升起。阿尔托有一张立面草图，画的正是此景，寥寥数笔，特意表现了那升腾的烟雾。

我记得一首芬兰小诗里的一句："缭绕的烟雾来自爱的温暖的炉边……"他也像酝酿诗歌一样构思自己的建筑。柴草从周围林子里拾来就堆在火炉旁，艾丽莎在炉边添加柴草，阿尔托跟前来造访的朋友聊天，他指着天上的星星说："北极星也来到了这里。"

| 砖的实验

北面的房子是工作室、起居室、餐厅和厨房。房子有单坡的屋顶，非常陡，最高处与最低处之比为 2:1，精确的数学关系并没有妨碍建造时的自由挥洒。这面北墙是院子里最主要的墙面，用普通红砖建构的墙面却绝不普通，它的建造方法与民间工匠的砖砌手法根本不同。墙面有着极其丰富的表情，有五十余种不同的铺设方式，杂七杂八,五花八门。这里高一点，那里低一点，这里密一点，那里松一点，这里砖缝宽一点，那里砖缝窄一点，可谓异彩纷呈，让人眼花缭乱。在东面的墙上还有阿尔托常用的那些陶瓷面砖、条砖，包括很有阿尔托特色的深蓝色釉面陶土砖，与粗糙的红砖形成质感和色彩的对比。如果不是教科书上说了有多少种，还真的数不清。这些砖都没有承重的作用，只是贴面，我能体会到阿尔托当时在施工现场的那份轻松愉快的心情。他是先画了一个大体的草图，到了现场却并没有完全精确地按照图纸来做，很多地方都有随性的调整，更有现场的感觉。

这确实是一件有现场感的作品，那些砖都在他亲自指导下贴上去，这块砖这么铺，那块砖那么搭，生动得好似一场砖的游戏。没有书本，更没有理论，依靠直觉，凭着经验，这位工匠型建筑师就这么愉快地盖房子。这里有艺术创作中难能可贵的偶然性以及意外的效果，这些使砖墙洋溢着一种率性与自由的精神，然而一招一式又透出专业的章法和职业建筑师的根底。

我站在院子里端视着墙面，又用手触摸着那些砖，想起弗兰姆普敦说："触摸就是探索，在不知不觉之中揭示和强化形式的伟大。"看阿尔托的房子尤其需要眼手并用。砖的规格可真多，还有一种倒圆角的砖，一看就是他专门烧制的。即使此时阴沉的天空也不能干扰红砖传递出的快乐情绪，红砖是阿尔托"红色时期"运用的主要材料。人们称阿尔托为材料大师，这么普通的材料在他手里也能把玩得如此自如流畅。在他眼里，材料无所谓高低贵贱之分，他从不把它们分出等级，好像它们只是被阿尔托信手拈来，再平常之物，也能妙笔生花，不拘一格，自由混搭，即使轻描淡写，也能生出浓稠的味道。这里既有民间建造的元素，又有建筑师用心良苦的实验。

这时，天空下起了小雨，我这才意识到该进室内看看。

| 房间

房间在北、东两面形成 L 形的分布，两翼等长，均为 14.41 米，但房子的进深较浅，为 4.8 米，在缺少光照的芬兰，这是适应环境的对策。北面的房间供起居之用，东面的房间是大小不等的三间卧室和卫生间，北、东两翼相交之处是厨房。

从北面的起居室进入，门相当低矮，约 1.9 米，玻璃外附竖直的木条栅栏，这是阿尔托惯用的设计。门窗的开口都很小，使室内显得格外安稳而沉静，这当然是因为北方的地域环境需要保暖。唯独有一面大玻璃窗面向庭园，正对着南面的湖景，木制的窗框与门连在一起，窗台也很低矮，约 0.4 米，这样坐在窗前就可以透过院墙眺望远处的湖泊。窗台面也为木制，上面放置了一些家用器皿。

这个房间的西面是挑高的，在挑高部分做了一个阁楼，这样屋顶就形成一个斜面，下面有木梁顶着天花板。阁楼的部分为工作室，有一个稍显陡峭的木楼梯与下面相连。这个阁楼为木构造，用木梁和木柱衔接在一起，木制地板铺设于木梁之上，建造的逻辑相当清晰。工作室里有一个工作台，阿尔托在这里度假时也会有零星的工作需要处理。

起居室被一组长沙发分隔成餐厅和起居两个部分。长沙发对着壁炉，壁炉旁有一组餐具柜。壁炉的烟囱从屋顶穿出，站在院子里可以看到，烟囱在北立面上与斜屋顶正好形成一个具有均衡感的构图，真是每一个细节都考虑得非常精确。木制的餐桌和椅子很随意地和长沙发围合出一块就餐的空间。餐桌上方有一盏悬臂灯，安在墙上，是阿尔托设计的，这房间里所有的家具和灯具也都是出自阿泰克公司的产品。

经过厨房来到东面一侧的卧室，前面有两间小卧室，最端头的那间是阿尔托夫妇的卧室，目测了一下，最多只有12平方米大小，比我想象的要小很多，其实走进室内的第一感觉是所有房间都比想象的小，比想象的更简单、更朴素。稍微觉得奇怪的是卧室的床头靠近卧室的门，这会让在靠门一侧的人睡得不安稳。我曾经在中村好文的手记里也读到过这个细节，这样的安排是为了在床头一侧能透过直立的条形窗户看到庭园，并越过最高那面院墙的竖直隔栅看到远处的湖面，窗户正对着对岸的莫拉默教堂，那座教堂是阿尔托在20世纪20年代设计的。所以这样的不方便是为了换来一种方便的视野，这倒是挺有意思的设计。卧室的家具也都为阿尔托设计，对于这样一座度假别墅，简单朴素又实用的设计是再合适不过的。我还注意到另一个细节，就是卧室的地板有一块起翘了，这固然是维护和保养的问题，但也让我觉得特别的亲切，因为大师的房子也会出现如平常百姓之家的问题。

四

离开的时候雨下得更大了。当我穿过客房、仓库，再次进入森林的时候，雨水顺着树叶滴落在身上。我站在一块岩石上回头一瞥，那幅以前在画册上看到过的经典画面映入眼帘，透过树林可以看到一组白房子，低低的，矮矮的，零零散散，它多像是座村舍。很多看过这房子的人说，房子的各个面都有不同的面相，从湖面上看，它像伫立在岩石上的一座白色希腊神庙，有人说这是阿尔托自己给自己建造的精神神庙。而此时，从它的背面，我看到的它更像是村野里的一座普通马厩。

也许，在阿尔托看来，所谓神圣和世俗确有相通之处，所谓传统与现代，所谓新与旧，也可以在不经意间相互转换。正如他曾经说过的："没有什么可以再生，同时也没有什么可以完全消失，任何东西都会以一种新的形式呈现出来。"

最后，我想起关于这房子的一件趣事。在芬兰这样的高税国家，建造别墅需要交纳很高的税金。当时阿尔托已是大名鼎鼎的建筑师了，他认为"实验住宅"是为了提高芬兰建筑的品质而应当免除税金，并跟税务机关洽谈，他非常认真地说，瞧，房子的名字就叫"科耶塔罗"。

在芬兰语中，"科耶"是"实验"的意思，"塔罗"是"家"的意思，"科耶塔罗"就是"实验住宅"。夏季别墅是一座"正在实验中"的房子。

但阿尔托并没能获得免税待遇，他按规定缴纳了全额的税金。

2014年10月23日初稿

2014年11月9日定稿

原文刊载于三联书店《新知》2015年3月刊

wanzheng

拾叁　里希蒂耶街 10 号住宅

里希蒂耶街 10 号住宅坐落于芬兰赫尔辛基郊外的蒙基涅米，被称作「阿尔托自宅」，这是一座家与工作室合二为一的住宅。它不仅是阿尔瓦·阿尔托的代表性作品，也曾经是爱诺·玛西奥的家。

从赫尔辛基到图尔库并不远，只有一百六十七公里。但先要顺道去塔米萨里看看阿尔托在1969年至1970年为他的作家兼艺术史家朋友约兰·希尔特设计的房子——船式别墅，然后再从塔米萨里去图尔库。

那天是8月26日，上午去了阿尔托工作室和自宅，然后我们就离开了赫尔辛基。

大巴车朝塔米萨里的方向快速行驶着，我坐在大巴车倒数第三排靠窗的座位上出神地看着窗外。

远处，是大片的湖泊，湖岸蜿蜒曲折，湖中有无数迷你小岛，游艇和小船就停靠在岸边。近处，是密集的白桦树林，细长的白色树干上那些斑驳的纹理煞是好看，一簇簇杜松灌木和杂草在公路边一晃而过。天空明朗、湛蓝，但近处有厚厚的云层压在头顶上，太阳在浮动的云层里穿梭，好像是在追赶我们，我眯缝着眼睛看着，随手用手机拍了几张。

过了一会儿，窗外下起了小雨。8月下旬的芬兰雨水很多。雨，总是说下就下，刚才还阳光灿烂，忽然间天空就变成了灰白色。很快，雨下大了。大颗大颗的雨滴飘落在车窗上，顺势形成一条条倾斜的水线，窗外的景物也变得模糊起来。我下意识地将车窗关上。

“……阿尔托夫人讲话总是很平静，她的举止大多得体。她有很深的洞察力，优雅的眼睛总是在静静观察着……”

这时，从车的最前排座位传来了J老师那略带东北口音的婉转顿挫而清亮悦耳之声，这是他在讲课，每天在车上他总是趁大伙儿精神好的时候讲上一段。刚才说的这段正是约兰·希尔特所写的书里一位日本大使夫人对阿尔托夫人的回忆。

阿尔托的夫人就是爱诺——爱诺·玛西奥。J老师发的“Aino”（爱诺）这个音特别好听，特别有范儿，即使你根本不知道爱诺这个人，也会从他的发音里感觉到爱诺是一个很可爱的女人，我喜欢听他说“Aino”这个词。

“她的表情从来不会出卖她的想法。她的衣着简单又清新，总是很有礼貌，有时看起来像个小姑娘。”J老师继续讲述着日本大使夫人对爱诺的回忆。

雨，还在继续下着，天色灰暗。

我一边埋头在笔记本上用潦草的字迹迅速记着笔记，一边继续听着J老师讲爱诺的故事。

“……爱诺的眼睛很漂亮。”J老师再次提到爱诺的眼睛。

哦……

我好像被触动了一下，停下手中的笔，抬起头来。

是啊，就在一两个小时之前，我的确看到了那双眼睛。真的，我有很深的印象。

那是在爱诺的家，一般在教科书上被称作“阿尔托自宅”的那座房子，在赫尔辛基郊外一处叫蒙基涅米的地方，一个很幽静的住宅区。

早晨先去了阿尔托工作室，然后从工作室出来，穿过两条街，步行了五六分钟，就到了位于里希蒂耶街 10 号的阿尔托自宅——也是爱诺的家。从 1936 年至 1949 年去世，爱诺在这里一共居住了十三年。

我从较为封闭的临街一面的小门入口踏上几步石板台阶进到房子里，穿过西侧两层高的长方形工作室，又从工作室左侧下了两步台阶，进入一个略微下沉的房间——爱诺家的起居室，在那扇木制推拉滑动门的旁边，有一台较为老旧的黑色平台式钢琴，我看到钢琴上有一张爱诺的黑白照片。

照片嵌在相框里，相框就立在钢琴上。爱诺的脸占满整个相框，她没有笑，嘴唇微微闭着，神情很是微妙。她在看着什么，眼睛并没有正视前方，而是朝左侧的方向凝视着。爱诺的眼睛的确很漂亮，眼神里隐含着一种矜持中带着沉静的气质，正如那位日本大使夫人所说的那般——“优雅”。她知性、成熟、安详。这是爱诺拍摄于哪一年的照片？我自问道，但怎么也想不起来。我应该是第一次看到它，因为在所有关于阿尔托的书籍和画册上我好像都没有看到过这张照片。我在照片前伫立良久。

然后，我开始环顾四周。

起居室位于房子一层的中部，西侧为建筑设计工作室，东侧为餐厅，朝南一面开有大面积窗户，窗外是寂静的庭园。当早晨的太阳还没有完全升起来的时候，房间里更显出一种清雅的宁静。爱诺设计的斑马图案的沙发椅就放在钢琴一旁，沙发的中间放着Y形腿的茶几，茶几上摆放着著名的萨伏伊花瓶，也被称作“湖泊花瓶”。就像在芬兰到处可见的湖泊，优美的曲线正契合阿尔托的名字“Aalto”，它在芬兰语中是“波浪”的意思。茶几对着一座用红砖砌筑的壁炉，壁炉不大，凹入墙内，红砖已被烟灰熏得有些发黑。周围的白墙仍是用砖造的，只是在表面直接涂刷了白色涂料，砖的纹理仍然清晰可辨。低矮的窗台前很精心地布置着木制的花槽，花槽里放置着小小的盆栽。窗台前有一排木制矮柜，上面放了些杂志和书籍，在矮柜的旁边有一个带轮可移动的茶几，这些都是阿尔托夫妇设计，并由阿泰克公司生产的家具和室内陈设品。

1935年，爱诺已是阿泰克公司的合伙人兼艺术设计指导，阿泰克公司生产阿尔托设计的家具和家居陈设品，但爱诺自己也做设计，她是一位很好的室内设计师。

当年的爱诺一定常常坐在这张斑马纹沙发椅上，那双优雅的眼睛掠过低矮的窗台和窗前藤蔓的绿荫，掠过这扇大玻璃窗，静静地看着她的花园——一座地形整体倾斜、有些起伏的花园。近处是不规则的石板与自然蔓延的杂草交织的地面，石板在院子里很随意地铺成蜿蜒曲折的小径。在房子东侧有一小块水池。一堵矮石墙横亘在院子的前面，与周围的环境形成一种似隔非隔的状态。院子里有樱桃树、苹果树、山梨树，它们和场地里本来有的松树并置杂陈，这些都是爱诺特别喜爱的植物。

1933年，也就是帕米奥肺病疗养院建成的那一年，阿尔托和爱诺及两个孩子从图尔库搬到赫尔辛基定居。第二年，阿尔托接受了一个设计委托，为赫尔辛基西北部蒙基涅米地区做规划，但项目并没有实施。阿尔托却在这里发现了一块可以建他们自宅的基地（在此之前他们一家都住在公寓里），并把它买下来。设计开始于1935年的秋天，到1936年8月，这座建在坡地上的房子就完全可以入住了。

这房子兼有工作和居住的双重功能。从起居室再次踏上两级台阶，我来到西侧一翼的工作室，两层楼高的空间有一部分被做成了夹层。西墙上有一排高侧窗，窗户下面的隔板上放着阿尔托的几幅绘画。几张大绘图桌上摆放着各种图纸和模型。从1936年直到1955年（那时爱诺已经去世多年了）位于附近的新工作室建成，这里一直是阿尔托建筑事务所的办公空间。最繁忙的是从30年代晚期到50年代早期，那时候有几个大的项目，包括各种工业区域的规划和建筑设计、国际博览会展馆、玛丽娅别墅，那些建筑的设计图纸都是在这些绘图桌上完成的。此后，鉴于大部分工作都被搬到了新址，这里就成了阿尔托的私人工作室。

工作室最里侧的地方有一个角窗，这是一处光线明亮的地方。窗前的大桌子就是当年阿尔托的绘图桌，上面还摆放着各种各样用于制图的工具，笔、尺子、三角板，以及硫酸纸。从角窗看出去是庭园里绿树成荫的景色。这个小规模的工作室算上爱诺也就十来个人。当年的爱诺就在半层楼梯之上有个自己的绘图间，阿尔托会时不时地跑进她的房间提些想法，下面的员工还会听到他俩用芬兰语争来争去。当投标方案被通过（有时爱诺也有单独获奖的情况）以后，这里又成了欢庆胜利的热闹地方，图板被挪开，绘图桌就成了临时性的餐桌。这时却不见爱诺的身影，原来她一直默默地在厨房里忙活着，直到聚会快要结束时才出现，因为她不仅是一位设计师，还是这个家里的主妇。

厨房是爱诺设计的，我特别去看了爱诺的厨房，在房子一层靠东一侧。厨房与餐厅是分开的（餐厅与起居室相连），两个空间之间由一个盛放餐具的橱柜隔开，橱柜门可以分别从两边开启（在阿尔托工作室的厨房也有同样的设计），供人拿放什物，这是一个具有女性特征的细心设计。爱诺的厨房并不大，大约十平方米。靠窗有一排操作台，台子中间的位置有一个用于洗涤的不锈钢水池，水池周围是不锈钢包覆的台面。烤箱、炉具、咖啡机以及其他的厨房用品都与我们今天用的非常相似，很难想象这是一间七十多年前的厨房。或者也可以这样来理解，那是一个现代主义设计崛起并迅速发展的时代，我们今天的设计似乎仍然在受到它持续的影响。爱诺的厨房真有种特别亲切的氛围，她一直致力于耐看、耐用与价格平民化的生活物品的设计和生产。即使是她自己厨房里的那些瓶瓶罐罐，亦如百姓家中的那般寻常，唯有橱柜上摆放的爱诺设计的水波纹玻璃杯、水罐和盘子，以及大小几种不同型号的水波纹玻璃碗让人立刻感觉到很爱诺。这些都是爱诺的代表作，直到今天，芬兰的Iittala公司仍在生产和销售爱诺设计的这些玻璃器皿。

我静静地注视着这些杯子，不知不觉中眼前又浮现出爱诺的那双眼睛，她的灵魂在空气里四处飘散着。因为这座房子、这个家有太多爱诺的痕迹。我在想，对于阿尔托来说，设计是他的事业，也许代表着一种雄心，而对爱诺来讲，设计可能就是生活本身。作为设计师，爱诺同时也是一位能干称职的家庭主妇，因而她的设计都是那么贴近寻常生活。

从位于房子中部窄窄的楼梯上到房子的二层，对着楼梯的是一个用于家庭起居的空间。有一组沙发、一些椅子和其他的家具摆放其中。中间有一座砖砌的壁炉，壁炉上放着一幅老年妇人的油画肖像，我问站在一旁的J老师："这是阿尔托的母亲吗？" J老师说："这是他的继母。""继母？""对，这实际上是他的姨妈。阿尔托八岁时生母去世，他父亲后来娶了他生母的妹妹为妻。"

八岁丧母的阿尔托似乎一生都在寻找童年失去的母爱，他的艺术天赋承继自母亲，他是那样眷恋着母亲对他的温柔与关爱，他与母亲的这种亲密关系后来在某种意义上被与爱诺间的关系取代。爱诺不仅比阿尔托大两岁，而且在她身上有种可贵的母性特质，她总是能用宽容和冷静去包容阿尔托天才艺术家式的顽皮以及嗜酒的本性。所以，爱诺不仅是他的妻子和事业的伴侣，同时也扮演着他母亲的角色。

对着壁炉的西侧有一扇木制的小门，通往二层的屋顶平台。我穿过这扇小门来到平台上，早晨的空气清新怡人，太阳已渐渐露出脸来，轻薄的阳光照在素朴粗拙的混凝土平台地面上。混凝土块的缝隙间是肆意钻出来的荒草，蓬勃生长的藤蔓植物很随意地附覆于白色竖条木板的墙面上，靠东一侧是深褐色碳化木包覆的外墙，与白墙形成鲜明的对比。

“屋顶花园”是现代主义建筑的一大特征。在这座房子建成之前，勒·柯布西耶早已在1926年提出“新建筑五点”（底层架空、屋顶花园、自由平面、自由立面、水平长条窗），并将其原则以最纯粹和最清晰的方式实施在1930年建成的萨伏伊别墅中。1928年，阿尔托与爱诺在法国之行中也去参观过柯布的加歇别墅。然而，这座房子的屋顶花园却自有一种特别的味道——亲切的居家感。屋檐下有一把白色的木制休闲椅，平台中间的两个小花坛绽放着白色的野花。平台的栏杆就是自然的原木，从中间对剖开，然后反方向搭接起来，没有任何的雕饰，一丛丛的藤蔓叶子也就自然地匍匐于栏杆上。我凭靠在栏杆旁，用手摸了摸颜色已变得暗沉、手感粗实的原木栏杆，看着下面的庭院。自然起伏的绿地中很是随意地散布着疏密有致的石块，真有一种废墟的意境。当年的爱诺就坐在这儿，这座屋顶平台上。她也会在下面的庭院里晒太阳，在水池边蹲下来喂她那只松鹤，在草坪上跟两个孩子嬉戏玩耍，或看看院子里那些栽植的花草、那些结了果子的树……芬兰人总是很享受他们的夏天。

此刻，我似乎看到了爱诺那如夏花般灿烂的笑容，开心的，真诚的。她的眼角处有好多可爱的鱼尾纹，那双眼睛总是挥之不去……在这个夏日的清晨，穿过这座温暖的房子，穿过房前有清凉池水的小池塘，穿过有些许微凉的庭园，我就这样和一位素未谋面的芬兰女性相遇。

“……有一天，阿尔托夫人忽然托人把一个礼物送到我的住所。那是一丛洋红色的花朵，插在阿尔托夫人自己设计的花瓶里，插花的方式是日本式的……我曾送给阿尔托夫人关于日本花道的书，她很认真地依照书中的规矩做了一份插花给我。作为这个遥远国度的唯一日本女性，我对此感叹不已……”

J 老师的声音将我从刚才的思绪中猛然拉回到车上来。我这才意识到自己竟一直在想着爱诺的眼睛和今早看的那座房子。

当我将要离开她家的时候，我再次走到爱诺的那张照片前端详良久。

竟有一丝平静中的悲凉不经意地留在那眼神里。她凝视的这个世界已不是她在世时的那个世界，一切都变了。她唯一能做的就是一直守候着她的家。

她的眼睛里是无尽的沉默。

爱诺只活了五十三岁。1949 年 1 月 23 日，爱诺在这座房子里去世。就在那一年，西蒙・波伏娃的《第二性》出版，爱诺没有读过这本书。在爱诺生活的年代，没有“女性主义”之说，即使是才女弗吉尼亚・伍尔夫也只是教导女人一定要有一间自己的房间。而波伏娃其实最终也并没有走出她与男性中心主义者萨特之间不平等的怪圈。

“爱诺样样都行”，这是她周围人的一致看法。她是阿尔托建筑事务所里的一名建筑师、室内设计师、管理者，是阿泰克公司的合伙人、艺术指导以及经营者，是两个孩子的母亲，是阿尔托的夫人，同时也扮演着阿尔托母亲的角色，她与阿尔托联合署名参加设计竞赛（阿尔托通常将爱诺的名字署在他自己名字的前面，即使爱诺没有参加，阿尔托也会署上爱诺的名字）……可以说爱诺和阿尔托难分彼此，我们甚至很难从许多作品中明确分出哪些是阿尔托的，哪些是爱诺的。正如他们夫妇的建筑师朋友斯文·马克留斯的太太维奥拉·马克留斯曾经评价的，总体上爱诺比阿尔托天分更高。

我相信这点，就像我相信法国艺术家罗丹的情人卡密尔·克洛岱尔那惊动世人的天赋，她的作品越是卓越，人们就越称赞她的老师罗丹。甚至在今天，在罗丹博物馆的馆藏作品中，卡密尔的作品也被标上罗丹的名字。爱诺，一位颇具天赋、在今天看来也是相当独立有主见的女性，是不是因为嫁了一位太过著名的丈夫，而被另一个更加炫目耀眼的光环夺走了她应有的光辉呢？即使阿尔托的作品署上她的名字，但人们记住的，在建筑史上留下的还是阿尔托的名字。她，只是被称作“阿尔托夫人”的那个爱诺——爱诺·阿尔托。

车里突然异常安静。

雨已经停了。天空又开始晴朗起来。

我将目光移出车窗外，呆呆地看着那些晃动的景物……

一缕阳光穿过云层刺向我的眼睛，我有一瞬间的晕眩之感，但很快就清醒过来，并随即意识到，塔米萨里快要到了。

2015 年 1 月 10 日初稿
2015 年 7 月 1 日定稿
原文刊载于三联书店《新知》2015 年 11 月刊

拾肆　台北寻访笔记

王大闳，台湾现代建筑运动先驱，一位极严肃地思考西方现代主义建筑应当如何与中国传统建筑空间及美学接轨的建筑师，用一生的实践去实现自己的现代中国建筑理念，在钢筋混凝土中轻松演绎出中国传统木构造建筑的空间美学。

一

过了端午节的第二天，我去了一趟台北。

6月的台北，天气异常炎热。尽管早有准备，但现实还是出乎我的意料。我问出租车司机："台北一般这个时候都这么热吗？"中年司机答道："过了端午节就会慢慢热起来，一热就会热三个月，一直要到过了中秋节才会渐渐凉快起来。但今年却不知怎么，这么早就这么热，我们也受不了。"

这么热的天，却偏偏要来这么热的地方，身不由己的理由当然不少，但有一条竟是自己也无法解释清楚的，来台北，是想看看王大闳。

王大闳并不是台北人。他1918年生于北平，广东东莞人，是王宠惠的独子。王宠惠是当年国际知名的法学家，游历欧美多年，思想开明，往来友人皆非俗士，优渥的家境培养出王大闳这位颇具贵族气息的公子哥儿，严格的家教与良好的后天教育造就了一个在东西方文化之间游走的独特个体。王大闳幼年生活在北平、苏州和上海，在中国传统文化的环境中耳濡目染。十二岁时被父亲送到瑞士读中学，接受正统西式教育。1936 年进入英国剑桥大学机械系，隔年转读建筑系。1941 年进入美国哈佛大学建筑研究所，师从包豪斯创始人、建筑教育家格罗皮乌斯，与贝聿铭、菲利普·约翰逊是同班同学。1942 年毕业于哈佛大学。1953 年在台北开设大洪建筑师事务所，之后六十多年就再没有离开过台湾。台北有他大量的作品，广为人知的是台北中山纪念馆。

这样的身世，这样的经历，这样一位极负盛名的建筑师，我等普通人哪能见得到他本人呢?

很多年前便知台湾建筑师王大闳，虽仅看过他的建国南路自宅的一张平面图和几张不同角度的图片，但立刻就被那房子带有的密斯流动空间特点以及空间传达出的中国传统文化意蕴吸引。原来，在台湾，早已有这么一位极严肃地思考西方现代主义建筑应当如何与中国传统建筑空间及美学接轨的建筑师，他用一生的实践去实现自己的现代中国建筑理念，在钢筋混凝土中轻松演绎出中国传统木构造建筑的空间美学。从那时到现在，我心里一直有一个王大闳情节。

来台北，自然是想看看王大闳设计的房子。

二

| 雨中的莲池

6 月 22 日，星期一。

到台北的第二天。一大早，我被透过酒店房间厚厚的窗帘肆意漫射进来的火辣辣的阳光惊醒。

顶着烈日出门，去位于罗斯福路四段的台湾大学。王大闳在这所大学的校园里有众多的作品，但我最想看的是台湾大学第一学生活动中心。

从地铁站出来，不远处就是台大校园西南的一个入口（学校有相当多的入口）。没有门，只是一个并不显眼的“口”，与城市街道自然地衔接，一条弯曲的小道引领我不知不觉就进到校园里。

校园被绿色覆盖，我仿佛置身于浓密的森林里。盛夏的绿树是深绿和墨绿色的，建筑掩映其中，大多数房子都是红砖外墙，但砌筑房子的红砖却好似退掉了几分火气，浅浅淡淡，旧旧的，灰灰的。台大是颇有历史的学校，建立于1925年，整个校园的建筑有一种极统一协调的罗马风建筑风格，到处能看到“拱”的元素，在建筑的入口、立面以及建筑与建筑之间都有很多拱廊。大拱、小拱参差排列，构成一种富有韵律的节奏。学生在拱廊里走动、交谈，此场景似乎有几分西方中世纪修道院回廊的神韵，很容易让人联想起路易·康设计的印度经济管理学院，其灵感即来自修道院的回廊空间。学校，其实不就是一处该以虔诚态度修炼其中的场所吗?

翻看地图，王大闳设计的第一学生活动中心就在椰林大道北面的尽头。

午后，烈日突然被乌云遮盖，天空变得暗沉起来。走到小椰林道时已是雷声滚滚，一场大雨即将来袭。几分钟后，天空开始落下大颗大颗的雨滴，已经能看到那个一折一折的坡屋顶。于是，我一刻不停地急速走去，透过树林，那个红色的大门就呈现在眼前了。

雨开始下起来，我撑着伞站在房子的对面端详它。建于 1961 年的这座房子距今已有五十四年的历史，但仍保存完好。正立面有高至二层楼的柱廊，黑色方格窗与传统中国木构建筑的窗棂很有些神似。折板式的坡屋顶形成像山墙一样的立面，山墙是用白色涂料粉刷的，三角形的尖顶处有七个镂空的花砖图案，很像中国古典园林里的漏明墙。大门是六扇红漆的木门，约有 4 米高，近人手接触的位置有圆形铜制装饰。红、黑、金的色彩一下子就营造出既有几分传统意蕴又颇富现代气息的氛围。

进进出出的学生是这座房子的使用者，房子也随着使用者的需要被不断改建，这使原有的内部空间发生了变化。进去一看，不仅有麦当劳、全家等连锁快餐店和便利店，还有各种冷饮店、面包店等。

稍浓的商业氛围一下子冲淡了我心目中原有的那个宁静的空间印象。画册上看到的那个空间仿佛一个深闺大小姐，端庄雍容，而眼前的则好像是一个在街头店铺里遇到的邻家小妹，倒是亲切自然，但心里不免有一点小小的失落。我努力搜寻记忆中的一点一滴，花砖墙、隔扇门，还有那两个天井，一大一小，堪称这个空间里最传神之笔。大的那个已经改成咖啡座，但花砖墙还在，墙跟前堆放了一些杂物，上面覆有玻璃顶。

小的那个呢？

我穿过咖啡座有些凌乱的沙发和桌椅，见学生们各自在玩手机、玩电脑、写论文、读书、聊天、打瞌睡，想想也觉得一切都在情理之中，难道不是吗？房子就是应该被使用的。这么多年过去了，人在变，事在变，房子岂能一成不变？这样一想，反倒觉得这房子富有生机。透过咖啡座、黑方格玻璃隔扇门，就能看到小天井了。

这方小空间比别处都要明亮些，天光和雨水从上面洒落下来，落到水池的水面上。水池前面加了一排木制的座凳，却无一人坐在上面对池欣赏。我心里颇有几分暗喜，这天井，这池水难道是给我准备的？我坐下来，有一种独享的快乐。

天井约有 6 平方米，水池略小，水池周边有一圈约 60 厘米宽的木质平台，并不对称，右边的要宽一些，可以沿着它走到对面去。水池不深，中间散布着三组睡莲，翠绿的莲叶浮于水面，一枝粉红色的莲花含苞待放，一组园林山石探出水面来，石上长满了苔藓植物。覆满水池底部的青苔将池水映成很深很浓的墨绿色，一些红色的鲤鱼在水下欢快地游来游去。

雨滴落在水池里，溅起小小的水花。慢慢地，雨越下越大，好像一根根白色丝线扎进水池里，泛起一阵阵破碎的涟漪，俨然一幅雨中莲池图。周围那圈木质平台也被雨水彻底淋湿。天空愈发阴暗，空气里弥漫着潮湿的水气，黑色的方格隔扇门更增添了几许忧伤的味道。如此中国传统文人园林的意境，不经意间竟在这一方天井里以如此轻描淡写的手法被勾画出来。周围的喧嚣仿佛已褪得无影无踪，只听到雨滴拍打池水的“噗噗噗”的声音。不知不觉中，我的神思开始游离，恍惚间想起南唐那位充满悲情色彩的李后主李煜，不禁有些暗自神伤起来。

“多少泪，断脸复横颐！心事莫将和泪说，凤笙休向泪时吹，肠断更无疑。”（李煜《望江南·多少泪》）

……

仿佛从遥远的天边传来一声声低沉的哀吟，难道这落入莲池里的雨水就是他的泪水？空间里隐隐透出一种无以言说的惆怅。说不清，也道不明。

大约半小时后，雨渐渐小了，天空微微亮起来。当我起身准备离开时，脑子里突然闪过建筑大师路易·康那句穿越时空的哲语："建筑，可度量和不可度量……"伟大的建筑始于对不可度量的领悟，在可度量中去建造它，当建筑物完成时，它将重新回到对不可度量的领悟中。

我迷恋这样一种无法解释。

｜一个围起来的工地

6 月 23 日，星期二。

到台北的第三天，我在台北市立美术馆看路易·康建筑展。美术馆的周围就是台北美术公园。

上午的艳阳过后，下午 3 时左右开始下起雨来。看过展览后，我在美术馆的问询处问一位戴眼镜的中年女士："请问你知道王大闳吗？"

"不知道。"

简短的回答让我有些失望。

"王大闳是台湾很有名的建筑师，台北中山纪念馆就是他设计的。"

"哦，是吗？哦，对对对……"

"我想请问一下，王大闳被拆掉的建国南路自宅要在这儿的美术公园里重建，据说是今年 4 月可建好。你知道它在什么位置吗？"

“啊，怎么没有听说过呢？”

又以同样的问题重复问了另外两位在展厅里走动的展馆工作人员，都说不知道。

认识王大闳和他的作品是从他设计的建国南路自宅开始的。房子建于 1953 年，它是王大闳在台北的第一个居所，也是他毕生第一件正式的建筑作品。最初看到这座房子的黑白图片甚是惊喜，也觉得有趣，可以说非常的现代。据说设计这座台北美术馆的建筑师高而潘在看了他的建国南路自宅以后，激动得三天都睡不着觉。于是，我找来学者徐明松写的《建筑师王大闳 1942—1995》一书进一步研读。

这是一座院落住宅，高高的院墙围隔出一块约 288 平方米（15.24 米乘 18.9 米）的基地。房子坐北朝南，但没有轴线对称，可以通过围墙南面的左侧进入。我从房子的平面图来看，入口在西侧，由一条石板铺砌的曲径引领来引导。正对玄关是 2.4 米宽的朱红壁橱，左转是厨房，右转是餐厅和客厅。从客厅能看到南面的庭院，落地的玻璃隔扇门可以折叠起来，使室内外连为一体。落地窗外是中国式的柱廊，两根黑色钢柱恰好巧妙地暗示了一条虚拟的中轴线，颇符合传统院落正厅左右对称的逻辑。圆形的中式餐桌和柚木的圆凳也能与密斯风格的沙发和靠榻绝妙地搭配在一起。空间里没有所谓被分隔的房间，正如密斯的范斯沃斯住宅只是通过家具的分布来区隔不同的空间功能。卧室也没有门，东侧墙面开了个直径 165 厘米的不装玻璃的圆形窗，打开外挂隔扇，很像中国江南园林空间里的月洞门，卧室便成了园林里的一个亭，浴室里的浴缸是砖砌的，上面覆以观音石。

这似乎是王大闳对儿时居住过的北平或苏州宅院的一种悠远记忆。在这样的记忆空间里，排除了任何具体的符号形象，用清水红砖承重墙的主要构造系统代替密斯式的简洁流动的玻璃方盒子空间，并转换成一种更符合当地气候和施工条件、更契合中国传统住宅的内向化，以及室内与院落连续空间理念的中国意象空间。王大闳曾说："这栋房子是为我自己设计的，所以完全依照我的理想，维持简单的形式，尽量采用中国式的 motifs（主题）。"

我又一次在脑海中回想着这座房子。

建筑师的自宅往往是最自我的作品，也一直是我最关注的。早听说王大闳已被拆除的建国南路自宅要在台北美术公园里重建，并预计今年 4 月完工，心里总有种期待。重建的也非常值得看看，毕竟它是按原样修建的。

此时已经是下午 4 时 30 分了，真要是供人参观的房子，一般也会在 5 时或是 5 时 30 分关门。再不走恐怕来不及。雨还是不停地下着，且越下越大。走吧，那就自己去找找。

打着伞在美术公园里走了一圈，在瓢泼大雨中东张西望地寻觅着那有高墙的院子，但一无所获。就在我准备放弃离开时，竟然就在美术馆的近旁发现了被围起来的一小块空地，走近一看原来是一个建筑工地，有几个工人正在刚浇好的水泥地面上作业，一些河砂、砖块和其他建筑材料堆放在场地里。

我心想，这会不会就是正在施工的王大闳自宅呢？但不是说今年 4 月就完工的吗？本想去问问正在作业的那几个工人，但机器的轰鸣声太大，又下着大雨，不好靠近。又想，他们在做什么项目，自己也未必十分清楚吧。我打算再进美术馆里去问问，刚进了侧门，就遇见一位穿浅蓝色制服的中年男子，是一位保安。我用前面问过的问题再次提问，使我很意外的是，他居然指着刚才我路过的那个小工地很平静地说："就在这儿啊。"

"就是这个围起来的工地？"我想证实一下我是否听错了。

"对，就在这里。你走到工地的那头去，门口有个信息牌，那上面都写着呢，王大闳，没错。"

我出了美术馆，打着伞快步过去。果然有个信息告示牌，上面的"工程名称"栏里写着"王大闳建国南路自宅重建工程"。

奇怪，已经是 6 月 23 日了，然而这个工程看起来才刚刚开始。

建筑师王大闳，在台湾人心目中的知名度远远不如我想象的那么高。

为了能看到这个重建的房子，我必须再来一次台北。

| 小姑娘的裙角

6 月 24 日，星期三。

到台北的第四天。依然是暴热。从台北故宫博物院出来已近 1 时 30 分了，发现又下起了雨，还越下越大。

我叫了辆出租车，上车跟司机说："请送我们去台北中山纪念馆。"

司机说："不去中正纪念堂？"

“不去。”

“不喜欢蒋中正，喜欢孙中山？”

台北的的士司机总是很热情地向乘客提各种问题。

“我是想看看那房子。”事实也确实如此。

“那房子有什么好看的？还没有中正纪念堂好看。”

“房子不是因为好看才看，这两座房子它们根本就不一样。”

“怎么不一样啊？”司机一脸茫然。我的职业病又犯了，没忍住又说道：“台北中山纪念馆是一座现代建筑，中正纪念堂是座仿古典建筑……”

司机将车停在中山公园门口，下车时又指着不远处的那座高楼补充了一句：“别忘了看看 101。”

雨太大了，根本无法前行。就近拐过对面的街口找了一家在台北的大街小巷到处都有的怡客咖啡，进去躲雨休息，点了南瓜时蔬饭和金桔红茶。等雨小后出来，过了街，透过中山公园的铁栅栏，远远地就能看到那房子著名的飞檐。

台北中山纪念馆前是一片巨大的开阔之地，有水池和花坛分布其间。我先从正面找了一个能看到房子全貌的位置驻足观看，建筑的气势自然来自飞起的屋檐，仿佛真的就要凌空升腾起来。毫无疑问，屋脊的曲线充分利用了混凝土的可塑性做了某种程度的夸张。房子左右对称，表现了纪念性建筑的庄重沉稳的力度，中间的主入口掀起的巨顶是这座建筑最精彩，也是最具争议的地方。

我一步步靠近它，走到主入口的台阶上，来到那个掀起的屋顶下，仰视着被八根直径约为 1.2 米的混凝土巨柱撑起的壮阔屋顶。

它的设计始于1965年，为纪念孙中山先生百年诞辰而修建的这座建筑，其实显然也是当时的国民党为向世人宣示所谓权力之正统，以及宣称自己以复兴中华文化为己任而修建的政治工程。

王大闳的方案最终从十二个团队方案竞图中胜出。蒋介石曾亲自过问方案的具体进展和细节，并提出许多重要“指示”，比如说房子太西式了，应该再中国一点。迫于政治的压力，王大闳不得不做出一次次修改。经过长达两年的设计和修改，最终确定的方案也难让老蒋满意，认为这个屋檐不应该掀起。这也是王大闳职业生涯中最为艰难的一次设计。他曾这样来解释这个翘起的屋顶：孙中山先生一生致力于推翻清朝封建政权，在纪念他的建筑上自然不能重复旧日清朝的形式，应该破它，掀起的屋顶正隐喻了孙中山领导的辛亥革命“掀起革命的一角”。

其实，这个掀起的屋顶在建筑形式上打破了庸常的平衡，形成了整个建筑空间的高潮。多年以后，王大闳自嘲地说，那屋顶是“小女孩扬起的裙角”。我佩服建筑师能将如此意义重大的公共建筑的争议点以这样一种轻松的方式化解掉，且化解得如此诙谐，如此幽默。

我曾在王大闳一张早年的旧照片中看到时年两岁的他穿着小姑娘的连衣裙被外祖母抱在身上，背景是中国园林的太湖石，外祖母就坐在一把藤椅上。照片已经泛黄，但“小姑娘”的脸稚嫩可爱。王大闳一岁多丧母，由外祖母抚养。我很喜欢这张照片，事实上，我很喜欢这个俏皮的“小姑娘”，在那样一个年代，需要怎样一种殷实、富裕而又开明的家境才能将小男孩打扮成小女孩？这个当年身穿连衣裙、坐在外祖母身上的两岁“小姑娘”，能想到几十年以后“小姑娘的裙角”居然成为一个对具有权力政治色彩的公共建筑的著名调侃吗？当建筑师面对强大的意识形态枷锁以及时代的局限性而无法单纯用建筑理念来做出辩护的时候，这样的解释应该是一种智慧而又无奈的妥协吧。

从纪念堂出来，迎面便看到台北 101，很多人站在主入口宽大的台阶上以 101 为背景拍照留影，这里是观看 101 的最佳位置。

雨还在下着，我在建筑的回廊里漫步，真的就像是走在一座中国古典建筑的外廊里。梁柱间的架构，既是结构，又表达了某种空间意象。这是地道的西方现代主义建筑手法，粗重的钢筋混凝土造物透出一股雄劲的力道。然而仔细看，木造建筑的构建已被简化，但风韵犹存，宽厚的水泥栏杆亦如秀丽的木制美人靠，水泥长条坐凳亦如寺庙门口的春凳，几位老人正坐在水泥凳上专注地下象棋。一些麻雀飞进来叽叽喳喳，一个穿着长袍的老年妇人在廊道里不停地走动，她昂首挺胸，阔步向前，两只手臂甩得老高老高，大口吸气呼气。她比我走得快，所以我迎面遇到她好多次，原来她是在这廊子里练习健步走。在我快要离开时，又见一拨跳舞的人来了，下雨天，廊道里真是热闹。这房子已然成为一个市民公共空间。

当年的王大闳在为方案苦思冥想的时候，有没有想到过很多很多年以后，这座建筑的政治色彩将逐步褪去，而市民色彩会日渐浓厚？

6 月 26 日，星期五。

到台北的第六天。在百度地图上搜到王大闳的另一座自宅——位于济南路三段 18 号的“虹庐”，就在我住的酒店附近。从酒店出来往右直走五十米，再右转就到了仁爱路，向前两百多米到了路口后左转过街便到了新生南路，走了约一百五十米再左转就进了济南路三段。这一段步行也就用了十几分钟的时间。

热浪滚滚，户外的地面温度可能有 50℃。见路口有一家全家便利店，我就进去凉快一下。吃冰激凌的时候问店员，18 号还有多远，店员答：“我们这边是单号，街对面是双号。我们是 15 号，18 号应该就在前面不远了。”谢了他，从凉爽的店里重新回到炙热的街道上，向左走了约三十米，看见了 16 号，18 号一定就是下一座房子了。

有一辆建筑施工的车辆在前面挡着，一位阿伯穿着黄色的制服，戴着安全帽拿着小黄旗站在车前引导路人，我快速走过那辆车，一抬头便看到右侧粉刷成白色的砖墙上有块门牌，白底绿字，上面写着：济南路三段 18 号。

设计并兴建于 1964 年的这座四层楼房与周围的房子迥然不同。临街一面除了一个小小的铁栅栏门入口，几乎就是清一色的白墙，两边宽窄不一，在二楼有一小段灰绿色马赛克墙将两片白墙连接起来。素朴的墙面与日本建筑师安藤忠雄设计的住吉的长屋那个冷峻的外墙非常相似，这种呈封闭状态的外墙是抵御都市喧嚣环境的屏障，形成一种极内向的空间，难怪有建筑师给它取了个“楼坚强”的雅号。透过栅栏门的缝隙能看到一个凹进的入口，是一个五六平方米的长方形小院，一个四层楼高、上下贯通的中庭空间，虽然上面的开口现在已被覆盖上了一个玻璃顶，阳光仍可以从上倾泻下来。这是一个将传统水平延展的院落重叠起来的垂直院落。左侧是与院子连通的楼梯间，院子的墙角处停放着两辆自行车。往上看就是每层住宅的开窗，晃眼一看还觉得有几分像柯布西耶在巴黎的莫利特公寓后院的中庭。做这样的设计，显然也是为了应对台湾多雨多日晒的气候特点。

其实它蛮像莫利特公寓，建筑师是设计者，同时也是使用者。王大闳曾在这里居住，后来搬走，这里一度成为他事务所的工作室。据说这房子也是台湾许多建筑系学生的朝圣之地，络绎不绝的访客甚至打扰了住户的安宁。此时，铁栅栏门紧闭着，门上贴了粉红色的纸条，是一张煤气抄表通知单，收单时间为 7 月 1 日。

本打算就在门口等着，如遇进出房子的住户就前去询问，看能不能征得同意后进去看看，哪怕就在楼道等公共空间里看看也行啊。等了好久，没有任何动静，沉寂得没一丝响动，没有开窗户的，没有收衣服的，房子里也没有传来任何人说话的声音，仿佛是座空楼，已经没有住人，像一座被都市遗忘的孤岛。

在门口徘徊时发现房子的左侧有一个小门，走上两步台阶就进到一个小院子里，院子约 4 平方米，与房子周围窄窄的一圈通道相连，通道约有 1.5 米宽，靠围墙有一圈宽约 70 厘米的花池，里面种了好些植物。正在观望时看到右手边有一扇木门，门的上方有一块木匾，上面刻着“四知堂”三个字。

门开着，走进去，光线很暗，透过门口的书架能看到房子里布置了很多餐桌、餐椅、沙发和柜橱。房子的中间有一个吧台，吧台后面站了个正忙碌的小伙子（总算是看到了一个人）。吧台前的那张餐桌上放了些餐具，侧转身，发现吧台的旁边有一排餐具柜，各种盘、碗和酒杯放得满满当当，我终于明白这是一家餐馆。

这时，一个二十几岁的女孩走过来，有点疑惑地问我：“是来吃饭的吗？”我想一般上午 10 时这餐馆是不会有吃饭的客人来的，看它的装修和风格，一定是晚上的客人多，而且是吃到很晚很晚的那种。

“我是来看看这房子的。”灰暗的光线下，我并不能看清她的脸。然后我继续跟她解释我为什么要来看这房子。

“上面都是私人住宅，你进不去的。”

“你知道王大闳的那套在第几层吗？”我竟然忘了是第几层，实际上是最上面的那层。

“就是这里啊。”

“就是这个底楼吗？”我不太相信。

“是啊。”

我还是不太相信。但毫无疑问的是，王大闳那套自宅的空间结构和现在看到的这家餐馆是一样的，在这里也能依稀看到点他那个空间的影子。既然来了，就不妨看看吧。在房子里走了一圈，各处看了，还拍了照。

第二天，6 月 27 日，星期六。

到台北的第七天。上午，大约在同一时间我再次步行去了虹庐。这次是带着王大闳自宅的平面图来的，以便能够对照着看。进去时餐馆里没有开灯，他们正准备做清洁。我拿着书上的平面图一处处看。厨房、卫生间的位置仍保持原样，又进到餐馆的厨房里，走到最里面那个小楼梯的位置，窄得大约单边只有60厘米宽的楼梯是一处逃生梯，其他地方都因堆满了各种厨房杂物而难以辨认，唯独这里还能看到房子最初时的模样。

从楼梯间出来正好碰上昨天遇到的那个小伙子，估计是这里的厨师，我不好意思地跟他解释了一番。他说："没关系，你看嘛，房子就是一个九宫格的形式。"看来这里常常有人来看房子，连小厨师也听来很多，似乎也看懂了很多。

王大闳自宅的空间结构正是一个九宫格，在九宫格中间那个放圆形餐桌的地方营造了一个庭院的意境，房间分布四周。正对餐桌的墙面开了一个圆形的月亮门，月亮门的后面是一间穿堂，再后面是书房和卧室。这个月亮门将公共与私密空间分隔开，使空间层层递进，颇有层次感。

现在这里仍然放了一张餐桌，却是长方形的，月亮门没有了，庭院没有了，穿堂没有了，书房没有了，意境全无。我呆呆地站在那儿，有种空落落的感觉。恍然间，满屋的桌椅柜橱一起消失了。一个幻影浮于眼前——月亮门，我轻手轻脚地走过去，将腿高高抬起，跨过门槛，穿过门洞，看见尽头处的书房里坐了一位穿白色长衫的读书先生。

我正要称呼“先生”时，他却抬起头来。

大约，中国传统文人优雅的家居生活不过如此吧。

| 上午 9 时 30 分的礼拜

6 月 28 日，星期天。

到台北的第八天。早上 9 时 20 分准时从酒店出来，直奔仁爱路上的东门基督长老教会教堂。

台北市仁爱路就在我住的酒店背后，它是一条并不宽阔的椰林道。街道两边的房子都是骑楼，不管雨天晴天，行人在楼下行走颇为舒适。从这里走过很多次，居然没有注意到这里有一座教堂。

我并不信教，却对那座教堂感兴趣。

头一天，翻看资料时很意外地发现王大闳设计的唯一一座教堂就在仁爱路上，从酒店出来四分钟就到了。门口有一个底层架空的、高高耸立着的门廊，与街道的骑楼连为一体。门廊的入口前有一座高约两米的水泥楼梯。从门廊的柱和顶，以及楼梯的造型手法一看便知是王大闳的作品。但此时已经过了做礼拜的时间，大门紧闭着，进不去。旁边的墙上有一块告示牌，是告知做礼拜的时间表。

决定第二天，也就星期天上午 9 时 30 分再来。

过街，来到教堂的对面。透过椰子树能看到教堂的正立面。刚才看到的门廊上有一块巨大的垂直长条形混凝土“门脸”，“门脸”的上端有一个镂空的十字架刚好露出来，有点像安藤忠雄设计的光之教堂的那个镂空的光十字。其实这个门廊以及上面的“门脸”是后来加建的，跟教堂的内部空间没有关系。教堂原本面朝临沂巷，后来购得临仁爱路的土地后将扩建工程的设计委托给王大闳。在这样高密度的都市环境中，建筑师设计的这个“门脸”凸显了这座建筑的性质，但它还是默默地隐没在高楼和椰子树林里。

我静静地站在那儿看了半天，它的低调姿态不禁让我想到王大闳的低调为人。在台北寻访多日，王大闳这个名字并不像我所想象的那么如雷贯耳。他试图在西方现代建筑空间语境中寻找自身文化的角色和位置，几十年如一日地坚持着，即便像台北“故宫博物院”竞图出局那样的挫折和困境，以及台北中山纪念馆设计过程中不得已而为之的妥协，似乎都没有让他对自己认定的建筑信仰失去信心，需要怎样一种强大的内心和足够的自信才能支撑这样的坚持？曾经有十年，王大闳淡出建筑圈，专心写作，翻译王尔德的《道林·格雷的画像》，中文版名为《杜连魁》，并发表大量杂文，还翻译诗文。1980 年，设计这座教堂时他已经六十二岁，与那些早期的作品相比，这座教堂更多的是一份坚持的信念，还是那种一贯的王大闳风格，只是真正能读懂他的人并不多。

9 时 24 分，我到了教堂门口。门开着，见有两位老太太正扶着楼梯栏杆登梯进入，便跟在她们后面上了楼梯。进了门，又上了五六步阶梯，进到一个门厅里，听见从礼拜堂的深处传来唱诗班的歌声。我直接走进去，走过一排排用于祷告的木制座椅，找了一个靠中间过道的位置坐下。

这是一座非常明丽温情的小礼拜堂，与我在欧洲看到的那些晦暗沉重的古老空间完全不同。它很亮，光线均匀地从墙面的上下两排横向长窗透进来。十分简洁的三角形空间由两片混凝土壁面构成，壁面涂刷成白色，正对祷告席祭坛处的主墙面为深蓝色，映衬下，两侧的白色壁面显得愈发洁白。尽头三角形墙面的上部是由彩绘玻璃构成的十字架，造型与建筑外立面“门脸”上的十字架完全一样。透着光，更显出几分神圣和安详。下部的正中是一小块木制的墙面，四步台阶构成一个比周围高出约60厘米的祭坛。

唱诗班正在专注地练习，他们都穿着便装，还没有换上做礼拜时的正式服装。一位中年女士站在这群人中间指挥着他们的排练，一会儿停下来说上几句话又开始练唱起来，看来我来早了点。

慢慢地，前来做礼拜的人多起来。我的前面已坐了好些人，仔细看，女性，尤其是老年女性最多。过了一会儿，唱诗班的人离开礼拜堂。约几分钟后他们换上做礼拜时穿的红白相间的袍子，每人手捧一本《圣经》重新回来，在祭坛前面两侧的座位上坐下，一些小朋友也跑进来坐在祭坛一层层的台阶上。

我起身离开，走到门口，见一位教会的工作人员走过来。因为手里拿着相机，我便上前跟她解释道：“我是来看看这房子的，它是建筑师王大闳的作品。”她很热情地微笑着答道：“好啊，你可以到楼上去看，那里还看得更清楚一点。”

我感谢了她，然后从门厅侧边的楼梯上到二楼。这里有二三十个层层抬高的座位，像剧院的包厢一样有着良好的视线。我在前排坐下来，能俯视下面的唱诗班和祭坛。管风琴前坐了一位年轻女子，音乐已经奏响，唱诗班开始唱起来。管风琴声伴着和悦清亮的歌声回荡在空间中。

好听的声音。我随手从前排座椅背部放的《圣经》等书中拿了一本来看，拿出的这本是《圣诗》，翻开的一页刚好是一首圣诗的曲谱，上面写着："至尊的主宰，上帝是圣……""永活的天父，上帝是疼……"

此时此刻，我觉得世界异常宁静。

三

从台北回来后不久的一天，我在浏览微信时无意中看到一篇名为《你必须知道的100位台湾人》的文章。老实说，我一般不会看这类知识帖，但那天居然点开来看，其实心里是很好奇地想看看有没有王大闳。然而很失望，那些文化名流、影视明星自不用多说，建筑师里虽有汉宝德、黄声远、李祖原、谢英俊，却唯独没有王大闳。

即使是在台湾，知道王大闳的人也非常有限。台湾建筑界曾私底下流传一句话："如果王大闳肯弯一弯腰，台湾的建筑师肯定没饭吃。"

作为台湾现代建筑史上的第一人，作为如何延续中国传统建筑空间精神这个问题的思考者，作为重新定义中国当代新建筑的探索者，王大闳在几十年建筑生涯中的坚持甚至固执的态度自然使他错失很多机会。正如许多先知先觉者总是难以被广泛接纳，他成为台湾战后一位寂寞的建筑先行者。于是，像大多数中国传统文人一样，王大闳选择隐逸于自宅的高墙后，寄情诗书，甘于淡泊。

2015 年 7 月 7 日初稿

2015 年 12 月 15 日定稿

拾伍　重访纽约

要想真正地了解一座城市，最好的方法就是去到那里，随意地走走看看。

每年的7月底，中国的大部分地区便进入了炎热的盛夏季节。学校放暑假了，本是可以老老实实待在家里，清清闲闲地读点闲书，做点闲事，哪儿都别去，悄悄地躲过暑热。但其实做大学教师并没有很多自由，平时上课、评阅论文、学生的各种面试和答辩已占去很多时间，要想不受干扰地做点自己想做的事就只有寒暑假。寒假一般很短，偏偏只有暑假，一年中最热的时候才有整段的时间可以自由安排。就在这个7月底，这个人人都在抱怨“怎么今年这么热啊，比哪一年都热”的7月底，时隔两年我再度出发。偏偏就在这个待在家里都会不停出汗的炎热季节，我再次前往纽约。

| 399

深夜12时，闷热潮湿的南方，没有一丝凉风。我在广州白云机场安检大厅排队等待安检。我将乘坐凌晨1时40分起飞的南航CZ399去往纽约。我把护照和机票递给穿着深蓝色制服的安检人员，小伙子是个小平头，清瘦的脸，单眼皮，二十七八岁，他看了看我的机票和护照后，随即向后面的安检人员拖长了声音大吼了一声：“3——

9——9——”

我的前面有三位背着沉重摄影器械的摄影师，他们有一大堆鼓鼓囊囊的包包等待检查，当那些包包通过了机器检查后，又被安检人员拿回来重新检查，反反复复弄了好多次，又听到安检人员在大声嚷嚷着：“3——9——9——”大约等了二十分钟，终于轮到我了。我将手机、笔记本电脑、雨伞、外套放在一个灰色塑料框里，又把随身背的黑色背包放在另一个框里。果然，背包通过了检查机器后，又被重新拿回传送带再次通过检查。其实背包里并没有什么违禁物品，检查人员只是例行公事要这么做，嘴里还反复念叨着：“3——9——9——”

啊，“399”，不是“119”，也不是“911”，但似乎与“9·11”有点关系。我很纳闷，难道因为是飞往纽约的班机才得到如此严格的“待遇”？“9·11”已经过去十多年了，它的阴影仍无时无刻不在笼罩着纽约，这座很特别的城市。我有一种很异样的感觉，这将是一趟很特别的旅程吧。

| 哭三个小时

选择中国的航班大抵是因为在飞机上可以吃到中式的食物。但随之而来的是你必须要忍受嘈杂、吵闹的环境，以及并不太周到的服务。我的前后左右挤满了中国人，倒是亲切而热闹，像是乘坐一趟国内航班。机舱里各种声音和气味弥漫在空气中，不便细致地描述，否则将会把这趟航班仅有的一点优点彻底抵消掉，让人觉得它一无是处。

隔着过道，我的左手边坐了一家三口，夫妇俩和他们两岁多的男孩。那身材高大的母亲肚子里还怀着另一个孩子，看样子恐怕也有六七个月了。小男孩可能有皮肤过敏的症状，身上痒的时候就会肆无忌惮地放声号哭。每当我快要睡着的时候，他那愤怒而顽强的哭声就将睡眠打断，他的父母怎么安抚他都无济于事。凌晨2时10分，离目的地大约还有三个小时的飞行时间，小男孩便持续地哭起来，直到飞机降落，他的哭声就一直没有停止过。

5时15分，飞机抵达纽约肯尼迪国际机场。当我步下飞机安静地走在航站楼坚硬的石材地面上、准备去海关办理入境手续的时候，小男孩再次出现在我的左手边，他们一家三口，男孩的妈妈挺着肚子，他的爸爸拖着一个黑色的登机箱，小男孩就抱着登机箱的拉杆蜷缩在上面。此时，孩子已经不哭了，但他的脸上似乎还挂着两行眼泪。他静静地看着我，然后他们一家慢慢地走远，消失在人群之中。

| “这是你母亲吗?”

5时40分，来到海关办理入境手续。

一位身穿灰色西装的印度人模样的中年男子在队伍的前面分导人流，当我走过他时，他问道：“几位?”我答：“三位。”然后他指着42号柜台说：“这里。”

海关关员是一位棕色皮肤、略胖的三十七八岁的女士，一头蓬松的黑色长发，画了浓重的黑色眼线，左眼角有一颗大大的黑痣。她眼神疲惫，好像刚从睡梦中醒来，还未完全清醒，板着脸，没有一丝笑容。她看看我们的护照，又看看我们的脸，一边倦容难耐地忍不住打了一个长长的哈欠，顿时眼眶里噙满了眼泪。我在想，不好意思啊，对不起，真是太早了。

她问我女儿以前是否来纽约读过书，我说没有。她说有一个跟我女儿名字一样的人以前在纽约读书。然后她告诉我和女儿需要去一下海关办公室。忽然间我有一种重温电影《幸福终点站》的感觉。难道有什么问题吗？疑虑随之而来。我们跟着她来到海关办公室，女儿把她的护照递给了柜台后面一位很胖的黑人女性。我们坐在办公室中间的等候椅上等着，柜台里几个穿着黑色制服的黑人男女正嘻嘻哈哈地开着玩笑，分吃着一大包薯片，根本没理会我们的存在。大约过了二十分钟，我们看到护照被转交给了另一个位置上的黑人男性，他翻开护照，和电脑屏幕上的信息对照着看了一会儿，然后大声地念了一遍女儿的名字，我们走过去，颇有些忐忑不安地看着他，但他笑着把护照还给我们，并说道："没问题。"

当我和女儿走出海关办公室的时候，站在门口的一位黑人小伙子似乎有点"不怀好意"地拦住我们。然后他看看我，又看着女儿，问道："这是你母亲吗？"女儿被弄得有点莫名其妙，回答说："是的。"我看着黑人小伙那闪着光泽的一口白牙和粉红色的牙龈，笑容确实是真诚而善意的，也许还有点调皮。从他嘴里蹦出几个"狡猾"的字眼："你母亲看起来像个小姑娘。"啊！原来他想告诉我这个。我不知道该说什么，只是条件反射似的跟着他笑起来，说了句："非常感谢！"

| 废弃的房子

清晨的纽约有几分凉意。6 时 40 分，太阳还未升起，星星仍隐隐约约挂在灰蓝的天空中，但远处的天边似有一抹淡淡的橘色，使得近处的蓝色更加透明。透过肯尼迪国际机场第四航站楼巨大的玻璃幕墙，可以看到几丝云彩仿佛飘浮在眼前，楼外的路灯还亮着，出行的车辆和拖着行李箱的旅人渐渐多起来，但繁忙的一天并未开始，纽约仍在睡梦中。

时间还早，我也不急着马上进城。早知道第五航站楼是建筑师埃罗·沙里宁的作品，不妨利用这个时间去看看。在门口问了一位穿灰色制服的清洁工怎么去第五航站楼，他说乘坐机场里的机场火车即可到达。按他所指的方向登上机场火车，一两分钟便到了第五航站楼。穿过一个圆形大厅，迎面白色的弧形墙面上是一排黑色的英文“AND YOU THOUGHT YOU KNEW NEW YORK”（而你还曾以为你了解纽约）。按指示牌所指的方向穿过一条人行通道，此时初升的太阳正从我的右侧透过玻璃幕墙照射进来，从巨大的白色钢架的间隙看出去，天空的橘色更加绚烂，黄色的出租车奔跑在车道上，机场火车那黑灰色的轨道在下面蜿蜒伸展着。

晨曦中，一座很特异的小建筑出现在眼前，像一只展翅欲飞的大鸟，它那么小，又那么安静，没有进出的人流，甚至没有灯光从房子里透出来，只是像座雕塑一样静静地展露着柔美的曲线。原来混凝土也可以这般优美！我马上闪过一个念头，难道这就是我想看的房子吗？我有点不敢相信。

顺着人行通道到了第五航站楼后，我才发现这里并非沙里宁设计的“第五航站楼”，莫非刚才那个“大鸟”才是？询问服务台，答案是：这里是第五航站楼。透过玻璃幕墙可以看到那只“大鸟”，它就近在眼前，而它显然是座并未被使用的房子。怎么回事？拿出手机上网搜索。结果是：那“大鸟”的确是沙里宁的作品，它叫 TWA 航站楼，由美国建筑师埃罗·沙里宁 1961 年设计完工，被称为“有机功能主义”的代表作品。但已经不再使用了，因建成后越来越无法满足功能上的需要而最终被废弃，近年来才耗费巨资对这一经典建筑进行了修复。

估计我现在所在的这座被称作“第五航站楼”的建筑是在“大鸟”被废弃后修建的。

太阳已经升起来了，阳光下的“大鸟”呈现出迷人的光影，然而那玻璃幕墙里面是黑漆漆一片虚空，透出死寂一样的可怕。是啊，建筑的动人之处在于被人使用。我看了很久，一座不再说话的房子，它会一直存在下去吗？黄色的出租车从它面前急速地驶过，而它看着这繁忙的景象却只有无尽的沉默。我登上一辆黄色出租车，跟司机说：“劳驾，我要去 51 街。”

| 双树酒店

还是那家酒店，两年前住过的那家，就在列克星敦大道和 51 街交汇的路口，名为纽约大都会希尔顿双树酒店，好长的名字，但只记住“双树”便好。它并非是什么特别不得了的酒店，门口也没有什么树，选择它只是因为它的位置好，可以说是太好了。地处中城，楼下便是地铁站、超市和饮食店，出门走几步路便可以到达百老汇大街、时报广场、洛克菲勒中心、现代艺术博物馆……

门口的侍者居然还是两年前的那位高大男人，足有一米九的个头，穿一身黑色制服，戴一顶黑色短檐帽，笑盈盈地再次跟我说道："欢迎到纽约来。"

| 饼干

上午 11 时 30 分，我在酒店服务台办理入住时，一头卷曲短发的黑人妇女问我是不是第一次入住他们酒店。我说，不，这已经是第二次了。于是，她非常高兴，并说，现在就可以办理入住手续，但抱歉得很，一般要下午 3 时以后才能入住，不过要是在中午 12 时以后，下午 3 时以前能打扫腾出的房间也可提前入住，她请我把电话留给她，有了空房间后会立刻通知我。

办完手续后她又问我，是现在给我饼干，还是待会儿入住的时候给我。啊，是的，饼干，上次入住的时候也发给过我。一种巧克力味的褐色饼干，直径约有八厘米，一厘米厚，上面还有核桃仁，且新鲜出炉还热乎乎的，用印着双树酒店标志的牛皮小纸袋包着。进了房间放下行李箱便可坐在沙发上或躺在床上几口就吃完的大饼干，让你一到纽约便可领略美国人吃甜食风采的甜饼干，真好吃！当然记得了。

我笑着说："是啊，真是太好了！待会儿入住的时候给我吧。"

| My God（我的上帝）

我坐在酒店大堂的沙发上休息，拿出刚在街上杂货亭花 7.99 美元（比起上次来的时候涨价了）买来的新近一期的《纽约客》，上面印着的出版日期是 2015 年 7 月 27 日。这期的封面是一个胖子正飞身跳进水里，水里有一个胖子正惊异地瞧着他。大概是两名政客？跟美国大选有点关系？琢磨了半天，未可知。不过《纽约客》一贯轻松幽默的风格倒是让我觉得风趣可爱。我一边吃着从街对面麦当劳餐厅买来的薯条，一边翻着杂志，一边又看看站在服务台后面的那位黑人妇女，好随时听候她召唤：有空房间了，现在可以入住。然后再把大大的甜饼干给我。

说真的，《纽约客》的文字太小，在并不太明亮的酒店大堂灯光下看着很费力，还是那些插图好看，不费什么眼神，也不用动脑筋。这时有位男士在我身边近处坐下，开始打电话。他显然毫不忌讳说话的内容被别人听见，我当然没去仔细听他说什么，也没去看他的脸，不知道他长什么样，但声音是动人的。每当一句话说完，他便深情地说一句："Oh, my God!"（噢，上帝啊！）。你想不听懂都难，这似乎是他的口头禅。我就这样听他一直不停地说着"Oh, my God!"，足足有半个小时，顿时觉得自己进入了英语的语境。

Oh, my God!

| 从上往下

清晨，在昏暗的酒店房间里醒来，四下悄无声息。并不知道是几点，也没有立刻去看时间，只是轻手轻脚地走到窗户边，厚重的深色窗帘下面是空调机的出风口，机器持续以低沉而富于节奏感的声音轰轰作响。从窗帘轨上悬吊下一只塑料杆，我握住杆子将窗帘轻轻向左边拉开，透过窗户玻璃我看到曼哈顿在寂静中正深沉地呼吸着。

街道上空无一人，近处的楼房窗户看不到一丁半点儿亮光，远处摩天楼的玻璃幕墙上隐隐地反射着初升太阳淡紫色的微光，晨曦中的曼哈顿有几分神秘。一幢老式的红砖楼房正对着我房间的窗户，黑色的钢制防火楼梯悬挂于外墙，直通到屋顶。较高的女儿墙将屋顶围合起来，几把休闲躺椅围着中间的一个圆形玻璃茶几。另一处，被架高的水塔耸立于钢构架上。用深色铁皮包裹的圆柱体上面覆盖着圆锥形的尖顶，像只可爱的短粗铅笔头。水塔，曼哈顿独特的风景，曾听说有人将纽约屋顶的水塔改造成酒吧，不知眼前的水塔是否仍在使用。但不管怎样，好看，可别拆了。如果曼哈顿的屋顶没有了这些水塔将会是怎样的一番景象呢?

晨光中的屋顶水塔，竟是以从上往下的视点看到的。记得第一次来纽约，第一眼看到纽约，那是从下往上的仰视，看不到天空，仿佛跌入谷底的深渊。这次，却有所不同。

| 你真好看

一天早晨，我乘坐地铁准备向北去上城，去哥伦比亚大学。恰逢上班高峰时间，车厢里挤满了人，坐过了两站到60街之后才找到座位。隔着过道，对面座位上一个小姑娘紧盯着我，我注意到她，是个非常非常漂亮的小女孩。有八九岁，深棕色直发往后梳成一个高高的马尾辫，白净光洁的皮肤，一双文静深沉的大眼睛，粉绿碎花的连衣裙，一看就觉得不是纽约人。她的身边还有一个跟她长得很像的小姑娘，估计比她小一点点，看样子有七八岁，大约是她的妹妹，妹妹不及她漂亮。但两个女孩都很像她们的妈妈，看举止和神态我猜她们是法国人，如果是的话，苏菲·玛索小时候就应该是这个样子。小姑娘盯着我看，我盯着小姑娘看，然后她笑了，我也笑起来。她们比我提前下车，离开车厢时她又看我一眼。我忍不住在心里跟她说了一句：你真好看。

| 电子阅读器和 *Girlboss*

一次乘地铁去曼哈顿下城，一个五十多岁的男士坐在我旁边。他是位很有风度的先生，典型的白种人模样，有些花白的金色头发很好看。穿一件洗得很旧的浅蓝色棉布衬衣，以及同样洗得发白的卡其色短裤，跟浅棕色翻毛皮鞋搭配在一起有种很休闲的味道。他手里拿着一台电子阅读器正在阅读，那阅读器显然和中国亚马逊卖的Kindle阅读器不一样，但或许是Kindle的老版本也说不一定，我很喜欢那种老旧的款式，跟他的装束和气质非常搭调。

这位先生的旁边坐了一位穿黑色连衣裙的女孩。我之所以称她为女孩，是因为她的确很年轻，可能不到二十岁。尽管额头上有些许的青春痘，但肤色很白，头发很黑，嘴唇很红，指甲上也涂了大红色的指甲油，显得格外醒目。她天生长长的睫毛上又刷了厚厚的睫毛膏，使它们显得更长更密。她正低头读一本厚厚的纸质书，从她大红色的指甲间看过去，书名是 *Girlboss*。我有点好奇，这大概是本小说，但也可能是那种励志的成功学之类的心灵鸡汤。从她的外貌推测她或者她的父母先辈可能来自土耳其、希腊，或是近东的某个国家，但我却无法猜测她怀揣着怎样一个梦想。纽约，的确是一个孕育各种梦想的地方。自我奋斗，白手起家，一切皆有可能，从世界各地汇聚而来的纽约客至今仍然在延续着这座城市曾经的传统。

| 光头男人

一天中午，在下城的华尔街，我正坐在纽约证券交易所外的水泥墩上看着这座周日关门歇业的新古典主义建筑，那几个巨大的爱奥尼柱头和在房子上飘展的美国国旗静悄悄地在盛夏艳丽的阳光下进行精彩的表演。这时从我面前走过一位遛狗的男人，黑色西装、浅色小花点衬衣、棕色皮鞋，右手牵着一条白色卷曲长毛的小狗，狗似乎有点不听话，赖着不想走，这时听见男人用英语说道："Go，let's go. Come on，baby!"（咱们走。快点，宝贝！）。呵，还是只听得懂英语的小狗，我觉得这场景很可爱。再仔细打量一下那男人，个子不高，五十岁左右，光头，戴一副细边框圆眼镜，当他回过头来喊小狗的名字时，我注意到他的相貌。怎么这样眼熟，简直好像在哪里见过。想了半天，啊，想起来了，《幸福终点站》，那位光头海关官员，一脸的阴森和老辣。光头男人也很帅，斯坦利·图齐，意大利裔美国演员。如果一个男人很帅，那么即便他剃了光头仍然会很帅。

难道美国白人男士剃了光头后都有几分像斯坦利·图齐？

| 优雅地变老

一天晚上，大约9时许，我从51街的酒店出来，打算散步去中城转转。纯粹是没有目的地闲逛，从列克星敦大道和51街交汇的路口处向西穿过公园大道和麦迪逊大道后，紧邻的就是著名的第五大道，正对前面的街口有一片火树银花的景色把我吸引过去。

那是一个低于街道的下沉广场，广场的周围是供人们休憩的花园，围绕广场的建筑底层是各种时尚的店铺。各国的国旗迎风飘扬在空中，五颜六色，好不热闹，树上挂满了彩灯，星星点点闪烁着光芒。广场低于地面有一层楼的高度，有台阶与地面相连，正面的喷泉水池下泛着彩色的灯光，水池上有一座金光闪闪的希腊神普罗米修斯飞翔着的雕像，华丽而耀眼。透过拥挤的人群，我看到那个下沉的广场里布置着密集的餐桌和餐椅，神情悠闲的人们在此享用美食和美酒。路易斯·阿姆斯壮的爵士乐 *What A Wonderful World*（《多美好的世界》）弥漫在这个空间里："I see trees of green, red roses too. I see them bloom for me and you. And I think to myself what a wonderful world..."（我看见绿色的树和红色的玫瑰，我看见它们为你我开放，我对自己说，这是一个多美好的世界啊……）。恍然间好像把人们带回到过去那个美好的年代。

多年前我曾写过一篇关于城市广场设计的文章，其中谈到过这座洛克菲勒中心的下沉式广场，夏天是一处露天酒吧，到了冬天则成为一个溜冰场，这里一年四季都是聚集人气的城市公共空间，给城市带来活力和无可估量的影响，它是纽约的一个剧场，每天上演着一幕幕的纽约城市剧，每个市民都是这座舞台的演员。欢闹、嬉笑、喧嚣，永远给城市注入繁荣的景象。它是纽约值得夸耀的地标，是纽约的精神和荣耀，它代表了纽约那个最具信心和引以为傲的年代。如今，岁月已逝，它多少有些许的落寞，像一个曾经的美人正优雅地老去。

| 炸土豆饼

纽约的早餐是个问题。酒店没有早餐，得自行解决。但酒店房间里有冰箱，我一般会在超市买些水果、果汁、酸奶、面包之类的食物，但老吃这些也会觉得腻味。一天早上，为了节省时间，也为了换换口味，我决定上街去吃。其实可选择的余地非常之小：街口卖甜甜圈和咖啡的流动小摊，麦当劳，自助式快餐店。第一种上次来已经吃过，甜得一塌糊涂，拒绝再吃。第三种其实就是吃些面包、果汁、咖啡、沙拉之类的东西，跟在超市买来拿回酒店房间里吃是一样的。至于第二种，就是汉堡包、炸薯条、炸鸡腿的代名词。

但美国的麦当劳餐厅在早餐时间会卖一种炸土豆饼，每天只卖到中午 12 时。就是将熟土豆捣碎后压制成椭圆形约一厘米厚的饼状，然后再放到油锅里炸，一锅只能炸六个，待炸成金黄色后捞起，一口咬下去香气四溢。有点像中国的糍粑块，只不过不是用糯米而是用土豆做的，一美元一个，不便宜，油炸食品不健康，但偶尔为之也无妨。

在酒店后面的50街找到一家麦当劳，进去后便看见几个黑人男子分别独自闷坐着，一声不吭地吃着那经久不变的国际主义食物，吃汉堡包的吃汉堡包，吃炸薯条的吃炸薯条。我买了两个炸土豆饼和一杯果汁，找到一处靠窗的位置坐下，一边吃一边看着街道上那些行色匆匆的路人。早晨的一缕阳光透过玻璃窗照到桌子上，刚好照在装炸土豆饼的有几点油渍的小小纸袋上。

| 安静的美国人

曼哈顿下城，唐人街附近，一座银色镀铝网格材质的建筑伫立在一片老旧的街区中，像盒子与盒子叠在一起。那是日本女建筑师妹岛和世与建筑师西泽立卫设计的纽约新艺术博物馆，轻盈、飘逸、出尘。

白色的空间一如妹岛一贯的风格，干净、节制、内敛。果绿色壁面的电梯炫目而耀眼，但随即又进入阴暗而低沉的过道。明与暗，轻与重，还有高与低——每一个楼层均有不同的层高，统一与变化，似乎每一处都在精心杜绝着平庸，然而每一处又在寻求不平庸的寻常。妹岛的空间总有那种耐人寻味的禅意。

五楼，正在举办德国艺术家阿尔贝特·厄伦名为“家与花园”的画展。高敞的空间，灯光从顶面金属格栅架上投射下来。在这个洁净的空间中，阿尔贝·厄伦的布面油画显得肆意而大胆，格外艳丽和跳跃。

她，三十岁左右，一位全身黑衣的黑人妇女，一动不动地靠墙而立，蓬松的头发像一朵炸开的黑花，除了胸前挂着的白色工作牌，全身上下统一黑色。他，一位老者，白人男士，全白的头发，有些微秃。在一张画前停下，沉思，不语，手里拿着 iPhone 6，慢慢抬起手臂，对着画面。她，背对着我，无法猜到年龄，灰绿色短袖衬衣，浅卡其色长裤，米色短檐帽下的深棕色头发在脑后挽了个髻，低头，看手机。他，男性黑人，约二十岁，头发立冲冲、毛茸茸，脚上一双黑色匡威，灰蓝色外套，像座雕塑，有型，无语。

这与爱德华·霍珀笔下那种寂静的空间，那些孤独的灵魂，难道不像吗？

空间、人、画，竟是这样和谐统一。我不知道自己是在看这些安静的人，还是在观那些喧闹的画。

| 了个愿

在纽约，有一幢房子特别想看看，它不新也不算旧，但用今天的眼光看它可能有点过时。这房子是菲利普·约翰逊设计的。2005 年去世的美国建筑师菲利普·约翰逊在建筑界可是个教父级的人物，他九十九岁的生命和无尽的创造力为世界建筑带来持续性的影响。他是 1979 年第一届普利茨克建筑奖的得主，早年在纽约现代艺术博物馆建筑部任主任一职，曾组织过一场现代建筑展览会，写过一本《国际风格：1922 年以来的建筑》，“国际风格”一词就出自这本书，此书也奠定了他建筑理论家、评论家的地位。他还是密斯·凡·德·罗的超级脑残粉，出资为密斯办展览，宣传密斯的建筑。20世纪50年代曾与密斯合作设计过纽约西格拉姆大厦，密斯风格也影响了他在五六十年代的许多作品。

然而，到了20世纪80年代，菲利普·约翰逊突然改变主意，玩起了新花样，像个叛逆者一样背离了他一直追崇的现代主义。在1984年设计纽约电报电话公司大楼时，他在高层摩天楼上做了个好似希腊神庙上的三角形山花，并套用了欧洲文艺复兴建筑的某些样式。总之，这房子非同一般，被认为是后现代主义建筑的代表作。我读书的时候正是后现代主义建筑风靡之时，菲利普·约翰逊这个名字可以说是如雷贯耳。

要看这房子并不难，它就在曼哈顿56街。但不知具体位置，得要徒步去找。一个下午，我顶着烈日在曼哈顿中城转。我在麦迪逊大道一家麦当劳店喝了一杯苹果汁后出来继续向北走，走到56街的街口处，看看左边，又看看右边，犹豫该往哪边走。真的，我大约是在0.5秒的时间内便断定应该往右边走，因为在路口处看到了那个有圆形缺口的三角形山花。我几乎是在一瞬间便认出了它，尽管它在林立高楼的中间只露出一只角，一只不完整的小小的角，但我凭这个角确信一定是它。我坚定地向前走去，三角形山花慢慢露出了真容。

走到它跟前的时候，你必须要仰着头才能看到顶部那山花，在相对于其高度显得有些狭窄的街道上看不到建筑完整的立面。我站在街对面一家鞋店门口，看着建筑下部足有五六层楼高的拱形入口，那个巨大的圆拱，骨子里仍是西方古典建筑的精髓。外墙花岗石的颜色在经历多年日晒雨淋后已经有些暗沉、斑驳，但石材砌筑的线条依然清晰且富有逻辑。呵，好一个戏谑的古典主义，是个正经的玩笑吗？一座调皮的建筑，它曾经是个宣言，试图要调戏一下现代主义的单调乏味。做建筑真的很难，像约翰逊这样精力旺盛的建筑师总是善变，然而，好的建筑却是要经得起时间的考验和筛选。我无法评论它，更无法给它下定义，也许几十年、几百年后，自有一番评说。

人们在街道上平静地走过它，没有人多看它一眼。当年的一大建筑事件在今天的纽约人眼里仿佛是一个再平常不过的所在。几辆公共汽车从它面前驶过，一辆敞篷旅游大巴满载着一车戴着墨镜、穿得花花绿绿、手里拿着 iPhone 6 的观光客从我面前驶过，一面美国国旗插在这建筑外墙的一个圆形窗洞上，底层店面有索尼的标识，这房子现在不再属于美国电报电话公司，它已被日本索尼公司收购。今天，它似乎已经成为一个十分久远的故事，除了建筑教科书上那几页泛黄的纸上印着它的图片，人们不再提到它。

看到这座房子时，我会想起自己的学生时代。在那个年代，自己对建筑有着无限热情，但可阅读到的内容有限。知道的仅有几位建筑师中便有这位菲利普·约翰逊先生。看它，算是了个愿。

| 穿越 52 街

其实，菲利普·约翰逊设计的也不都是高层摩天楼，他也设计过小房子，除了他在康涅狄格州的玻璃自宅，在曼哈顿的中城还有一处“城市住宅”。据说它是约翰·洛克菲勒一世夫人的私人会所，里面陈列着她不俗的雕塑收藏。它就在52街242号，离我住的酒店仅一街之隔。但我临出国时的准备工作没做充分，疏忽了一个细节，是在东52街还是在西52街。那房子本是私人的住宅，并没有一个公共的称呼，所以也没法问。呵呵，有点要命，只有挨个去找。

一天下午，我回到酒店大约是4时许，时间还比较早，觉得应该去找找。从51街到52街真的是近，两三分钟便到了。先问了路口一个穿制服的工人，242号应该是在东还是在西。回答是，都有，也就是东52街有242号，西52街也有242号。

那就先去西边吧。一家一家仔细看，街的这边是单数房号，对面就是双数房号。没有。再往东走，再一家一家看，穿在身上的衣服已经完全湿透。218号、220号……快了，238号、240号，啊，242号，真是它，果然就是它！它就夹在两幢比它高的房子中间。外观封闭，只有中间留了一个小木门，下部是红砖墙，上部是钢和玻璃，走在路上如果不注意，或是根本不知它的来头，会忽略它，因为从外观看它的确很平常。但走到近处，会发现上部黑色钢框和那面红砖墙的精致，门框里的一些小细节、门铃、对讲机，还有门扇上的门锁，以及门扇下部用金属包覆的部分，都很用心，一看就知道这不是平庸之作。鼓起勇气按了按门铃，无人应答，再次按了按门铃，里面依然是静悄悄的。低头看见靠近门的地面上飘落着几片树叶，不知里面是否还有人居住，抑或是房子已另易主人。

天色快要暗下来了，太阳在房子的背后慢慢沉下去。这房子在夕阳中显得更宁静了。僻静的街道上偶有路人经过，但没有谁像我一样在这房子前驻足观看良久。

｜一场雨

曾经有朋友跟我说，每到一个地方都应该淋一场雨，雨是那个地方的精灵，在雨中可以吸纳这个地方的灵气。这听起来颇有些道理，听过之后每去一个地方，我都记得这句话，也在意是不是淋了雨。

那天真的很闷热。午后来到纽约大学，慢慢转到华盛顿广场，远远地从一片绿丛中看到广场的大理石拱门，那是为纪念美国国父乔治·华盛顿宣誓就职一百周年而修建的。广场上有很多人在拍照，还有些人从拱门下穿过。我站在拱门前定神凝望着它，这时天色突然暗下来，乌云密布，刚用相机拍了两张，顷刻间豆大的雨点便打了下来，我迅速朝拱门下跑去。大约不到三米深度的拱门下已经站了很多躲雨的人，有旅人、路人、散步者、学生，还有推着婴儿车的年轻妈妈。我身边就站着这么一位妈妈，她穿一身粉红色的吊带连衣裙，金发碧眼，婴儿车上的小宝宝也是金发碧眼，恐怕还不到一岁，孩子惊恐地大哭，婴儿车上挂着很多五颜六色的玩具，叮叮当当响个不停。孩子哭一会儿被哄住了，但过一会儿又开始哭起来。拱门很高，有十七八米，所以站在下面依然会淋到雨，大家都撑着伞站着。一阵狂风吹来，伞也被吹翻过去，站在靠外面又没有伞的人便也淋得全身湿透。

大约半小时以后，天色渐渐亮了，雨开始小起来，拱门下的人也开始散去。我离开广场，大约是在第三大道9街开始一路向北步行，我决定穿越几十条街区回酒店。当快要走到13街时，雨又开始下起来，且越下越大，大到不能再走，在15街找到一处路边的屋檐下躲雨，周围也都是躲雨的人，还有很多人没有伞。

等雨小后我再次出发，大约走到百老汇大街东24街时，滂沱的大雨倾注而下。再次找到街边一处可以躲雨的地方，在一家咖啡店门前的檐廊下。一位穿灰色衬衣的印度男子从我身边急步而过，街面上无数黄色出租车飞驰向前，车轮飞溅起高高的水花。一辆公共汽车缓慢地向北前行，车身上印着戴墨镜的詹姆斯·邦德剧照，黑色的警车闪着警灯就停在檐廊的前面，大雨迅速汇集在街边的下水道口，形成一股急流。

灰暗的天空下，路灯亮起，街对面商店的灯光也显得格外明亮。雨稀里哗啦地下着，我倒是异常平静，开始欣赏起街道对面建筑那新古典主义风格的立面、那转角处巨大的拱门、那窗檐上雕刻的装饰，再看看自己脚下，我的鞋里已经灌满了雨水，早湿透了。

| 对不起，需要预约

一个阴沉的下午，在曼哈顿第三大道，东6街，库珀广场，一幢扭曲的金属、玻璃和混凝土外墙的房子在沉郁的天空下闪着银光，仿佛顷刻间将要崩塌，在下城那些规矩端正的传统红砖房子中间显得格外突出。库珀联盟学院科学与艺术大楼，在这片区域显得如此不协调，好像一个坏男孩在恶作剧般搞怪，戏弄了街对面那幢有拱券和柱式的老库珀联盟学院大楼，诙谐而幽默，还有几分顽皮。建筑师汤姆·梅恩，2005年普利茨克建筑奖得主，其建筑风格颇有些像弗兰克·盖里，有些张狂，有些反主流，有着创造性的能量。

几根粗壮、歪斜的混凝土柱临街而立，而临街的道路正在施工，用橙色栏杆围起来，几个穿黄色外套的工人正在场地内操作着机器。从一侧一个圆形旋转门进去，左侧一个下沉空间里面正展示着很多平面设计作品，海报、书籍、图形……这是一个设计学院。径直往前走，在素混凝土的空间里有一个白色的柜台，柜台旁一个巨大的混凝土楼梯通向上面的楼层，楼梯口的上面有一个白色粗条钢构网架，限定出一个颇有气势的入口。我问坐在柜台后面的一位黑人男子："我是一位访客，我可以参观这座房子吗？"在有些昏暗的室内，他耸了耸肩，露出洁白的牙齿笑着说道："对不起，你需要提前预约。"

| 看见博尔赫斯

雨天走在百老汇大道上，为了躲雨竟意外地邂逅一家书店，Strand Book Store，它就在东12街和百老汇大道交汇的路口边。先是被书店外廊檐下那些极便宜的二手书吸引，几个有些破旧的书架上面不很整齐地摆放了些旧书、旧画册，还有旧杂志，纽约的书店给人一种并不太讲究的随意感。驻足翻阅了一下，啊，还有毕加索和马蒂斯的画册，才1.5美元一本。红色的书店标识在雨天阴郁的天空下鲜艳夺目，上网查了一下，这是全球最大的二手书店，创立于1927年，可有些年头了。店招上的广告语是：十八英里长的图书长廊。意思是如果将书店中的书一字排开，将长达十八英里！

透过玻璃门看到里面的书密密麻麻，推门进去，店面并没有太多装修，天花板上的管道和电线裸露着，书架简洁朴素，但空间局促，显得非常拥挤，竟没有一处空白空间。穿梭在书架与展台间，一不小心就会碰撞到那些专心翻书的人，然后赶紧说一声“对不起”。书架和展台上均有红色店招将书籍分门别类，使之一目了然。除了旧书，也有很多新书摆在十分显眼的位置，大约有小说、历史、文学评论等。

在摆放密集的展台上有一本书进入我的视线，豪尔赫·路易斯·博尔赫斯的《虚构集》，这是他最著名的短篇集。这书被放在一个并不显眼的地方，大约有三本立放在展台上。如果不是因为封面上博尔赫斯那拥有盲人眼睛的头像，我是不会一下子认出来的。这位一生爱书的阿根廷作家，被称作“作家中的作家”，更是一位优秀的读者，自幼热爱读书写作，命运也仿佛特别眷顾他，使他成为阿根廷国家图书馆的馆长。但命运同时也跟他开了个极大的玩笑，晚年双目失明的博尔赫斯自嘲地说：“命运赐予我八十万册书，由我掌管，同时又给了我黑暗。”

1980年，就在博尔赫斯去世前六年，他曾有过一次美国之行，访问了纽约、波士顿和芝加哥。在印第安纳大学，他说：“我无法一睹纽约，不是因为我双目失明，而是因为纽约使我失明，与此同时我又爱着它。”

博尔赫斯的话总是简短，却充满深意，纽约的确使人眼花缭乱得无法看清。然而，就在那一天，在热闹繁华的百老汇大街，在这家全球最大的二手书店，在密不透风的书堆中，我看清了，我看见了博尔赫斯，我只记住了他的那本《虚构集》。

| Excuse me.（劳驾）

美国人特别爱说“Excuse me.”，什么时候都说。有一天我在第七大道上行走，眼睛看着远处，没注意近处的动静。稍显拥挤的街道上，一位三十多岁戴眼镜的男子突然迎面朝我急匆匆走来，他可能有什么急事，速度很快，将要靠近我时，差点和我相撞。他立刻止住脚步，由于速度的惯性，上身有些前倾地扑向我。身材高大的他下意识地张开双臂，神情有些紧张和不安，然后轻盈地侧身从我面前滑过，我并没有和他相撞，但我听见他嘴里非常小声地说了句：“Excuse me.”。非常非常小声，小声得几乎听不见。

一天，正午炙热的太阳照在哥伦比亚大学校园的上空。我在伯纳德·屈米设计的哥伦比亚大学学生活动中心外面，正透过玻璃幕墙看里面那些坡道。在门厅问了坐在咨询台后面的黑人男子可不可以进去看看这房子，回答说因为要刷卡，所以只有持卡的本校学生才能进去。遗憾，那就在外面看看吧。离幕墙约六十厘米的距离有一道木质栏杆，我站在栏杆内侧往里探望，拿着相机拍照，这时听到身后传来一个很稚嫩的童声：“Excuse me.”。我转过身，旁边站着一个仅有栏杆那么高的白人小男孩，大约三岁，金发，一身蓝色衣裤，白色运动鞋，阳光太强，他眯缝着眼睛，有几分骄傲又有几分认真地看着我。我不知他是什么意思，似乎是我挡住了他的去路，又或许是他对我充满好奇。好吧，是什么意思并不重要。我会心地看着他一笑，同样对他说了一声："Excuse me."。

| 想起伍迪・艾伦

一个晴朗的天，朵朵白云飘浮在蓝天上。午后，我站在滨河大道上，隔着湛蓝的哈德逊河凭栏远眺，船只穿梭于河上，新泽西就近在对岸，房子和树木都能看得清清楚楚。据说很多不能承受曼哈顿昂贵房价的工薪阶层就选择住在新泽西，每天开车到曼哈顿上班。从哥伦比亚大学西侧再往西，有一段植被覆盖的坡地，逐级往下便能到滨河公园。地形狭长的公园南北纵贯五六十个街区，沿滨河大道一路从北向南走，左边是缓坡林地，偶有些儿童游乐设施和休闲座椅散布其间，右侧除了坡地，还有网球场、高尔夫练习场。

寂静的滨河公园人不多，偶尔身边经过一两个人，都是跑步的人，或滑滑板的人。一个三十多岁的父亲，将两三岁的儿子放在肩膀上，滑着滑板迎面而来，我有点替他们担心，小家伙可别掉下来了。几位老人坐在路边的长凳上发呆，四五个小孩儿在绿地上荡秋千，玩滑梯。这的确是个很偏僻的地方，是伍迪・艾伦笔下的"荒凉之地"。曾经读过他的独幕剧《滨河大道》。"可能是西 70 街或 80 街的什么地方"，作家吉姆，和那个自称是作家的流浪汉——胡子拉碴的弗雷德，在一个细雨霏霏的湿雾天，就在这样一个地方展开一幕戏剧。伍迪·艾伦通过三人（另一位是吉姆的情人芭芭拉）的对话构建一个婚外情的故事。这样的故事其实并没什么好稀奇，只因故事的场景在这里，这个可以望见对岸新泽西的曼哈顿滨河大道，而成为一个纽约故事。想到这里，突然看见前面的木制座椅上坐了一位头发有些花白的老者，白色T恤，黑色短裤，休闲凉鞋，黑边框眼镜，在树荫下正静静地读一份报纸。猛然间真的有种错觉，仿佛此人便是伍迪·艾伦。

| 她

曼哈顿53街，纽约当代艺术博物馆，每到周五下午这里会异常热闹，因为下午4时以后为免费参观时间。这是由日本服装品牌优衣库赞助的营销推广活动，平时二十五美元一张的门票在这个时段免费。入场券就在博物馆的门口发放。不到下午4时，这里便挤满了排队等候领票的人群，队伍会沿着博物馆的外墙绵延几个街区，浩浩荡荡，颇为壮观。

周五的下午我刚好就在曼哈顿中城一带，想起这事便决定早点去排队，免得像上次一样排了好久好久。3时40分到了博物馆门口，却见已经排起了长龙，顺着长龙一路走下去，找到队伍最末尾处加入进去时，已经又拐过几个街区了。

记得上次来时排了有一个多小时，口渴了还跑进街边的星巴克买了一杯柠檬茶喝，出来时队伍刚好走过一座大楼的地下停车场出入口，因为随时有车辆进出，队伍前面有位当代艺术博物馆的工作人员正在挥手示意队伍停下。她，一位个子矮小的女士，乌黑的短直发，有四十多岁，看模样是日本人，穿了身颇有日式简约风格的黑色直筒连衣裙，黑色船式平底便鞋，胸前挂了块博物馆的工作牌，大声说道：“停下！停下！请停下。”我跟她相距非常近，一米左右，我注意到她正和旁边一位头发有些花白的日本男子说着一口流利的英语，过一会儿又听她说着顺溜的日语。也许她就是一位日裔美国人，生着一张东方面孔，但骨子里已经很美国化。过了一会儿她又继续指挥着队伍：“继续，跟着走！”

我正回忆着上次排队的情景，不知不觉已经走到了博物馆的门口。门口正有一位女士在发参观券，上面印有博物馆的标志和优衣库的标志。当我拿到参观券后看了看这位女士，啊，不就是两年前来时看到的那位日本女士吗？刚才还想到她，约有一秒钟的工夫，仅仅一秒钟，我便认出了她，真的是她，还是那身打扮，依然是黑色直筒连衣裙，黑色船式平底便鞋，但短直发却已经花白，不再是两年前的乌黑。

| 没刺的鱼

“水煮鱼，鱼香茄子，蒜炒空心菜，青菜豆腐汤。”我对站在餐桌边的服务生说道，我一边点菜，他一边在本子上记下菜名。点菜的工夫，我的眼睛扫视了一下四周，不远处的邻座有一位眼熟的知名中国艺术家正和他的一帮中国朋友谈笑风生。瞬间时空变换，仿佛不是在纽约，而是在四川，在家门口。

那天晚上，我在曼哈顿中城闲逛找吃的，想找家中餐馆，在纽约待了几天自然就会想到重口味的川菜。从列克星敦大道向东走，在第二大道和第三大道之间的东53街，找到这家叫“麻辣东村”的川菜馆。

翻看菜单，竟然是如此齐全，夫妻肺片、红油肚丝、口水鸡、川北凉粉、川式腊味拼盘、老妈蹄花、钟水饺、红油抄手、麻婆豆腐、眉山牛肉、锅盔回锅肉、蚂蚁上树、火爆腰花……应有尽有，都是那些家常的味道。点完菜我又补充道：“水煮鱼要麻辣点。”好像对味道有点不放心。

很快，过了十几二十分钟菜便端上来。水煮鱼用一个青花图案的大瓷钵盛着，面上浮着一层红色的辣椒和油，还在哧哧地冒着油泡。用筷子夹起一块尝了尝，嗯，烫嘴，麻辣，鲜香，是四川的味道，色香味俱全。在纽约居然还能吃到如此正宗的川菜，有点喜出望外。吃完还有店家免费赠送一人一份的醪糟小汤圆当甜品，结账一共是38.6美元。结完账，店家照例发给每位客人一个小蛋卷盒子（华人餐馆都会在餐后发这样一种小赠品），打开一看，小纸条上写着：“Your ability to love will help a child in need.”（你爱的能力将帮助一个需要帮助的孩子）。

此时，我身边就站着一个孩子，我读高中的女儿。后来想起这顿饭，想起吃的那道水煮鱼，我问我家孩子，那天在麻辣东村吃的是什么鱼啊？我怎么觉得那鱼没有刺呢？

| 香蕉

香蕉好像是纽约最多也是最便宜的一种水果。纽约的香蕉是分地段论价的。第一天刚到时在 51 街酒店楼下的超市买了一美元一根的香蕉。第二天在 38 街的路边小水果摊贩那里买了一美元两根的香蕉。第三天在 62 街的水果摊买了一美元三根的香蕉。第四天在 89 街买了一美元四根的香蕉。第五天在 116 街，一个冷清的街口的水果摊买了一美元五根的香蕉，摊主是位黑人男子，我问了价格后有点不敢相信地把一美元硬币递给他，他很高兴地接过硬币，然后说道："谢谢。"这时我一抬头刚好看到对面街口有一幅路牌广告，大约是关于 124 街的一处一百三十平方米的房产，售价三十万美元。

纽约的什么东西都是按地段论价的，在纽约上城的这个黑人区，香蕉的价格已经接近国内的水平，在这里买套房子好像也不是不太可能。不过细细想来如果真住在这里，行吗?

| 男孩们

炮台公园，曼哈顿岛的最南端，毗邻下城繁华金融区的一片世外桃源，隔着哈德逊河可以眺望远处的爱丽丝岛和自由岛上缩成一个小点点的自由女神像。东岸纪念碑面河而立，一面面的石墙巍然矗立，石墙上刻着二次世界大战期间在大西洋牺牲的四千多名士兵的名字、军阶，以及州别。一个"自由女神"从我身边走过，码头处，又见一个"自由女神"一动不动地任游客跟她一起拍照。河边的轮渡前挤满了排队等候上船的游客，他们将要去往自由岛，一睹真正的自由女神的尊容。

我坐在一片树荫下的沙地上，几个条形的坐凳围成一个圆形场地。中间有一个供人娱乐的音乐装置，表层是一块块有弹性的不锈钢片，当人踩在上面时会发出悦耳的七声音阶，哆、来、咪、发、嗦、拉、西，而脚踩的轻重决定了声音的强弱。几个男孩正在上面不停地蹦跳，声音响个不停，他们的家长就跟我一样坐在周围的长凳上。过了一会儿，孩子们轮流上来踩。先是一个黑人孩子，很矮小，有四五岁，穿了件红色的T恤衫，蓝色的短裤，白色的运动鞋，声音有力而富有节奏；接下来是一个白人男孩，金发，瘦高的个子，可能有十一二岁，有些腼腆，声音有些羞涩迟疑；下面一个是位黑发、棕色皮肤的孩子，估计有七八岁，大约是阿拉伯人，有些恶作剧似的乱跳，钢片也发出奇怪的噪音，孩子觉得很高兴，毕竟出了风头，他的母亲穿着一身阿拉伯妇女的服装，包着头，一声不吭地静坐一边；一个穿背心的东方面孔的男孩上来，六七岁，他很规矩，一下一下地踩，声音也一下一下地响，他不太放得开，他的母亲在跟他说着什么，是日语，估计在说叫他大胆一点；另一个东方面孔的男孩上来，好像一开始就很有想法，要踩出一首曲子，他很有节奏地踩，小心地踩，过了一会儿便是满头大汗，母亲过来给他擦汗，然后她用我听得懂的汉语跟男孩说："好了好了，咱们走吧，爸爸在那边等我们呢。"

| 罗斯福岛

罗斯福岛很小，它位于曼哈顿以东的东河上。从地图上看，这座天然的小岛像一只漂在河中央永不沉落的舰艇，细细的，长长的，刚好嵌在曼哈顿区和皇后区之间。据说它长仅2.5公里，最宽处只有240米。有一天，我去了这座小岛。

我登上位于东60街和第二大道街口处的去往罗斯福岛的空中缆车，当缆车启动后，随着视线慢慢拔高，曼哈顿密集的高楼和街景就逐渐变远变低，透过缆车的窗户能看到通往罗斯福岛那雄壮巍然的钢构大铁桥以及从桥上飞驰而过的车辆，还有碧蓝的东河河水在阳光下泛着的粼粼波光。

三五分钟的工夫便到了小岛。比起喧嚣的曼哈顿，这里确实异常安静，好不容易遇到一个路人，问她："请问罗斯福四大自由公园怎么走？"路人指着南面说："一直往前走，走到最端头的地方便是。"

沿着河岸步行，隔水相望的是曼哈顿中城景观。此时看去，那些在峡谷似的街道上行走时看到的摩天楼已不再那么高大，它们变得平缓而谦和。早晨的太阳照在那些大楼的玻璃幕墙上反射出耀眼的眩光，这座极致的人工化城市，是硬朗的，是直线的，是几何化的……凭栏远眺，发现有架直升机飞过对岸那些高楼，"嘟嘟嘟"的轰鸣声由强及弱，而后消散在天空中。水面不宽，大约只有两百米，偶有游艇划过水面，去向远处。河水有节奏地拍打着岸边的卵石，步道的树荫下放置了休憩用的座椅。我坐下来休息，见一群硕壮的鹅在草地上蹒跚漫步着觅食，蔓生的草丛在微风中轻轻地起伏。阳光灿烂，荒草丛生，俨然一幅与曼哈顿迥然不同的图景。

路过一座废弃的建筑，建筑的周围是杂草丛生的废墟，由铁丝网围起来。房子的内部已经被搬空，只剩下石头的外立面，从立面窗户的特征可以推测其建于19世纪。路边有一块广告牌，上面写着：天花医院，建于1856年。原来这里曾经是一座医院，收容大量天花、癫痫患者，或者瘫痪的病人。当时的罗斯福岛叫布莱克维尔岛，有多座医院分布于岛上。在1921年它被更名为福利岛，1973年，为纪念美国第三十二任总统富兰克林·罗斯福更名为罗斯福岛。

来这座小岛，我其实更想看看位于南端的富兰克林·罗斯福四大自由公园。它是建筑大师路易·康的作品，设计于1973年的这座纪念公园，因建筑师在1974年离世，曾一度被中断修建。2012年10月，历经近四十年后它终于落成，这是康在纽约的首座完工建筑。今年6月，我在台北市立美术馆看路易·康建筑展时曾看到过这个方案的草图。

经过废弃的天花医院，便是罗斯福四大自由公园的入口。我来到一片开敞的空地，登上由花岗岩铺砌的石梯，迎面是树列包围的倾斜大草坪，穿过空旷的草坪，尽端处便是罗斯福总统的青铜雕像。雕像之处被称作纪念地的“房间”。“房间”由厚实的花岗岩墙围合，蓝天覆盖其上，朝着东河河面的南面是开放的，迎接和吸纳着广袤的世界。我站在“房间”开口处的石梯上看着湍急的河水，一个二十多岁的女孩（估计是工作人员）走近我，示意不要离河水太近（我猜测以前可能有人不慎从这里坠入河水中），于是我退后几步。

1941 年，二战即将爆发。1 月 6 日，罗斯福总统在美国参战前发表演讲，为避免战争所带来的巨大牺牲，他倡议创造一个建立在人类的四项基本自由之上的世界，即言论与表达自由、崇拜上帝的自由、不虞匮乏的自由以及免除恐惧的自由。这四项自由后来被纳入《联合国宪章》。此时，隔着东河的河面我能清楚地看到位于对岸曼哈顿中城 42 街的联合国总部大楼。它是否是这一纪念地景观的一个对景和延伸？

| 没问题

离开纽约的前一天，我想起一个问题。第二天上午要退房，然后到东 22 街的租车行取车，那么是拖着行李箱打车直接去租车行，还是先去租车行取了车再回到酒店来拿行李箱？如果先去租车行取了车再回酒店来拿行李，就需要在酒店门口停车。酒店的大门正对着车水马龙的列克星敦大道，不知道能否在此停车。那天下午回到酒店时，我在门口问了那位高大的侍者我们第二天能否在酒店门口停车，他问："你们打算停多久？"我答道："大约五分钟。"他果断地回答说："没问题。"

尽管我们最后还是决定拿着行李直接去租车行，因此第二天并没有在酒店门口停车，但我还是记得他当时说"没问题"时那果断的神态。

| 出租车司机

酒店门口那位高大的侍者帮我在列克星敦大道上拦了一辆出租车，车停下后，他又帮我把行李拿进出租车的后备箱，我给了他五美元的小费，谢了他，然后跟他说再见。我上了出租车，跟司机说我要去东 22 街的 Dollar 租车行，司机将车掉了头，沿列克星敦大道一路朝南开去。

司机是位健谈的男人，有三十五岁左右，中等个子，穿一件蓝灰色小格子的短袖衬衣。深陷的黑眼睛，黑头发，头顶处微有些秃，脸上的络腮胡刮得很干净，是位拉丁裔。他的英语说得不太标准，但是很喜欢说。他问了我们很多问题，包括将要去哪里。“普林斯顿。”我说。“哦，那可是个好地方。”他答道。大约过了 39 街后，我们开始聊起了时下很热门的话题 UBER，中文翻译成“优步”。我问他，作为出租车司机怎么看优步。他说，现在纽约有很多优步，优步方便、快捷又便宜，当然有它的市场合理性，但出租车也有它的优势，会继续有它的市场份额，那些会乘坐出租车的人始终是会继续坐出租车的，对此他一点都不担心。我有些吃力地听他说着那不太标准的英语，很快便到了东 22 街的 Dollar 租车行。

| 离开

上午 10 时 30 分，我比预约的取车时间 11 时早了半个小时到达租车行。那里是东 22 街 329 号，一个很小的店面，门面的玻璃上有 Dollar 租车行的红黄蓝标志，隔壁有一间同样狭小的用于停车的房子，路边街沿上停了三辆小型车辆。我走进办理租车业务的店铺，那是一个约二十来个平方的空间，一个长条形柜台纵向摆放着占去了很多面积，留下一个只有一米多宽的通道便于租车的顾客通行。柜台里面只有一位黑人妇女，穿着灰色的工作制服。我将打印的租车确认单、驾驶执照、银行卡递给她，她又问了我是否需要购买各种各样的租车保险以后，再次跟我确认租车金额，然后我刷银行卡，拿到车钥匙，这一过程整整用了一个小时。跟上次来纽约在肯尼迪机场取车的情况完全不同，那次可能就用了十五分钟便搞定了。看来在纽约也有办事效率极为低下的情况。

拿到一辆深蓝色的切诺基。11 时 30 分，太阳已经升到了头顶，我们启动车子，缓缓离开租车行。向西穿过 22 街来到第十二大道，从西 43 街口进入林肯隧道。走出冗长而黑暗的隧道，眼前便出现一片明亮的天空，有些刺眼，我意识到这是新泽西的天空。纽约已在我身后，正离我远去。公路上的车辆开始稀疏起来，景物变得单调起来，色彩也开始变得不再那么艳丽，仿佛一周来紧绷的所有神经开始舒缓松弛下来。

炙热的阳光照进车里，我打开汽车的空调，冷风从风口吹出，车里暂时凉快起来，收音机里传来约翰 · 丹佛的歌声："Take me home, country roads."（乡村路带我回家）。公路上偶有轿车和卡车从我们身边驶过，然后远去。我不禁想到，两次来纽约都是炎热的盛夏，下次不妨就在冬天来吧，纽约的冬天会下雪，到时就选在圣诞节的早晨，在寒冷得一说话便会吐出白气的早晨，散步去洛克菲勒中心，看看那个下沉庭院的溜冰场。

2015 年 10 月 9 日初稿

2015 年 12 月 7 日定稿

拾陆　波士顿乡下的白房子

今天，这座白色的小房子已经完全融入周围的景色中，在格罗皮乌斯夫妇对景观几十年持续维护的过程中慢慢建立起来的场地秩序已成为一幅层次丰富的风景画。我感受到，这房子和景色里蕴藏的时间慢慢沉淀出丰硕价值，房子和这块土地紧密地连在了一起。

三个多月前的夏天，我驾驶一辆切诺基在美国新英格兰地区旅行，从康涅狄格州的纽黑文小镇来到马萨诸塞州波士顿郊外的康科德小镇。小镇离波士顿大约半小时车程，镇子因瓦尔登湖而著名。这里曾经是美国作家亨利·戴维·梭罗居住过的地方，他在瓦尔登湖边的森林里自建一座小木屋，独居两年又两个月，过着简朴而纯真的生活，并写下传世名著《瓦尔登湖》。

正值度假时节，很多美国人也开车出去旅游，来此享受湖边森林清凉的空气和幽静的景色。然而镇上只有一家酒店，离瓦尔登湖仅两英里的 Best Weston 度假酒店。房价是每天两百七十五美元（含税），真是高得出乎意料。然而，为我办理入住的中年女士却很自信地跟我说："你也可以去别家店看看，最近的离这里有七八英里，或许价格比我们的要低一些。"但我很肯定地告诉她，不，我就住这里，而且要住四天。

理由很简单，瓦尔登湖和梭罗的小房子当然迷人，不过吸引我的还有另一座小房子。

一

第二天清晨，迎着初升的太阳，我开车来到湖边寂静的森林。然后下车步行，沿着瓦尔登湖岸漫步一周，闲坐于岸边的石头上，面朝清澈碧绿的湖水沉思默想，并造访了梭罗在湖边的那座小木屋遗址。而后又驾车穿过森林和田野间窄窄的公路来到紧邻康科德镇的另一座小镇——林肯镇。

盛夏的 8 月，新英格兰地区被一片盎然的绿色覆盖。在绵延无尽、缓坡起伏的原野上，随意散布着一片片森林。森林之外的空地是农场，有一座座农舍和谷仓，还有奶牛、羊群和马匹点缀其中，构成一幅幅精妙的田园风景画。草丛间，一种白色的野花肆意地开放，星星点点，在阵阵微风中轻轻摇曳，太阳光在云层中时隐时现，白色小花也忽明忽暗地变幻着自己的色彩，从亮白，到浅白，再到浅灰……

车开到 68 号贝克大桥路边停下，从路边高大的美国梧桐树的枝叶间看过去，在不远处那片宁静的山坡上，一座白色的房子就像那些盛开的白色野花，伫立于成片绿草丛的掩映中，和着野花的节奏，在阳光下也忽明忽暗地变幻着它的色彩。路口的右边立着一块蓝色的牌子，牌子上面写着“Gropise House”，下面是“Historic New England”（历史上的新英格兰）。这正是被列为新英格兰历史遗迹的房子——格罗皮乌斯住宅。

但是房子并不老，它建成于 1938 年，距今也只有七十七年的时间。比起新英格兰地区那些 17 至 19 世纪，甚至 20 世纪早期的房子可算最年轻的，其实它就是一座现代主义建筑。房子现在没有人住，它是一座供人参观的博物馆。

格罗皮乌斯是一个典型的德国人的姓，他叫沃尔特。二战中这位大名鼎鼎的德国建筑学教授沃尔特·格罗皮乌斯从战火弥漫、硝烟滚滚的欧洲逃离并移居到这块遥远的新大陆，作为系主任受聘于哈佛大学建筑系，这房子是他和家人在美国生活了三十多年的住所。

一

我将切诺基停在门口访客中心小房子的外面。访客中心那位戴眼镜、留着白胡子的老伯跟我说，要赶快点，已经开始了。我急忙踏着与那座房子呈对角线的白色碎石子小路朝山坡的高处走去。远远能看见那白色盒子的东北角伸出一道长长的有顶门廊，门廊边几株矮小的灌木郁郁葱葱，房子前面有好几个人正围着一位美国大妈在听她讲解。当我走近房子，脚踩在山坡上还带着晨间露水的草地时，美国大妈突然停下她的讲解，非常友好地跟我打了个招呼，微笑着问我："你知道包豪斯吗？"

"是的，我知道。"我有点惊奇但却很果断地答道，并补充了一句，"我很久以前就知道了。"

"很好！"大妈很高兴，"我叫弗莱维娅·梅斯菲尔德。"

"见到您很高兴。"

弗莱维娅有着那种很典型的美国白种妇人的样子，大约六十岁，一米七左右的个子，打扮得精致干净。鼻梁上架一副金丝边眼镜，说话时描得细长的眉毛会时不时扬起来，表情丰富，甚为生动。薄薄的嘴唇涂抹着亮丽的口红，笑起来露出洁白整齐、闪着光泽的牙齿。灰白齐肩的卷发，上身的粉绿色短袖 T 恤外面是一条粗纹棉麻布料的蓝色碎花无袖长直筒连衣裙，脚上是一双白色半高跟凉鞋。我姑且称她为梅斯菲尔德太太，这名字倒使我想起简·奥斯丁的小说《曼斯菲尔德庄园》。她是这个访客中心的讲解员。围着她的是六个学生模样的女子，其中三个大约是中东人，还有两个是南亚人，另一个是白人，但年龄都不会超过三十岁。另外还有一位三十多岁的男子估计是日本人或韩国人。

梅斯菲尔德太太的问题当然不难回答，大概任何一个对现代设计略知一二的人都不会不知道包豪斯。然而她正准备开始讲解这座房子，包豪斯不失为一个最合适的开场白。因为格罗皮乌斯与包豪斯密不可分。

“他是包豪斯的缔造者。”梅斯菲尔德太太继续着她的讲解。

1919 年，年仅三十五岁的格罗皮乌斯从德语的两个词“Bauen”（建造）和“Haus”（房子）自创一个新词“Bauhaus”（包豪斯），意为“建造房子”，将“所有视觉艺术的最终目标是完善的建筑物”作为包豪斯纲领，印在那本封面的木刻图由莱昂内尔·费宁格制作、仅有四页纸的作为国立魏玛包豪斯教学大纲的小册子上，并将原魏玛艺术学校和魏玛工艺美术学校合并组建为一所学校——国立包豪斯设计学院。它是一所要将传统意义上的艺术、手工艺，以及工业化之后的工业生产整合在一起并重新定义“现代设计”的学校。它更是现代设计史上一场轰轰烈烈的运动，众多20世纪著名艺术家、设计师、建筑师、手工艺人卷入其中成就了它的非同凡响。1919年至1933年两次世界大战之间仅仅存在了短短十四年的这所德国设计学校，其教学理念和方法却深深影响了整个20世纪乃至今天的设计。作为包豪斯设计学院的第一任校长，格罗皮乌斯是一位深具创造力的概念整合者和一位卓越的设计教育家。

可是，他更是一位不折不扣的建筑师。

“1937年的春天，格罗皮乌斯接受哈佛大学建筑设计学院的邀请，和夫人伊莎·格罗皮乌斯以及他们十二岁的女儿阿蒂带着他们在德国生活用过的包豪斯家具、书籍以及办公文件抵达美国马萨诸塞州的波士顿。与之前在德国柏林和英国伦敦的城市公寓生活环境相比，剑桥和波士顿郊外的田园景色无疑对他们有着极大的吸引力。最初的一段时间，他们在康科德、列克星敦和林肯三个小镇上找房子，后来在桑迪湖边租了一套建于1775年英殖民时期的独立式住宅。周围是森林牧场，房子右边紧邻一个大谷仓，有许多母牛和马，当他们打开起居室的窗户时，那些牛和马常常将头伸进来……”

讲到这里，梅斯菲尔德太太停顿了一下，笑着补充道：“哈哈，这是格罗皮乌斯太太伊莎后来回忆他们刚来的那段日子时说的。”大家都彼此看看，然后会心地一笑。我脑子里马上闪现出早晨在森林间公路上开车时看到的那一幅幅画面。

“但是，更让人觉得好笑的是，伊莎说他们的包豪斯家具在那种殖民风格的规规矩矩的小房子里显得多么奇怪！”梅斯菲尔德太太紧接着说。

是啊，肯定不协调。那些在包豪斯工厂车间生产的家具都是为适应现代建筑空间而设计的，没有装饰，风格简洁，都是按现代生活方式，运用现代材料，遵循功能性、经济性、实用性的设计原则做出来的，放在以对称和充满装饰元素著称的、一小间一小间彼此分割开、窗户狭小、光线阴暗的殖民风格房间里会是一种什么效果？

“后来，他们的一位建筑师朋友亨利·谢普勒先生知道这个情况后，就去找到他认识的一位女慈善家和艺术赞助人詹姆斯·斯托诺太太，告诉她有一位哈佛设计学院的德国教授很想建一座自己的房子，但是缺乏土地和资金。他建议斯托诺太太提供给格罗皮乌斯一块她在林肯镇的地产和修房子的资金，由教授自己设计和修建，然后将房子出租给他。短暂的谈话后，斯托诺太太竟然非常爽快地答应了。因为她认为新来的移民总是会努力地做到最好，并给这里带来一些改变。如果做得好，它将留存下来，反之，它就会消失。”

“‘不妨试一试。’斯托诺太太这样说。我认为格罗皮乌斯一家运气真好，他们可是遇到了好人。”梅斯菲尔德太太一边说，一边转过身去看了看她背后的房子。

然后，她又转过身来。她说话的语速相当快，我全神贯注地听着，但还是很难跟得上她说话的节奏，大概她并不认为我这个东方面孔的人会有英语听力困难的问题。短暂的停歇总算让我松了口气。我就站在离她三米左右的位置上，阳光从房子东面的一棵榆树后透过来，梅斯菲尔德太太的金丝边眼镜框在阳光下闪闪发亮。

“斯托诺太太是一位颇有先见之明的人，如果没有她的帮助，格罗皮乌斯是没法建起这座房子的。”梅斯菲尔德太太突然将目光移到我身上，看着我，我点头回应她。是的，这确实有点出乎我的意料，跟我想象的几乎完全不同。在此之前，“格罗皮乌斯”这个名字在我心目中仅仅是一个极抽象的概念，它是一个印在教科书上的名字。第一次听说这个名字大约是在大学的设计史课上，当时老师讲到这个人是彼得·贝伦斯的学生，与柯布以及密斯同时在贝伦斯的事务所工作。然而这么多年来，我对柯布和密斯关注较多，对他却少有研究。可以说我对这房子一无所知，甚至连它的平面图都未曾看到过，对于有关它的一切信息都了解得非常少。

恍然间，格罗皮乌斯这个人在我心目中一下子鲜活起来，他似乎从高高的神坛上走下来，变成了一个现实生活中的平凡之人，他有他的困境和苦恼。1937 年，格罗皮乌斯一家几乎是从英国逃难而来，没钱建房子，作为一个建构包豪斯理念的人又怎么能将就住在与他们的家具风格不协调的房子里?

“随后的几个月，格罗皮乌斯夫妇去马萨诸塞州、新罕布什尔州、佛蒙特州旅行，考察和研究新英格兰地区古老的殖民风格的房子。这些房子大都是将英国的乔治亚风格与美国当地的气候和资源相结合的产物。砖块、白色油漆的木条、用于壁炉的灰漆砖块、与起居室相连的大门廊是这些房子的特征，格罗皮乌斯打算在他的房子里保留这些适应地域气候条件的特征。”

“他们在斯托诺太太给他们提供的建房场地中选择了一处周围是大苹果园的小山坡，就是现在我们所在的位置。你们看，前面坡底下的那些苹果树，当年有九十棵散布在山坡上呢。”梅斯菲尔德太太一边说一边指着山坡下面的那些树，“这里视野良好，能看到远处的沃楚西特山，离瓦尔登湖也只是步行的距离，那可是享誉世界的美国作家亨利·戴维·梭罗写作《瓦尔登湖》的地方，这是一本曾经深深影响了印度圣雄莫罕达斯·卡拉姆昌德·甘地的‘非暴力’哲学思想的书。”

这让我想起晨间在瓦尔登湖边的漫步。1845年的春天，梭罗在瓦尔登湖岸边建起了他的小木屋。夏天的时候他搬到小木屋居住。但那时格罗皮乌斯还没有出生。梭罗去世之后，又过了很多年，格罗皮乌斯在离梭罗小木屋不远的林肯镇建了自家的这座小房子，一家搬来居住，一住就是几十年。他们可算是未曾见过面的邻居。想必格罗皮乌斯一家常去湖边散步闲坐，看到的是跟梭罗当年看到的同样一片湖水。

“啊，早晨我才去了瓦尔登湖，我刚从那里过来。”我忍不住说出来。站在我前面的那两个南亚人转过头来笑嘻嘻地看着我。

“啊，那真是太好了！那是一片美丽的湖泊。”梅斯菲尔德太太笑起来，高兴地点头，细长的眉毛扬到眼镜框的上面。然后她继续说道：“面对陌生的气候环境，他们思考着这里与之前他们所居住的欧洲的不同之处。马萨诸塞州在纬度上与罗马是一样的，却没有与罗马一样的气候条件。这里的纬度位置比英格兰低一些，夏季潮湿炎热，但是冬季的温度却比德国和英格兰更低，而且多暴雪，在半小时内温度骤降 40℃的情况并不罕见。”

“每天晚上他们散步去观察太阳在他们将要修建新居的地方落下的位置，以便决定房子开窗的位置和方式，好让窗户吸纳最好的光线和视野。”

“你们要知道，这儿的气候条件很恶劣，从前这里只是光秃秃的山坡，土地贫瘠，多岩石和沙地，植物都长不好，只是山顶有一些植物。而房子将要无情地暴露于太阳和大风之下，格罗皮乌斯夫妇决定把种树看得跟建房子一样重要。”

“对了，除了气候的因素，在设计的过程中，格罗皮乌斯还要将家庭的功能需求、他自己的家庭工作室，还有那些他们从德国带来的与他们一起生活了十二年的包豪斯家具，以及预算问题等一并考虑，因为斯托诺太太提供给格罗皮乌斯先生的资金是有限的，这些都构成了一个很复杂的问题。”

经济性也是包豪斯的设计原则之一。自从第一次世界大战以来，德国的经济陷于困难之中，格罗皮乌斯总是习惯性地从他长期的实践中思考更经济的做法，以最小的投入获得最大的利用性。事实上，这是他考虑建造好的建筑的主要因素。于是，格罗皮乌斯决定修建一座更紧凑的房子，除了经济上的考虑，同时也想让房子能经受得住极冷和极热的严苛自然气候的考验。

“房子建好后，他们用了很长一段时间来做景观。开始，两棵相当大的白松被种在房子的前后，以帮助创造夏季的阴凉和增添冬季的色彩。同时，房子西南角种了一棵红橡树，在那个大帐篷（东北角伸出的有顶门廊）边上种了一棵榆树，在东南角种了一棵雪松，在停车区域中间种了一棵美国山毛榉。”梅斯菲尔德太太不停转动着身子指指这里，又指指那里，分别向我们做着介绍。我们也就跟着她手指的方向不停地移动着视线。

“现在这些树都长大了，与这座房子相映成趣。”她说。看到这些枝繁叶茂的大树，的确很难想象当初它们还是小树苗的时候这里是怎样一番景象。

“不过，侧边（房子入口处左侧）那个停车区域可是斯托诺太太的建议。这地方冬天下大雪，常有暴风雪，斯托诺太太抱怨说她常常因为暴雪封锁住房子的车道而感到不便。她建议车库最好离房子近一些。格罗皮乌斯太太后来回忆说那时他们很难想象今天的铲雪车做这个工作其实花不了多少时间，记忆中的那些下雪天他们不得不使用滑雪鞋或者踩着雪橇去车库开车。”

梅斯菲尔德太太眨了眨眼睛，做了一个很滑稽的表情，我们也跟着笑起来。

我们顺着她指的方向，视线穿过大帐篷看过去，那里正停着三辆轿车。“当年他们将车停好后从车里下来，也可以从房子后面的小院进去，厨房有一个通向后院的门，很方便。”

“斯托诺太太就住在森林山坡顶上的一座大房子里，与格罗皮乌斯一家紧挨着。她真是个热心肠的人，给他们提了很多很好的建设性意见，比如冬天如何应付降雪，夏天如何获得凉爽，但她从没有干涉过房子的设计。她甚至还提供了格罗皮乌斯先生的合伙人马塞尔·布劳耶一块地，紧邻格罗皮乌斯一家，就在这房子的西面。”梅斯菲尔德太太朝西面那绿色覆盖的山坡指了指，“当年格罗皮乌斯在斯托诺太太给他的四英亩场地上建房子的时候，马塞尔·布劳耶就在他两英亩的场地上建他自己的单身汉之家，那座房子也是格罗皮乌斯先生设计的。”

马塞尔·布劳耶曾经是包豪斯的学生，后来留校任教，成为包豪斯的核心人物之一，在包豪斯的木工作坊主持工作，他的能力更多表现在家具设计上。他的年龄比格罗皮乌斯小很多，生于1902年，1937年的时候他也只有三十五岁。然而这个人与格罗皮乌斯的关系甚为密切，他们不仅是师生关系，也是同事以及合伙人关系。那一年，他与格罗皮乌斯一同从英国来到马萨诸塞州的剑桥，加入哈佛大学建筑设计学院，与格罗皮乌斯成为合作伙伴。

“布劳耶的房子能参观吗？我倒是也很想去看看。”我有点难为情地打断梅斯菲尔德太太的讲述。“哦，那座房子现在是私人住宅，是不允许参观的。不过，你待会儿可以在房子的外面看看。”梅斯菲尔德太太说。

“当房子的设计图画好以后，还有一件相当重要而棘手的问题没有解决，那就是由谁来修建的问题。说老实话，这是一个在当时很不同寻常的设计，它的惊世骇俗足以吓退很多人，一个能理解这个设计而又能细心周到地处理各个施工细节问题的人，哪里去找？恰恰在这时候，有一个哈佛大学的毕业生、年轻的建筑师卡尔·科赫跑来跟格罗皮乌斯说他可以推荐一个人来建房子，这人就是马萨诸塞州康科德镇的卡斯珀·J.詹尼先生。”

“经过几次交流，格罗皮乌斯和詹尼决定用这个地方很流行的轻型木构架结构来盖房子，并覆以刷上白漆的当地红杉树木条，壁炉墙用刷了灰漆的砖块。建造者熟知从这一地区殖民风格的房子中直接吸收借鉴的修建方法。然而，建造平屋顶的房子仍使他震惊。”

“但是，平屋顶防漏的问题必须从长计议，格罗皮乌斯不想被经常性的渗漏和维修而搞得苦不堪言，他做了一个预防性的措施，将屋顶微微向中心倾斜，在那儿，雨水和融化的雪水会顺着置入房子中间的管子顺流排出。几十年过去了，这样的安排没有引起任何麻烦。”

“为了节省资金，格罗皮乌斯和詹尼从生产厂家的产品目录中挑选他们需要用到房子构造中的所有产品备件，如室内的门、门把手、照明设备、架子、玻璃砖等。后来詹尼先生回忆说，尽管格罗皮乌斯先生使用生产厂家产品目录中的备件，然而他的想法却与一般人很不相同。格罗皮乌斯是想证明那些在美国生产的大批量工业产品也能够创造出具有当代设计特征的经典房子，尽管在此之前从来没有谁做过这种实验。”

“在整个房子建造的过程中，詹尼先生几乎每天都在现场，因为从一开始他就对这件很冒险的事心神不安。很多个下午，他和格罗皮乌斯先生就坐在锯木架上讨论房子所有的细节长达好几个小时。很多时候，詹尼先生总是不同意格罗皮乌斯先生的想法，然而最后格罗皮乌斯先生却往往是对的，而他是错的。当他发现格罗皮乌斯先生对于每一个实施的细节都有很好的认识以及对每件事都有很好的计划和预见时，才开始放松下来，并且喜欢上这个将新建筑引荐到新英格兰乡村的实践机会。每天下午，还有几个从哈佛来的男孩来看房子的进展情况，格罗皮乌斯先生总是花很多时间跟他们在一起，耐心细致地给他们讲解如何利用那些便宜的材料而又丝毫不降低房子的品质。”

可实施性也是包豪斯教学理念中一个很重要的部分，要想得出来，还要能做得出来。在包豪斯的课程设置中，形式师父和工匠师父共同负责一门课程，形式师父启发学生的想象力，工匠师父指导学生熟悉材料，关注施工技术和工艺。因此，艺术与工艺跟生产很好地结合起来，成就了包豪斯所定义的“设计即应用艺术”，以及“艺术家同时也是一名工匠”的概念。师徒制、作坊制是包豪斯教学的重要特色，在现场中学习是包豪斯教学的核心价值体系。

“詹尼先生后来说，和一个如此有实践经验的人在一起工作是一段有趣的经历。1938 年，房子建好后的一天晚上，因为外面下着很大的雨，他无法回到他自己的工厂，所以就作为这座房子的第一位客人在新房子里用晚餐并度过一整个夜晚。”

“1938 年 9 月，当房子的修建完工后，格罗皮乌斯写信给斯托诺太太，表达了他对房子的满意：‘现在我位于林肯镇的房子已经完成了……它非常出色。作为修建者，作为这份产业的使用者，作为建筑师，我特别赞赏你我之间这种顺利的合作方式……’”

梅斯菲尔德太太讲到这里停下来，稍事休息。她的旁边有一座 2 米多高、由铝板制作的抽象雕塑，造型似一株植物，立在花园的草地上。我面对房子打量着这个北向的正立面，外墙覆盖着刷了白漆的竖直木条，木条宽度约为12厘米，木条间有凹槽。这不仅增加了外观细腻的观感，同时也与新英格兰地域的那些殖民风格的老房子取得视觉形式上的某种联系。目测立面长度大约有20米，高度约为6米多一点，左边伸出很长的有顶门廊的入口，与外墙上的水平条形长窗一起构成房子水平向的延展形式。右侧有一座黑灰色的铁制螺旋楼梯，通向二层的露台。这个曲线造型给这个直线造型的立面增加了些许的趣味和生动。“这座螺旋楼梯是格罗皮乌斯先生给他十二岁的女儿阿蒂专门设计的，因为她要求父亲为她设计一个单独的出入口，这样好朋友来找她玩耍时就可以不被她的父母和家里的女仆看到而显得很拘谨。他可真是位好父亲。”梅斯菲尔德太太指着身边的这座楼梯说道。

这座像雕塑一样的螺旋楼梯也像是个“上上下下”的巨型玩具，里面该是藏着阿蒂童年的某些秘密和她最初的自我认同感。作为建筑师女儿的阿蒂是幸运的，楼梯是建筑师父亲对小女儿的爱和尊重的最独特表达。我想，这座楼梯对于后来也成为一名艺术家和设计师的阿蒂来说大概有不小的影响。

“格罗皮乌斯太太也是位建筑师吗？”有人突然问了这么个问题。

“哦，她不是。不过她倒是一直致力于帮助格罗皮乌斯先生贯彻包豪斯的理念和宗旨。她人长得可漂亮了，算是个美人吧。伊莎在嫁给格罗皮乌斯先生之前叫伊尔莎，当时她已经有男朋友了，并且快要结婚了。有一天，格罗皮乌斯先生到汉诺威做一场演讲，他的目光落在了前排一位女士的身上，她就是伊莎。她有着像葛丽泰·嘉宝那样姣好的面容和动人的表情，那样明亮的大眼睛、薄嘴唇和直鼻梁。她从格罗皮乌斯开始讲话的那一刻起就用一种充满诱惑力的眼睛凝视着他，格罗皮乌斯立刻被吸引，仿佛他是在给这位女士一个人演讲。后来，他通过各种办法搞到了她的地址，然后给她写了封信，邀请她见面。那是1923年，伊莎二十六岁，在一家先锋书店工作，她的情人是她的表兄赫尔曼，他们正计划在那一年的夏天结婚。”

“对于很多人来说，这可能是一个无法逾越的障碍，但是对格罗皮乌斯来讲，这不过就是又一个挑战罢了，他是个意志坚定的人。要知道，格罗皮乌斯具有超强的说服能力，他曾经成功地说服了很多有创造力的艺术家，像保罗·克利、瓦西里·康定斯基、莫霍利·纳吉、约翰内斯·伊顿、罗塔尔·施瑞尔、莱昂内尔·费宁格等人到包豪斯来参与教学工作。那么，他也有能力说服伊莎嫁给他。”

伊莎成为诚服于格罗皮乌斯魅力之下的又一个女人。在此之前，他有过一段婚姻，前妻叫阿尔玛·辛德勒·马勒，她在嫁给格罗皮乌斯之前是音乐家，也是维也纳宫廷歌剧院的指挥古斯塔夫·马勒的妻子。阿尔玛有着极为丰富的人生经历，她一生都周旋于那些天才男人们中间。当她还是马勒妻子的时候，她遇到了格罗皮乌斯，一位年轻、英俊的陆军中尉。他有着马勒所没有的朝气，他整洁、健康，还很会穿衣，但又不像个花花公子。阿尔玛认为他是自己认识的所有人中最有修养的之一，同时也是最英俊的之一。事实上，格罗皮乌斯的魅力是无法抗拒的，阿尔玛立刻被他的帅气吸引。但嫁给格罗皮乌斯之后不久，她又成了作家弗兰茨·韦弗尔的情人，其实在跟格罗皮乌斯结婚前她还跟画家奥斯卡·科柯施卡有过关系，阿尔玛成为众多世界级杰出艺术家们的“大众情人”。当格罗皮乌斯组建包豪斯学校的时候，谁也不知道这位校长正苦苦纠缠于婚姻的复杂关系中。后来有人调侃说，他与阿尔玛的关系锻炼了他的意志力和坚韧性格，一个能应付阿尔玛的男人必定能管理好包豪斯。

“格罗皮乌斯先生说服伊莎嫁给他时，说的正是那时他给正在考虑加入包豪斯的学生们的建议：‘做一个干脆的了断，解放自己……我信任你！’”

他成功了，伊莎退掉了与赫尔曼的婚约，仅仅在她认识格罗皮乌斯先生两个多月后，他们举行了婚礼。伊莎为适应包豪斯的现代简洁风格，将自己的名字“伊尔莎”简化成“伊莎”，成了格罗皮乌斯先生的“包豪斯太太”。

太阳已经升到了头顶。正午的艳阳下，房子和树的阴影都在草坡上越缩越小。湛蓝的天空将房子衬托得愈发洁白。梅斯菲尔德太太看了看手表上的时间，然后向大家挥了挥手，说道：“好了，让我们进房子里看看吧。”

三

房子的正式入口很隐蔽，要在从东北角伸出的一个有顶大帐篷和脚下石板小径的引导下步入。入口处有一堵玻璃砖墙，挡住了临街一面的视线，上三步石台阶便进到房子的玄关处，因为右侧玻璃砖墙透过的光线，这里很明亮。左转便是门厅。在玄关和门厅之间有一道织物门帘，梅斯菲尔德太太将门帘拉上，又打开，跟我们解释道，这样灵活的开启既可以在需要挡住外面来的风时关上它，同时又可以在需要通风时打开它。

| 门厅

门厅被一座看起来极舒适的连接上下楼层的弧状楼梯占去很多面积，这有点出乎我的意料，原以为格罗皮乌斯的房子都该是直线造型。楼梯的边缘是由铬合金管状材料和黑色扶手构成。“这些管子是专门定制的，焊接工将管子固定在合适的位置，并使它们弯曲成合适的弧度。”梅斯菲尔德太太用右手握着楼梯边缘的一根管子说道。

我一眼注意到靠着楼梯有一面用刷了白漆的垂直木条覆盖的墙面，贯通上下两层。木条之间形成的竖条阴影具有很好的装饰性，对于陈列在上面的艺术品是一种极好的背景和陪衬。“这种做法很具有地域特点，是借鉴本地那些殖民风格的房子的一个例子。”梅斯菲尔德太太特别指出了这点。

“但是，你们看，楼梯却迥然不同。按照常规的做法，楼梯台阶应该对着进来的地方，然而你们瞧，楼梯的开口反向对着入口，是朝内的，上楼梯得绕到里面，这暗示了楼上是私人空间，外人不要随意上去。”楼上楼下所有的房间都需要从门厅进入，她又将门厅里的四扇门一一打开，分别解释它们通往的是卫生间、书房、餐厅和邻近的起居室，以及餐具室和厨房，并特别解释了正对着刚才进口处的那道门。梅斯菲尔德太太一边打开它一边说：“这扇门的后面是餐具室，餐具室连接着一个遮蔽的门廊，这种做法也有违这一地区民宅的通常做法。一般门廊会被放在房子的前面，和起居室相连，但格罗皮乌斯先生打破常规，将门廊放在房子的背后，这个遮蔽的门廊待会儿我们再看。现在我们说说这样的安排有什么好处，它的好处就是可以使房子更通风，当两道门同时打开时，空气会对流。这房子并没有空调，但穿堂风能够使房子很凉爽。”

梅斯菲尔德太太又走到入口的左侧，那里是一个凹进去一块的开放空间，不锈钢衣帽架上挂着几件大衣外套。她指着这个壁橱说，这是个很实用的空间，要知道那个时候一般人的家里都没有这个空间，女性客人通常把大衣放在主人卧室的床上，而男性客人就把随身物品放在楼梯口处。

我低头看着地面，地面上铺砌着一种正方形的好似木制纤维板的材料，但脚踩在上面却感觉特别有弹性。我问梅斯菲尔德太太这是一种什么材料，她说地面铺的是一种边长 12 英寸的软木块，不仅具有吸声的作用，还可以掩饰从外面带进来的污泥灰尘。

| 书房

接着，梅斯菲尔德太太推开书房的门，让大家进去。

“一楼起居的空间是一个 21 英尺乘 28 英尺的大房间。它被分成了三个部分，餐厅是 11 英尺乘 13.6 英尺，起居室是 14.6 英尺乘 21 英尺，书房是 10 英尺乘 13.6 英尺。”我急速地把梅斯菲尔德太太说的这些记下来。

书房不大，但是很明亮。靠北墙有一长条形书桌，是由两张书桌拼在一起的。书桌上方有一排与书桌同样长度的水平条形窗户。北面的右侧角落处有一扇门，可以直接通向外面的花园。梅斯菲尔德太太打开这扇门，说："格罗皮乌斯先生当年的那些建筑事务所同事和学校里的同事可以直接从这道门进出，像马塞尔·布劳耶就是这里的常客。这书桌是布劳耶设计的，是1925年在德绍由布劳耶主持的包豪斯木工车间生产的。本来上面还有一排橱柜，现在放在地下室里。"

比书桌桌面高约40厘米的地方是木制的窗台，窗台约有15厘米宽，上面放了一小盆植物，还有一副双筒望远镜。窗台的边缘处安装了两盏灯罩朝下的管形工作灯，可以照到桌面上的打字机。书桌前有两把沙里宁椅，当年格罗皮乌斯夫妇坐在这里工作的时候，因为窗台的高度刚好能让外面看不到里面，所以从外面难以判断书房里是否有人。窗户的左侧就是那座螺旋楼梯。尽管格罗皮乌斯先生为女儿设计了专用出入口，满足了她所提出的小伙伴来找她玩耍时不要被父母看到的小小要求，但其实夫妇坐在这里正好能够对她出入的动静了然于心，却不会被小姑娘看出来。真是个细心周到的设计。

书房的南侧是一堵倾斜的玻璃砖墙，玻璃砖墙的背后是餐厅，餐厅又与起居室连在一起。书房的两道门关上以后就能隔绝噪音，但它仍然是这个用于起居的大空间中的一部分。玻璃砖墙不仅给后面的餐厅提供良好的采光，同时对来此的人也有一种心理暗示，它似乎在向客人发出一种可以进入的邀请，这间书房也起到了一个通往起居室的走廊或过道的作用。

玻璃砖墙边摆了一个放小书和杂志的架子，是伦敦的

Isokon 公司生产的。

| 起居室

通过书房西侧的一道门便进入起居室。起居室是一个长方形的开放空间，它的长度刚好是书房和餐厅宽度的总和。北侧是一整面书墙，书籍整齐排列在木制隔板上，隔板由金属支架支撑。书籍中不乏格罗皮乌斯自己写的以及与合作者合著的书，有好多书脊上印着“Bauhaus”字样，都是厚本大部头。

西面和南面都有大面积玻璃窗。梅斯菲尔德太太走到西面的窗前，拉开白色的纱帘。透过玻璃窗，我看到了缓缓起伏的山坡上那茂密的苹果园。她说：“瞧，那些苹果树，每年都结果子呢。嗯，不过，这地方冬天很冷，提供热能可能比提供凉爽更重要。西面和南面的开窗可以使太阳光穿透进来，不仅具有良好的视野，而且最大限度地提供采光和热能。即使在寒冷的月份，正午的时候也可以将人工暖气关掉，而房子仍然很暖和。”

南面的窗开向户外的后花园，能看到一棵巨大的红橡树和一棵白松。南向的窗户边还有一扇通往花园露台的玻璃门，可以从这里直接走进花园。从南面的屋顶伸出一块格构悬挑架。“在炎热的夏天，它可以挡住一部分阳光，使室内变得阴凉，而在寒冷的冬天，它又可以让阳光穿透下来，使起居室变得温暖。”梅斯菲尔德太太走到南侧的窗户边，指着上面悬挑出来的屋顶解释道。

西面和南面大窗户的窗台很矮，大约只有 50 厘米高，窗台下都安装了暖气装置，旁边是一排长条形的低矮储物柜，柜台面上放着盆栽植物。西墙的另一部分是壁炉，壁炉的深黑色燃烧口堆着几根砍断的白桦树树干。“格罗皮乌斯常常被人问到，为什么房子安装了暖气设备还要再安置壁炉，他解释说，他总是想给房子提供在紧急情况下的一种基本对策。在那些暴风雪的天气里，在第二次世界大战燃料短缺的时期，在那些常常停电的日子里，壁炉有时是他们一家获得温暖和准备用餐食物的唯一工具。除了考虑紧急情况下的实际需要外，壁炉也能产生一种心理上的影响，可以使他们重温之前在伦敦的生活，还可以创造出一种轻松的氛围，并满足他们对安全感的渴望，特别是在暴风雪的恶劣天气下。”

“哦，是的，格罗皮乌斯太太说他们发现燃烧的木料能散发出世界上最好闻的味道。”梅斯菲尔德太太又补充了一句。

壁炉之上的墙面挂着一幅莫霍利·纳吉的无标题构成作品。“它是莫霍利·纳吉的妻子在纳吉去世后的1945年，从哈佛大学福格博物馆的纳吉作品展览中取来送给格罗皮乌斯夫妇的。”梅斯菲尔德太太说。作品是在透明有机塑料板上蚀刻线条并使用油画颜料绘制而成的，塑料板离墙面有一定距离，因此无论是自然光或是人工照明都能使它产生有图像的阴影，显得很有立体感。

壁炉前有两把木质凳，一把黑色，另一把是本木色。这是日本工艺家柳宗理设计的作品，因坐面由两片略有弧度的木板构成，造型颇似蝴蝶，所以被称为“蝴蝶凳”，它们是格罗皮乌斯1954年在日本东京购买的，也是夫妇俩很珍爱的家具。

西侧的窗前有一把由马塞尔·布劳耶设计的弯曲木躺椅，那是他于 1936 年居住在英国期间设计的。它在芬兰制造，并由伦敦的 Isokon 公司销售。椅面上铺了一块白色毛质垫，据说格罗皮乌斯太太最喜欢坐在这里。躺椅旁边的小边桌也是马塞尔·布劳耶设计的，它是层压胶合板和钢管两种材料结合的产物。圆盖形灯罩的落地灯也是包豪斯工厂的产品。

南侧的窗前是一把沙里宁的“子宫椅”，钢管架支撑结构，灰色布料的椅面，是格罗皮乌斯 1953 年七十岁生日时朋友送给他的生日礼物。

另外，起居室里有一把并非出自包豪斯的双人皮沙发，它是伊莎 1975 年在德国购买的。但它也与布劳耶设计的钢管椅和沙里宁椅一样，是按照金属钢管支撑原理设计并制作的。

梅斯菲尔德太太如数家珍般地逐一为我们介绍这些艺术品陈设和家具，使人仿佛置身于一座包豪斯设计博物馆。

| 餐厅

餐厅与起居室连为一体，仅用一道布帘略有区分。北面是与书房分隔开的倾斜玻璃砖墙，墙上离地约 90 厘米高的地方伸出一块厚玻璃隔板，玻璃板的下面同样放置了一张小边桌。南墙是一整面玻璃窗，透过窗户能看到后院色彩丰富的小灌木、绿色的原野，还有远处起伏的草坡。东面有一道门，梅斯菲尔德太太先走过去打开它，然后指着里面说："这里通往餐具室和厨房。"

餐厅的中间摆放了一张直径约为 1.2 米的圆形餐桌，桌上布置了四套黑白色的餐具。围着餐桌的是四把用钢管和白色帆布做的餐椅，均出自马塞尔·布劳耶 1925 年在包豪斯车间的设计，它们原本都是为德绍的包豪斯校长住宅提供的原创家具。

"格罗皮乌斯夫妇很喜欢宴请客人，他们常常请学生和同事在家里吃饭。这张餐桌显然不算大，他们会利用沿着这道玻璃砖墙放置的餐具柜搞自助餐，或是趁天气好的时候在院子里用餐。"

"小餐桌也有它的优点，他们会请亲密的朋友在这里用餐，并且把餐厅设计得很有戏剧性的效果。当他们和客人在起居室里享用鸡尾酒的时候，女仆就在这道帘子后面准备晚餐。"梅斯菲尔德太太走到将餐厅与起居室分隔开的那道帘子前，拉上帘子，"你们看，这里就成了一间多么温馨的小餐厅。"然后她又神神秘秘地走到南面玻璃大窗户前，将白色伸拉帘拉下来，屋里顿时变得黑暗。这时，她打开置于天顶上的餐桌照明灯，灯光直射在圆形餐桌上，由暗逐渐变得亮起来，桌上的餐具像水晶一样闪闪发亮，中间花瓶里的花在餐桌上投下浓重的阴影，使餐桌颇像是一出戏剧的舞台。

"周围暗，唯独餐桌很亮，餐具和食物仿佛是舞台上的演员，在灯光的作用下成为空间中的主角，用餐的人会忽略周围的一切，而将注意力集中在餐桌上。"

我抬头看那灯光溢出的地方，一个靠近天花板的金属圆盘上有一个不大的圆形开口，灯泡被嵌入天花板里面，灯光穿过圆形开口直照到下面的区域。“房子所有的照明设施都是1937年在美国市场上销售的工业产品。但是格罗皮乌斯先生总是用与众不同的方式来使用它们。圆盘里的灯是典型的博物馆用于加强对艺术作品局部照明的聚光灯，在那时它还从没被用于私人住宅。它的好处是能够适应任何形状的餐桌，不管是圆形、长方形，还是正方形。”梅斯菲尔德太太讲完后又逐一将布帘、南面的窗帘拉开，再将天花板上的顶灯关上。室内又恢复了自然的光照。

一层起居区域的整个地面统一覆盖着一种暗胡桃木色的地毯，而顶面、墙面均笼罩在一种适度的灰白色调中。“请问这房子的墙面和顶面是什么材料？”有人问梅斯菲尔德太太，她环顾了一下房子，然后说：“顶面和墙面的表层是一种具有吸声作用的有孔粗灰泥，它由加利福尼亚州的 Stucco 公司生产。它本来是白色的，但这么多年过去了，它慢慢地变成现在这种灰色。当然除了时间的因素，也有人为的因素，格罗皮乌斯先生抽烟，而且抽得很厉害，他的那些朋友们也常常在这房子里抽烟，墙面和顶面的表层充满了细孔，所以，很不幸的是，烟灰就把它们熏成现在的样子。我们试图对它们进行清洗，但效果不佳。”她耸了耸肩，做出一副很无奈的样子。

不过，我倒是觉得熏成这个样子挺好看的。

厨房

从餐厅东侧的那道门便可进入餐具室，它与厨房之间仅有一道宽敞的门相连，形成一个狭长形的空间，不用走很多路就可以轻松自如地拿取需用的物品，完成烹饪操作。这是一个充满效率和功能性的厨房，其中所有的设备都出自生产厂家的产品目录。东面、南面和北面均布置了白色的金属橱柜，柜台上是不锈钢覆面。

东侧的窗台下有一个不锈钢水槽。“格罗皮乌斯太太说她喜欢在厨房里工作，这扇窗为她提供了一个宽广的视野，可以越过低矮的树丛和林间湿地看到前面的斯托罗山，而现在那里被一所学校代替了。”梅斯菲尔德太太站在东面的水槽旁，一边看着窗外的景色，一边说道。接着她又补充道：“这间厨房在当时是革命性的。你们看橱柜下面的这台自动洗碗机，还有餐具室那个小一点的水槽边的那台垃圾处理器，在 1938 年，这些并非民众普遍使用的产品，它们都是当时通用电器公司送给格罗皮乌斯先生的。因为那时向大众销售这些超前的新产品很困难，所以厂家认为，如果在一座房子里能看到这些产品，自然会吸引很多人来参观，厂家期望这可以成为一种无形的广告。”

“但当时还是有很多人提醒他们不要用这些设备，因为机器总归是难以应付的。不过在 1941 年，当家里的女仆为了更高的薪水而离开去兵工厂上班后，伊莎就不得不亲自下厨，她成了那时少数能使用如此先进的家庭设备来应对家务劳动的家庭主妇之一。”

厨房的色彩也似一块生动的包豪斯调色盘，除了大面积的白色橱柜、地面暗黑色的塑胶地垫，放在橱柜台面上的餐具也是黑色、白色和灰色的组合，只是局部有少量鲜艳明亮的红色、蓝色和黄色。黑白相间的茶杯是格罗皮乌斯的建筑公司 TAC 设计的，直到今天都还在生产。

厨房的北侧和南侧有两道门，分别通往佣人房和后院露台，从后院露台朝东走几步就可到停车的地方；餐具室的北侧和南侧的两道门则通往门厅和后面的遮蔽门廊。

然后，梅斯菲尔德太太招呼大家上楼去。

｜楼梯

餐具室的门刚好斜对着楼梯口，登梯而上，我发现台阶的宽度很舒适，通透的栏杆和弧形的扶手使空间显得轻盈。台阶面柔软有弹性，覆盖着与门厅地面同样颜色和材质的软木块，走起来不会发出声响，使房间显得很安静。

｜二层过厅

从楼梯上来是二楼的过厅，过厅同它下面的一层门厅一样，墙面也覆盖着垂直的白漆木条板，地面铺着与一层门厅同样的软木块，所以整个区域看起来是一个完整的空间。楼下的玻璃砖墙和二层过厅朝北的水平条形窗户提供了良好的光线。过厅有四道门分别通往主卧室、客房、女儿房间和卫生间，还有一处步入式壁橱。

｜主卧室

楼梯口的左边便是一个主卧套间。主卧室的地面铺着白色羊毛地毯，墙面和天花板的白色以及家具的黑色和灰色构成房间有几分“冷漠”的主体色调。这个房间被中间一整面玻璃隔断分隔出化妆间和睡眠区域两个部分，隔断的右侧边上有一扇门，可供人从化妆间进入睡眠区域使用。在化妆间的部分，紧靠玻璃隔断有一个和玻璃隔断同样长度的固定黑色胶木桌面，桌面上有一尊亨利·摩尔创作的斜倚的人体青铜雕塑，它是摩尔 1946 年访问这座房子时赠送给格罗皮乌斯的礼物。桌面下有用于收纳物品的长形抽屉，离桌面 10 厘米多的上方有一长条窄窄的边台，上面放置了一些小物品。玻璃隔断上有一块长方形的镜面，帮助眼睛分辨出玻璃的存在。玻璃隔断内侧靠睡眠区域的一边有一道布帘，可拉开，也可关上，从而创造出既分隔又联系的两个空间。

“这样的安排是为了分出两个供暖区域，可以在化妆间和睡眠区域分别设定不同的温度。布帘可保证空间的隐私，门可以隔绝噪音。”梅斯菲尔德太太说。

睡眠区域非常小，有 8 至 9 平方米。较长一边的长度仅仅是床（2 米乘 2 米）和两个床头柜（马塞尔·布劳耶设计的灯桌，每个约 0.6 米宽）宽度相加的总和。如果视线不能穿过玻璃隔断，看到化妆间以及化妆间后面的浴室，它的尺寸就会令人感觉很狭窄。玻璃隔断的确产生出一种扩大空间的视错觉。同时也能看出格罗皮乌斯在营造空间上所采取的经济节俭的原则。在严寒的冬季，这种紧凑式的设计可以让房间更加保暖。

靠床的墙面上挂了格罗皮乌斯最亲密的朋友兼同事约瑟夫·阿尔贝斯的抽象构成作品，一幅深红色调的壁毯，为这个素静的空间增添了些许的热烈。

房间的东面墙离地面约 1.1 米高的位置有一排水平条形长窗，它的长度占满整个墙面。早晨的阳光可以从这里照进来，并提供开阔的视野。在此之前，“水平条形长窗”曾在 1926 年被柯布西耶作为新建筑五点之一提出来，并于更早的1925年在他为父母设计的位于瑞士雷曼湖畔的“母亲之家”，以及稍晚的1931年设计的位于巴黎郊外普瓦西的萨伏伊别墅中得到最典型的表现。作为同时代“朋友圈”里的两位建筑师，他们作品中存在着一些共性特征是可以理解的。我仿佛能感受到起源于欧洲的现代主义建筑漂洋过海，来到北美大陆，格罗皮乌斯设计的这座小房子总是带有那么点欧洲性，是一个被移植过来又适应了新英格兰地区的混血儿。

与化妆间玻璃隔断相对的另一边是卫生间和一排壁橱。梅斯菲尔德太太推开卫生间灰色的木门，说：“卫生间的设施还是当年主人在世时使用的。”两个水管裸露的白色洗面盆、一个浴缸、一个坐便器，瓷砖并没有铺满整个墙面，0.15米乘0.15米的正方形白色瓷砖仅铺到离地面1.2米的高度。洗面盆上方，超过瓷砖的高度挂着两面镜子，分别对应下面的两个洗面盆。镜子两侧的墙上安装了两个没有灯盖的球形灯泡。“灯泡的光不会直射眼睛，因为它们不是一般的灯泡，它们的球面底部被涂上了一层特殊的水银粉，灯光会从没有被水银粉遮挡的两侧透出来。”梅斯菲尔德太太跟大家解释道。而光秃秃的球形灯泡真的很酷，彻底的功能化，彻底地去掉装饰，在这样小的空间里显得纯净洗练。地面铺着0.15米乘0.15米的正方形黑色橡胶地砖，与白色的墙面形成对比。卫生间朝北的窗户仍然是一个水平条形长窗，开在肩膀高度的位置上。窗台下的瓷砖墙面上安装了暖气片，暖气片的毛巾架上挂着红色和灰色的浴巾。

壁橱有三扇嵌入墙面的平开柜门。柜门上有金属的把手，柜门与墙均被涂饰成灰色，是一种很中性的铁灰色。我喜欢这种颜色，曾经在自己家的装修上多次使用它。一般人会难以接受在卧室里使用这么冷的颜色，不过我能理解格罗皮乌斯的用意，这种包豪斯式的色调强调空间的每一部分都必须服从整体的需要，这面壁柜墙是一个陪衬，一个比较次要的部分，应当低调。

| 客房

出了主卧室的门，左侧就是客房。房间依然很小，它的尺寸是由家具的尺寸决定的。房间的长度就是两个床头对床头的单人床相加的尺寸，大约是 4 米。约 1.2 米的床宽加上床头灯桌和一张面窗的梳妆桌便是房间的宽度，约为 3 米。放置的家具使这个小房间有扩大的感觉。

“主卧室的床和这间客房的床都是由布劳耶于 1925 年在包豪斯的 Carpentry 车间设计制作的。”布劳耶，又是布劳耶，梅斯菲尔德太太就这么无数次地提到他，可见他与格罗皮乌斯先生的私人交情非同一般。他一定也是经常留宿在这间客房里的客人之一。

靠墙放置的床上摆放了很多靠垫、抱枕，既可卧，又可坐。墙面下部跟床接触的部分做了约 1 米高的木制护墙，但颜色与墙面其他部分是一致的。

靠床一侧的墙面上有一条横幅的米罗绘画，梳妆桌上有一幅由艺术家希罗达于 1970 年赠送给格罗皮乌斯夫妇的石版画。

梅斯菲尔德太太又说：“客房也是一个灵活的空间，当没有客人时，格罗皮乌斯夫妇常常将它作为一间冬天时的小憩闲坐室，伊莎喜欢这房间从南面窗户照进来的阳光，它甚至可以作为一间冬天里的温室。”

朝南的水平条形长窗有着极好的视野，能看到花园和田野，还有附近的森林。

| 女儿房间

女儿房间的门与主卧室门隔着过道相对而设。这个房间被中间的一道厚重的幕帘分成两个部分，朝南一边是个小的起居空间，朝北一面是卧室。南北两个方向均有采光良好的水平条形长窗。睡眠区域的床被嵌进三面墙之间的壁龛里，床靠近墙的部分仍然是用木质材料做了一圈护墙。

“为了更好地悬挂艺术品、玩具和地图，墙面部分地覆盖着狭窄的木条板，这样可以在不损坏墙面的情况下钉钉子，而且还可以频繁地更换和变化，这对于儿童房间很重要。”梅斯菲尔德太太边说边走到书桌跟前，“看啊，这就是阿蒂的书桌，是她父亲送给她的。它原本是格罗皮乌斯先生在德国魏玛的包豪斯校长办公室的家具，这是他 1922 年为自己设计并在包豪斯木工车间制作的。这桌子一直为他效力。从魏玛到德绍，直到 1928 年他离开包豪斯，他又把它带到柏林。书桌的右边以前隐藏了四个玻璃架子，在运往美国的途中被损坏，但从来没有被替换。”

这张由胡桃木和桦木制作的朴素书桌的确与我曾经从格罗皮乌斯魏玛包豪斯校长办公室照片上看到的一样。它反映了艺术与手工艺运动的影响，以及包豪斯早期对技术的强调。与桌子配对的是钢管和藤条椅，由马塞尔·布劳耶于 1928 年在德绍的包豪斯设计并大量生产。这两件家具是包豪斯设计哲学中“如何发展批量生产设计”的最好例证。

| 屋面露台

女儿房间西墙的中间有一扇通向屋面露台的玻璃门。露台大约有 30 平方米。

露台的西面有一部分的边缘是砖墙和从一层起居室壁炉延伸上来的烟囱墙，被漆成跟窗户和门同样的灰色。南面除了下面的女儿墙，整个面都朝向花园开敞，从上面屋顶延伸出的悬挑格架由立于花园露台上的两根金属柱支撑，在夏日里为起居室提供阴凉。仅有北面封闭起来，以阻挡北风和来自街道上的视线，但有一个小开口与螺旋楼梯相连，从楼梯可以直接下到前面的花园。最宽阔的视野是在西面，目光可以穿过果园延伸到或近或远的起伏丘陵，形成一幅巨大的全景画面。橡木梁架从屋顶伸展出去，直到北面封闭的部分，提供了部分的遮阴。

阳光下，木梁在北墙上投下一道道倾斜的阴影，成为露台上表情最为丰富的一面墙。梅斯菲尔德太太就站在北墙跟前，墙的表面覆盖着垂直木条，它们被漆成十分亮丽的粉红色。“粉红色没有纯白色那么刺眼，多少可以缓和白墙与浓重阴影之间的对比，还能为整个房子的色彩带来一些变化。据说这是他女儿喜欢的颜色，又被称为包豪斯粉。哦，这是一个多么时尚的名字。”梅斯菲尔德太太再次眨了几下眼镜后面的大眼睛，然后大笑起来，她总是能穿插讲点轻松的话题。“阿蒂还要求父亲为她设计沙滩地板和玻璃天花板，父亲满足不了这个要求，于是给她设计了可以在星辰下睡觉的屋顶露台。”

格罗皮乌斯在做设计方案时曾认真听取阿蒂的想法和建议，他认为孩子的要求是应该被尊重的，即使她的想法天真，但也可以激发某种创造力。同时，他还认为孩子也需要隐私，所以他不仅为阿蒂设计了单独的出入口，而且还为她设计了单独的卧室，并且卧室通向她独有的阳光露台。

| 遮蔽的门廊

从二层的过厅下到一层，穿过餐具室两道南北相对的门，便进入从房子背后延伸出去的遮蔽门廊。门廊很空阔，是一个东、南、西三面开敞且有顶的半室内半室外空间，由八根深灰色圆形钢柱撑起屋面。除了北面与餐具室相连外，其他三面均用一种金属网将空间屏蔽起来，仅西面有一道门可开启，通向户外花园。门廊的地面铺砌着暗灰色的石板。

“门廊的长宽高分别为 11.6 英尺、23 英尺和 9 英尺。”梅斯菲尔德太太站在门廊的中间开始讲解起来。我目测了一下，这空间大约有 25 平方米。

置身这个空间仿佛就身在一个有顶的户外空间，遮蔽的金属网并没有阻挡视线，它既提供自由开阔的视野，又能避免气候因素给人的户外活动造成不便。“这里足够放上两张可折叠的锻铁餐桌和六把椅子。天气好的时候，格罗皮乌斯夫妇喜欢在这里搞家庭聚会，在这里用餐、喝咖啡、品下午茶。在夏季，凉爽的微风会吹拂进来，下午的太阳被松树和橡树的树枝过滤后便没那么刺眼了，门廊两边的草坪使它在炎热的夏夜里保持清爽凉快。在冬天，家具被换成乒乓球台，格罗皮乌斯先生常常在这里打乒乓球，运动可以抵御寒冷，使身体暖和起来。即使是在暴风雪的恶劣天气里，这项锻炼也不受干扰，因为暴雪不会渗透进门廊里。”

这是一个具有灵活性的多功能空间，起居室、餐厅、健身房……还能确保家庭生活的私密性。格罗皮乌斯把过去一般放在房子正前方的门廊放在了房子背后。在没有汽车的时代，人们工作之余喜欢站在门廊里观察街道上发生的事，和邻居打招呼，这个习俗一直被延续下来。有了汽车后，人们站在那儿就不得不忍受公路上的灰尘和来往汽车的尾气。同时，与起居室相连的门廊也使后面的起居空间光线阴暗，而且常年潮湿，不通风。这样的门廊就成为很不实用的空间。

“伊莎对这个门廊颇为自豪，她认为这是一个充满创造力的设计，是新英格兰地区一项最好的发明，它非常实用，是对这个地区气候环境的一个最好的回应。”

| 花园

门廊正对南面的方向有一个面积颇大的碎石沙砾床。沙砾床与门廊大约等宽等长，末尾的端头处有两根钢圆柱，上面用一条木板连接起来，钢柱和木板都被漆成深灰色，透过这个“门”能看到后面枝叶葱郁的松树、枫树、橡树以及草坡。沙砾床铺着碎石子，上面有一些低矮的灌木，比如杜鹃、车轮棠、白烛葵和杜松。在“门”的下面有一株红叶枫树，成为一个视觉焦点。

这个小庭院颇有点日式庭院的味道。“这是 1957 年格罗皮乌斯太太去亚洲旅行回来后建造的。”梅斯菲尔德太太站在小庭院里对我们说，“好了，大家可以到花园里随意参观。”

沙砾床的四边用长短不一的窄石条板围起来，在草地上，石条板四周不规则地铺砌了一圈石板小径，小径也延伸至门廊的周边，从门廊西侧的门出来，踏着小径就可围着沙砾床闲步观景。门廊的东面和西面都是大块的草地，南面有一堵低矮的景观石墙界定出场地的边界，与另一块略为低矮的坡地隔开。石墙由当地不规则的卵石和灰泥砌成，它是场地以前的主人砌的，格罗皮乌斯夫妇有意将石墙保留下来。这不禁使我想起几天前，我在康涅狄格州的新迦南镇造访另一位建筑师菲利普·约翰逊的那座玻璃住宅时，在房子周围的庭园里也见过这种石墙，这大约是新英格兰地区一种极具本土特色的营造。

斜坡的田野上还四处散落着一些巨大的石块，这也是格罗皮乌斯夫妇有意将露出地表的岩石保留了下来，有些石头已被周围蔓生的植物掩盖得看不见了。花园里，田野上，生长着被新英格兰地区恶劣气候挑选出来的具有顽强生命力的植物，像芍药、鸢尾、丝兰等。

门廊西侧紧邻一层起居室的南面是一块由石板铺砌的露台。露台上两根圆钢柱支撑着从二层屋面悬挑出来的格构架，钢柱上攀缘着从柱子周围的泥土里生长出来的藤蔓植物。从南面绕到房子西侧，有一面漆成深灰色的砖墙，砖墙边伸出一翼约 4.5 米长的白色竖条铁构架。砖墙下的角落处生长的葡萄藤叶攀爬到了铁架上，我正凝视着阳光下这疯长到二层露台上的藤蔓，梅斯菲尔德太太走过来对我说："好看吧，这是康科德葡萄呢。"

说完，她便从旁边的松树荫下穿过，朝北面草坡的低处走去。我看着她的背影慢慢消失在刚才我来时走过的那条白色碎石子小路上，意识到梅斯菲尔德太太的讲解工作已经结束了。而作为一名访客的我还可以继续在房子外面自由参观。

我坐在房子西侧的石墙上眺望坡下的苹果树林。1945年，斯托诺太太去世后，格罗皮乌斯夫妇就从她儿子那里购买了房子的所有权，从最初的 4 英亩又增加了 1.5 英亩。将从斯托诺太太那里继承下来的 90 棵苹果树砍掉了大约 50 棵，因为他们没有那么多精力来照看这些树，所以不得不把留下来的作为观赏性植物对待，给它们喷水、修枝、除草，保护它们免受虫害。今天，这座白色的小房子已经完全融入周围的景色中，在格罗皮乌斯夫妇对景观几十年持续维护的过程中慢慢建立起来的场地秩序已成为一幅层次丰富的风景画。我感受到，这房子和景色里蕴藏的时间慢慢沉淀出丰硕价值，房子和这块土地紧密地连在了一起。

四

我再次来到房子的北面。朝山坡下望去，透过树林隐约能看到贝克大桥路在坡下横亘延伸。路的对面有一座老式坡屋顶住宅，拥有白色木条的外墙，房子正面中间伸出有坡顶的门廊。我想，格罗皮乌斯先生的房子跟他邻居的房子既像又不像。当年这座小房子建好后引起了怎样的轰动？不仅被镇上的居民纷纷议论，同时也引来很多建筑师、学建筑的学生、学者来此参观。著名的历史学家刘易斯·芒福德曾在访客留言簿上这样写道："向最本土的致敬！新英格兰最具有地区性的家，新英格兰的新世界！"

正午过后，太阳悄悄移到了南面，在房子的北面投下了浓重的阴影。我漫步在坡地上，踩着草丛，欣赏那成片成片白色的野花，它们在阳光下忽明忽暗地变幻着颜色，从亮白，到浅白，再到浅灰……我摘下一朵花拿在手上，回头又看了看房子，然后踩着碎石路朝山坡下走去。

五

按照梅斯菲尔德太太所说，我找到了马塞尔·布劳耶的住宅，它在离路边有一定距离的林子里。我将车停在路边，沿着蜿蜒的林间小路徒步进去。那是一幢两层的白色平屋顶房子，外墙同样是竖直木条，大片平板玻璃，深灰色窗框，有一堵石砌墙和石片铺砌的烟囱，和格罗皮乌斯先生的房子还颇有几分相似。入口的门就对着路边，但那是一座私人住宅，确实不能进去。

拍照片时，我竟在路边的草丛里发现了一条很粗很长带条纹的蛇，正弯弯曲曲地朝我慢慢移来，我有点惊恐，随即离开。

后来跟朋友们说起这件事，大家都觉得有点古怪。

"森林里有蛇那倒是不奇怪的。"

“可偏偏让我遇到？”

“啊，也许，你就不该再去看马塞尔·布劳耶的房子。”朋友这样说道。

2015年11月13日初稿

2016年3月15日定稿

拾柒　夏日星期天早晨的漫步

太阳已经升起来了。阳光穿过松树叶和枝干的缝隙洒落进来，洒落到这堆石头上。我俯身捡起一颗白灰色石头放在木牌的上沿上，然后走下山坡，朝湖岸小径的方向走去。一边走一边脑子里回响着苏格拉底的那句话：「未经反省的生命不值得活，没有活过的生命不值得反省。」

一

依稀记得去年7月底的那个闷热的夜晚，在从广州飞往纽约的CZ399航班上，同行的Y小姐从书包里拿出她自带的白色工作小夹灯，就着一点点微弱的灯光用Kindle电子阅读器读书的情景。

"什么书？"我问她。

"《瓦尔登湖》。"

"还是英文原版的？"

"是啊。"

"好看吗？"

"我觉得作者似乎有些唠唠叨叨的……"

"哦，也许吧……我也读过这本书，但并没有读完它。"

十二天以后的一个早晨，我们一起去了那湖。

二

一开始，我并不知道瓦尔登湖离波士顿这么近，近到大约只有半小时车程。7月中旬的时候，在炎炎夏日中，我仅有不到两周时间准备8月的美国之行。这次特地去请教了我们学院的H教授，他是一个美国通，很多年前就旅居美国，曾数次自驾横越美国。“我打算在纽约待上一周以后去新英格兰。”我指着H教授摊在他工作室门外地上的那一大张英文版美国地图，地图的右上角便是新英格兰地区。我对他说：“从普林斯顿到新迦南，从新迦南到纽黑文，再从纽黑文到波士顿。然后我想去瓦尔登湖看看，但不知有多远？”他马上说：“应该先去瓦尔登湖，在瓦尔登湖那里住上一晚，就住康科德镇，第二天早晨去湖边转一圈，之后再去波士顿，近得很，只需半小时就到了。”

我采纳了他的建议。

8月，一个星期六的下午，我们从康涅狄格州的纽黑文驾车来到马萨诸塞州的康科德。太阳落山前，大约5时许，我们穿过林肯镇和康科德镇共用的那条乡间森林公路——康科德路。在瓦尔登森林访客中心，我走进摆满书架的小木屋，书架上摆放着有关亨利·大卫·梭罗的各种书籍，快速一瞥中看到有梭罗的《论公民的不服从和其他随笔》《更高的法则》《野苹果》，以及《瓦尔登湖，丛林生活》的各种版本。我询问了那里唯一的一位工作人员，一位六十多岁、矮小精瘦的白人老伯：“请问这里附近哪儿有酒店？今晚我们想要住在这里。”老伯是个笑容可掬的人，很热情地告诉我这附近仅有的一家酒店，就顺着我们来的路一直往下走，过了瓦尔登街，在高速公路的对面，叫贝斯特韦斯特。

我多少有些担心，眼看天色不早了，仅此一家酒店，不知今天还能否订到房间。本想驻足翻阅一下那些书架上的书，也只好作罢。我谢过老伯后，匆匆从访客中心出来，继续沿森林公路穿行，在他说的地方的确找到了这家酒店。虽说房价高得离谱，但在这样的旅游旺季，在方圆十公里的范围内仅此一家酒店的情况下也只能如此决定。好吧，就住这里了。我无法抗拒它的诱惑，谁叫它离瓦尔登湖这么近呢！

三

这是一家度假酒店，只有两层的低矮房子建在一处微微起伏的坡地上。每套房间的观景阳台正好对着中心庭院的游泳池。房子是用钢结构搭建的简易房子，人走在楼板上面会发出“咚咚咚”的响声，不时还感觉有些摇晃，跟它的房价颇有些不太匹配。我们在没有电梯的情况下将笨重的行李拖上二楼。入住的房间是过道尽头的最后一间，推门进去，墙上挂着的三幅画倒是一下子把我吸引了。其中的两幅挂在床头的上面，是秋天的瓦尔登森林，一条弯弯曲曲的小道从遍布红叶的密林中延伸出来，两张虽构图不同，但意境相同。另一幅挂在床的一侧，是印有亨利·大卫·梭罗头像的版画，那是相当年轻的梭罗，头发梳理得整洁，衬衣上打着领结，画上还印着“HENRY DAVID THOREAU WALDEN-ESSAY ON CIVIL DISOBEDIENCE”（亨利·大卫·梭罗瓦尔登随笔之论公民的不服从）的字样。

房间外面散布着树林和草坡，已近暮色时分，远处的森林已变成墨色的剪影，天边泛起橙红色的云彩，慢慢西沉的太阳将房子长长的影子投在近处的树林和草坡上。窗外，一道白色的木制栅栏在深绿色的影子里沿坡地蜿蜒起伏，那是酒店和森林的分界，但它分明是这色调浓郁的风景里一笔耀眼的色彩。

庭园的路灯亮起，照得泳池里的水波闪闪发亮。不知此时两公里以外的那片湖水该是怎样一番景象。我站在阳台上觉得颇有些寒意，随即穿上厚厚的外套驱车朝那汪湖水的方向驶入森林间的公路，在刚才来的路上，透过密林的空隙，我看到了她，一抹晚霞正照在寂静的水面上，湖岸森林在黑暗中低沉地隐没下去，悄无声息中我和这片湖水一起步入康科德的夜晚。

四

第二天早晨，我早早地被冷醒了。

大约在 6 时 30 分，我穿过房间外冗长的过道来到另一端的餐厅吃早餐。早晨的凉意让我不得不穿得厚厚的。当我坐在早餐室中间一张餐桌旁正喝着一杯橙汁、吃着两片面包和一根烤肉肠时，身后传来一声巨大的喷嚏声，好像房子都为之抖动了一下，这一声巨响是我在经历了康科德沉寂的一整个夜晚后听到的第一声嘹亮的号角，它仿佛要将整个康科德镇唤醒，也着实让我彻底地清醒过来，同时将餐厅里正在安静吃早餐的所有客人的目光都引向了这位清晨的吹号手——一个胖胖的白人男子，他正一手端着已经堆满食物的餐盘，另一只手拿着盛满橙汁的杯子。足足有五秒钟，早餐室里鸦雀无声，气氛尴尬。这位吹号手在众人的注视下颇不自在，很难堪地看着大家。但很快餐厅又恢复如常。吃早餐的人们开始议论起天气，电视里那位金发女士，口齿伶俐的天气播报员正预报说当天波士顿的天气为晴，气温在 17℃至 22℃。

我继续喝着我杯子里的橙汁。再看看刚才那位打喷嚏的男子还穿着短裤，心想，老兄，你真该多穿点才是，我都穿上毛衣了。

五

清寂的庭园在清晨冷冽的空气中显得更加清冷。我开始启动那辆在纽约租车行租来的切诺基，发动机的轰鸣声打破了庭园的寂静，车尾部的排气管吐出一股股浓浓的白烟，仪表盘显示着当天的日期和时间，2015 年 8 月 9 日，星期天，上午 7 时 10 分。

我再次驶向那片森林，从瓦尔登街到康科德路，朝着太阳升起的方向，朝向那片湖水……晨曦中，树林的枝叶间隐隐透过一丝丝光亮。森林之间的绿色原野上到处盛开着白色的、紫色的和黄色的野花。白色的农舍和谷仓散布其间，牧场的围栏里有羊群、牛群和马群，间或从远处传来几声犬吠。茂盛的玉米地在沉睡了一晚后正含着笑迎接清晨的阳光。

梭罗是土生土长的康科德人。1817 年 7 月 12 日，他就出生在这个镇上。二十岁那年哈佛大学毕业后，他并没有选择像其他年轻人那样远走他乡，而是回到家乡后在一所私立中学执教两年。后来他住到了大作家拉尔夫·沃尔多·爱默生的家里，成为他的门徒和助手，并开始尝试写作。1845年7月4日至1847年9月6日，梭罗在瓦尔登湖畔森林中独居了两年两个月零两天，写成了《康科德河和梅里麦克河上的一星期》以及《瓦尔登湖》的大部分初稿。此后一生都未曾离开他的家乡。如今，被梭罗无数次书写的家乡——波士顿乡下的这座康科德镇，大概与他一百多年前生活的那个小镇多少有些不同了，但它依然还是那座有瓦尔登湖的小镇。

几分钟以后，在松林间稍显开阔的一块地方，那片宁静的湖水慢慢地映入我的眼帘。

那一片明亮，颇有些缥缈而虚幻，似一处圣境，如明镜般没有一丝波澜，倒映着周围的树林，以及天空的云彩。一如地球的眼睛，正深情地看着那无垠的天空，又像一颗宝石闪烁着晶莹的光泽。"或许在亚当和夏娃被逐出伊甸园的那个春天的早晨，瓦尔登湖就已经存在了。"梭罗在《瓦尔登湖》中这样写道，"天堂在我们的头上，也在我们脚下。"

清晨是美丽的。"每一个清晨都是一次愉快的邀请……"仿佛梭罗先生正在那湖畔的丛林中等待着我们的到访。"早上好！我刚在湖里洗过了澡，正准备去钓鱼。"那是二十八岁的亨利，头发还湿漉漉的，滴着水，手里拿着钓鱼竿。他有着清秀的面目和健壮的双腿，曾经是一位森林测量员的他常在丛林里行走，在池塘里涉水，徒步旅行到缅因森林探访，他曾经很决断地说："最快的旅行是步行。"那时的他虽已大学毕业，但用今天的眼光看却仍然是个孩子。然而他却执意要过一种自己的生活，一种跟别人不一样的生活。

湖面大约低于公路 50 米，石梯从公路边直通到湖岸的浅滩。我沿阶而下，坡地上密布着高大挺拔的松树，针形的松叶、褐色的松果以及粗细不同长短不一的断枝铺了一地。晨光穿过树干尽情地挥洒在那片湖水上，并在林间的空地上投下斑驳的光影。快要到达湖岸时，我站在石梯上凝望着湖水。纯净的碧蓝，我从未见过这样一种深邃的、无边的、无所不在的、无与伦比的蓝，直抵你心灵里的那个最深的地方。不，它似乎也隐含着某种的绿，是碧绿？这微妙中的美竟无法形容，难以描述。这纯净之水，她如此宽广，如此幽深，她的颜色取决于天空的颜色、云彩的颜色、树林的颜色，以及不同的光线和角度。正如梭罗所描述的“在晴朗的夏天，从远处看去……水面看起来有点发蓝”。是的，她比天空还要蓝。然而，在靠近岸边的地方，因为树林投射到水面的关系，却是有点墨绿的味道。一阵微风吹过，湖面泛起细碎的涟漪，水面上漂浮着的那些红色的和白色的浮标也随之一起一伏。瓦尔登湖深不见底，那些浮标为孩子们围起了一些安全游泳区。这时，一个穿红色连衣裙的白人小女孩站在岸边的沙地上正憨笑着看我，我笑着朝她挥了挥手，并说道：“你好，可爱的小姑娘！”

瓦尔登湖北面的这片水岸有一大片浅水区和较宽的浅滩。已经有好些度假的游人在岸边铺开自带的充气垫或是折叠沙滩椅，决意在此好好地度过一整天。那个穿红色连衣裙的小姑娘被她的父亲抱起来向西走去，女孩的妈妈正坐在不远处朝父女俩微笑。我走到女孩刚才站立的那处近水的地方，黄色的沙地缓缓向水中延伸，各色的小石子在阳光下、在清透的湖水下清晰可辨，这湖水真是没有一丝的杂质！我从有些冰凉的水中捡起一粒石子朝湖中抛去，在心里跟这位康科德青年打了个招呼：“你好，梭罗先生！”

“你们可想和我一起去钓鱼？”青年问道。

我朝湖面望去，见远处有一叶小舟正停于湖心，一个垂钓者沉默地静坐船头，那是梭罗吗？一百多年前的梭罗正如那般沉默。垂钓，无需言语，只需耐心和静心。梭罗是钓鱼的好手，他总能钓到鱼，梭鱼和鲈鱼常常是梭罗晚上的佳肴。我又用双手做了个话筒朝湖水大喊了一声：“喂——”啊，她听到了吗？记得梭罗在书里的描述：有时，他用船桨敲打着船帮，让这声音激起回声，扩散到周围寂静的森林中，使整个山林都欢叫起来；有时，他会在某个有月色的夜晚，坐在船上吹笛子，四下里的那些动物们，松鼠、猫头鹰、狐狸，还有不知名的鸟儿们都停下自己的鸣叫和歌唱，倾听那悠扬的笛声在湖面上萦绕。瓦尔登湖是梭罗的院落，一个没有篱笆、没有大门的院子，他的家就在离湖畔不远的一处水湾的北岸。

“不了，我们还是想看看你做生活实验的那个地方。”

“实验？”

亨利在他那本稍嫌唠叨的书里曾无数次提到这个词，是的，实验，实验。他甚至提到实验室，瓦尔登湖是他的实验室。他不要像这个镇上大多数人那样终其一生都为生计所累，被他们的土地、房屋、谷仓、牛群和农具禁锢，如他们的父辈一样为那些本不是生活必需品的物质奔波忙碌。他认为“一个孜孜矻矻忙于劳作之人，根本没有闲暇每天关注真正完整的生活”。他想要实验另一种简单的生活。“简单些，再简单些！”“诚然，我从来没有在物质上帮助太阳升起，但是，不要怀疑，更重要的是，在太阳升起时，身临其境。”一百多年来，他书中的这些句子被广为流传，他是一位诗人，更是一位哲学家。

“是啊，就是你的那间小木屋啊。”

我继续在北岸的湖边小径上行走。现在大概是水位较低的季节，所以小径略高于湖岸，它是一条原生的泥路，弯弯曲曲，高高低低，且宽窄不一，最窄处只有六七十厘米宽，如果后面有人想要超越你，你就得侧过身让他（她）过去。几位背包客从我身边挤过去，急速地向前，我甚至能听到他们急促的呼吸声，没过多久他们的身影便消失在小径的深处。林中遍布着松树、山核桃树以及漆树。蝉儿们、鸟儿们在林子里叽叽喳喳，偶尔能看见松鼠在枝头间穿梭，像是很机灵又像是呆头呆脑地啃吃松果。就是没能看到土拨鼠的身影，其实我不知道它们到底长什么样，只是因为梭罗曾经吃过一只土拨鼠而感到好奇，那些森林里的动物们是他的邻居，他对它们友善有加，为何要吃这只土拨鼠呢？难道是他的又一个实验不成？从树林的缝隙间能以较高的视点看到湖水。当云层遮住太阳的时候，天空也会在瞬间出现灰白的颜色，这时湖水也随之变得灰白。树荫下，有两位老人正坐在沙滩椅上安静地读书。又走过十来米，见一大家子人正在沙地上嬉笑，两个小男孩正脱去了外衣穿着泳裤准备奔向湖水里游泳。离岸边约十米的地方有位穿黑色泳衣的女士正带着她的小女儿涉水，她们是在探究水的深浅？

也许，唯有梭罗才真正熟知这里的一切。那时，很多人都深信瓦尔登湖深不见底的传说。梭罗却找来罗盘、链条和测深绳试图做一番证实，他仔细测量了瓦尔登湖的深度，最深的地方正好是102英尺。多么惊人的深度！大概，只有这样深邃而纯洁之水才适合到此来对人生做一番深思的人吧。

对于我来说，梭罗永远活在二十八岁。这个年龄，他还没有蓄胡须，一张青涩的脸和他那脑子里深邃的思想显得不够般配。在别人眼里他是个胡思乱想的怪异之人，大家都忙活着去从事赚更多钱的职业，他却拒绝了这种惯常的人生之路。他有自己更远大的抱负。1845年的春天，当冰雪初融之时，梭罗决定来此开创他自己的事业。他借来一把斧子到瓦尔登湖边的森林，在他准备建小屋的地块周围砍下一些白松做建材，开始建造工作。他用窄小的斧子将砍下的松树再砍削成立柱和椽子，在每一根木料上仔细地挖出榫眼，刻出榫子……他仔细认真地做着的这一切看似跟写作无关，却是他熟悉而又喜欢的事情。那时的梭罗没有固定的工作，他靠打零工为生。他是康科德镇出了名的能干人，没有什么难得住他。他是花匠、油漆匠、石匠、耕种者，还是位巧手的木匠。他会建造小船，搭建篱笆，还为别人修过一幢老房子。

5月初的时候，在朋友们的帮助下他的房架搭起来了。他从一个爱尔兰人那里买来窝棚，拆下木板并用小推车搬到湖边，权作房子的木板。装木板之前他又在房子的一头为烟囱打好了地基，打地基用的石头都是从湖里运来的……他开始清理和开垦两英亩半的土地，准备耕种。那一年的夏天他没有读书，他忙着种豆……

7月4日，美国独立日那天，梭罗住进了他亲手为自己搭建的小屋。在第二天的日记里他写道："昨天我来这儿住了。我的房子让我想到我曾见过的几座山间房屋，它们的周围在拂晓时分似乎拥有更为鲜艳的曙光氛围，因此我幻想它们是奥林匹斯神殿。"

我步入北岸一处异常幽静的深水区，水域变得狭窄，水面倒映着湖岸的森林，湖水的颜色也呈现出更加深沉的墨绿色。此处的湖岸平缓而狭窄，有野鸭在岸边戏水，偶尔也传来一阵阵蛙鸣，但不见有睡莲，在梭罗的时代这里是有睡莲的。灌木丛中的野花在阳光下正开得烂漫，几只蝴蝶扑扇着翅膀，在花丛中飞来飞去。玉米地随着草坡缓缓起伏，突然从草丛里窜出两只野兔，一溜烟地不见了。

过了一座木质小桥，在一处面湖的林间坡地上，立着九根矮矮的石柱墩。柱墩约有70厘米高，柱墩之间用铁链条围起，正面有一个开口可以进入，正面右侧的柱墩上刻着以下的文字："SITE OF THOREAU'S CABIN"（梭罗小屋遗址）。在它的下面还有这样的文字："DISCOVERED NOV.11.1945 BY ROLAND WELLS ROBBINS"（罗兰德·威尔斯·罗宾斯发现于1945年11月11日）。1945年11月，一个业余的历史学者，梭罗的书迷罗兰德·威尔斯·罗宾斯发现并挖掘了这处遗址。走进这个由柱墩围起来的空间，靠里侧正对入口的地面上有一块扁平的石头，上面刻着："Beneath these stones lies the Chimney Foundation of Thoreau's Cabin 1845-1847."（这些石块下面是梭罗小屋的烟囱，1845—1847），这正是梭罗小屋烟囱的位置。

“亨利，你就住这里吗？”我对着这片空地问道。

“这就是我的小屋啊。”一个声音从身后传来。

在略显幽暗的林子里，亨利穿着一身陶土色的灯芯绒衣裤朝我走来，在离我有两三米远的位置停下来，有些羞涩地将右手放在后脑勺上摸了摸自己褐色的卷发。我慢慢地将他看清，他个子不高，戴着草帽，这身衣服的颜色同周围的环境和谐一致。他胳膊下夹着一本纸页有些发黄的旧乐谱，上衣口袋被各种东西塞得鼓鼓囊囊的。我笑起来问道：“我叫你亨利，你不介意吧？尽管很多人都叫你亨利。”

他耸了耸肩，笑而不答。

“呵呵，你口袋里装的是什么东西啊？”

“日记本、铅笔、看鸟用的小望远镜、显微镜、折刀和鱼线。”

“你外出时总是带着它们吗？”

“是啊，观察和记录是我每天的工作。”

“那你胳膊下的那本旧乐谱是用来做什么的？”

“把采集到的植物放在里面压平。”

“我也常常这样做，当树叶干枯变黄后还可以拿来当书签。”

他只是朝我微笑着。

“你今天钓到鱼了吗？”

“今天钓到几条梭鱼，不多，这湖里的鱼不算多，钓到梭鱼总是令人高兴的，梭鱼可是这湖的骄傲。”

“对了，这身衣服的颜色很适合你，这颜色大概会让那些动物们很难察觉到你的存在吧？”

没有回应。当我转过身去时，亨利已经不见了。林子里空无一人。

之所以称它为“小屋”，是因为它的确很小，长宽为15英尺和10英尺，面积仅有13.5平方米。梭罗不曾找哪位建筑师来帮他设计，便自己动手策划他的家居。先择地，亨利看了好多可以建房子的地方，最终看中了爱默生在瓦尔登湖买的一块靠近湖边的地，征得主人同意后开始造屋。在他看来，造屋本属人的本能，就像鸟儿筑巢一样是自然而然的事情。当时的人建房子多请建筑师设计和规划，亨利对此却颇不以为然。他觉得建房子是件多么快乐的事啊，为什么要放弃这种快乐，让别人来为你建造房子呢？事事都要亲自做，他是位真正的实践家，一旦认定的事情就一定要做好。

谁像梭罗这般能吃苦，又心灵手巧？没学过建筑，但对当时的建筑还颇多微词。“是的，在这个国家里面有一种人叫作建筑师，至少我听说过一个建筑师有一种想法要使建筑上的装饰具有一种真理之核心，一种必要性……一个建筑学上感情用事的改革家，他不从基础，却从檐部入手……”“一个人跟他自己的房屋建筑的风格无关，就跟乌龟跟它的甲壳无关一样……”“建筑上的大多数装饰确实是空空洞洞，一阵九月的风可以把它们吹掉，好比吹落借来的羽毛一样，丝毫无损于实际。”

你以为这是20世纪那位柯布大师的言论吗？那就大错特错了。但这两种腔调间竟然有着惊人的相似，都是一针见血的批评，都是对现实无情的抨击。不信请看柯布西耶在《走向新建筑》中的言论：“建筑跟各种‘风格’毫无关系，路易十五、十六、十四式或者哥特式，对建筑来说，不过是插在妇女头上的一根羽毛；它有时漂亮，有时不漂亮，如此而已。”谁说“我爱亨利，但我却无法喜欢他”，他的可爱却是让我喜欢的。

实际上他造出来的房子的确简单而实用。木瓦做顶的“人”字坡屋顶，木墙面是用木板削成薄边、镶合在一起的，在缝隙处抹了灰防止雨水渗入。八英尺高的柱子使房子有一个舒适的高度。入口的门向着南面的湖水，直对着门的是砖砌的壁炉，有两扇通往地窖的门，东西两侧分别开着大窗，使房子通风良好又能在早晚看见日出和日落，还有阁楼和壁橱。小屋里只有简单的家具：三把椅子、一张床、一张圆桌、一张书桌和一盏灯。他在日记里这样写道：“我的屋子里有三把椅子，一把椅子为了品味孤独，两把椅子为了培养友情，三把椅子为了与人交际。”这样，梭罗造了座总共花费二十八美元的简朴房子来实验他“简朴的生活”。

在小屋的后面，有一块四五平方米的地，一层枯树叶和枯枝覆盖其上，四个角上有四个小石墩，地面的中间有一块扁平的石头，上面刻着这样的文字：“SITE OF WOODSHED”（放柴草处），这是梭罗储放柴草的木棚。在早晨湿润的空气中，那些地上的枯枝败叶也隐约透着一层潮气，颜色愈发暗沉，仿佛夏天已去，秋日将至。我走过去，鞋和树叶因为摩擦而发出“嚓嚓嚓”的声响，使这静谧的树林愈发显得莫名空寂。

紧邻小屋遗址的地方有一大堆散放的石块和沙砾，我在近处一块大石头上看到有这样的文字："I Love Nature！"（我爱自然！）。这是梭罗曾经说过的话，还是某位到此造访的旅人先生（或女士）对梭罗的敬意？其实，梭罗的一生就是如此简单，他是在用短暂的一生阐释这句话。在石堆旁立着一块深色的木牌，上面刻下白色的文字："I went to the woods because I wish to live deliberately，to front only the essential facts of life，and see if I could not learn what it had to teach，and not，when I came to die，discover that I had not lived. Thoreau."（我到森林中居住，是因为我想活得有意义，只面对生活中至关重要的事实，看我能不能学到生活可以交给我的东西，而不是在我行将离世的时候，才发现我根本就没有生活过。梭罗）。

太阳已经升起来了。阳光穿过松树叶和枝干的缝隙洒落进来，洒落到这堆石头上。我俯身捡起一颗白灰色石头放在木牌的上沿上，然后走下山坡，朝湖岸小径的方向走去。一边走一边脑子里回响着苏格拉底的那句话："未经反省的生命不值得活，没有活过的生命不值得反省。"

六

在那天的日记里我这样写道："2015 年 8 月 9 日，星期天。晨，我去了瓦尔登湖。"

1854 年 8 月 9 日，梭罗在搬到瓦尔登湖居住的九年后，在那天的日记里仅简单写下一句话：《瓦尔登湖》出版。

倒是巧，但不知一百六十一年前的那天是不是一个星期天？

七

从美国回来后，在处理完各类琐事，能坐下来安静地再次阅读《瓦尔登湖》时已是初冬一个有暖阳的午后。

去之前我阅读的《瓦尔登湖》是多年前购买的上海三联书店出版社出版的那套“一力文库”里由李暮翻译的版本。英汉对照，但没有注释。很惭愧地说，我并没有读完它。每次出行前好像是有很多准备的时间，但实际上当把各种杂事处理完后却发现没有多少时间来准备实质性内容。有一次，一个学生告诉我，他正在读《瓦尔登湖》，可是怎么都觉得不太上心，应该怎么读合适呢？我一时回答不上来。

现在，我手里有四种不同翻译版本的《瓦尔登湖》，我已经将这本书完整地读过了三遍。我不得不说这是一本让人着迷的书，之前读这本书的那种略嫌唠叨，甚至晦涩难懂之感全无，每一句话都如那湖水一样清澈见底。我现在倒是可以回答那位学生的问题，读这本书最好的方法就是亲自去到那里，让自己置身于那个空间中，呼吸那里的空气，观察那汪湖水，漫步于那片森林中……也许，这种阅读过于奢侈。

之后不久的一天，我突然萌生一个想法，什么时候专门再去一次新英格兰？去康科德镇，去瓦尔登湖，再去住那家很贵的酒店，再次在清晨去湖边漫步。

“嗯，可是别在冬天，那里太冷了。”一个声音对我说道。

“可是冬天也很有意境啊。”我对那个声音说。

“秋天会很不错的。”那声音继续对我说。

“那好，就选在秋天吧。”

我再次想起住过的那家酒店房间的墙上挂的画，那遍布红叶的瓦尔登森林，一条小径在幽静的林丛间蜿蜒……

2016 年 1 月 15 日初稿

2016 年 3 月 16 日定稿

拾捌　建筑与眼泪

是不是我们很多人都失去了天真地、本能地被建筑空间感动得流泪的能力？难道通常那些建筑能把我们感动得流泪，其实是借助着文字、影像，以及音乐的表现力和想象力来实现的吗？

一个普通的周末夜晚，我从收藏的那一大堆影碟中找出多年前看过的那部老片子，一部使人心情沉郁的电影，再次观看。这一百九十五分钟的电影我前前后后看了三次，竟然没有把它看完。每次看一点便决定放弃，闭上眼睛，沉默良久。在遥控器上按下“暂停”键，算了，就看到这里吧。我自己也感觉奇怪，这是怎么了？

今天，我决意要把它看完。

从上次暂停的地方开始。在一个积雪覆盖的寒冷冬天，党卫军开着军车带着成群的狼狗闯进克拉科夫的犹太区进行“清洗”，见一个杀一个。大屠杀开始了。在黑白影像的画面中，一个红衣女孩格外醒目，她矮小的身体走在被驱赶的人群队伍中……

在普拉绍夫劳役营，没有劳动力的老幼病残犹太人将被清理掉。混乱中，一个实在找不到藏身之处的犹太小男孩，跑进茅厕，从连体坐厕的小洞跳进下面的粪坑，跳进去后才发现下面已经藏了四五个处境相同的犹太小孩。他们呵斥他赶快离开，因为这是他们的地盘。这个大半身已浸入粪池中、满脸都是粪便的小男孩畏缩着抬头仰望粪坑外的蓝天，画面的背景音乐是摇篮曲，一束苦涩的光照射下来，浓重的阴影投在他稚嫩的脸上，他在冰凉的粪池中战栗着。那种孤寂中带着绝望的眼神，那种困苦与无助的表情。但是，他很坚强，没有哭。

然而，我却有种欲哭的感觉。

《辛德勒的名单》。一个关于“救人一命，则拯救整个世界”的故事，一出二战纳粹德国迫害屠杀犹太人的悲剧，颇具震撼力的画面使我难以保持平静的心境观看。看电影流泪多半是因为故事触动了神经。记得幼年时看朝鲜电影《卖花姑娘》时曾止不住地哭泣（当然不只我一个，整个电影院里都在哭）。成年以后，再很少看电影看哭过。我想，悲情的故事一旦发生在无辜的小孩子身上便是愈发悲情吧。这让我马上想起一个名叫安妮·弗兰克的犹太小女孩，1929 年 6 月 12 日生于德国法兰克福，1945 年 3 月 9 日死于贝尔根-贝尔森集中营，享年十五岁。

| 阿姆斯特丹，看不见风景的房间

那是 2008 年 7 月下旬的一天下午，我到达阿姆斯特丹的第二天。时差还没倒过来，时值盛夏，太阳热烘烘地烤在身上，使我更加倦意难忍。我戴着太阳眼镜，撑着遮阳伞，坐在游船上观赏阿姆斯特丹运河两岸那些联排城市住宅，一律都是面宽较窄而进深较长的砖造房子。当时我还在跟朋友议论，说荷兰大概是因为没有山地，所以不产石头，房子多由砖造。但我怎么也想不到在这些大同小异的房子里有一栋楼的意义却非同寻常。

几年以后，我读到一本书，才知道一个发生在阿姆斯特丹王子运河边一栋普通主楼背后“配楼”里那令人震惊

的故事。从1942年7月6日到1944年8月4日，德裔犹太小姑娘安妮·弗兰克和她的家人，以及另一家犹太人共计八人为免遭盖世太保的逮捕和屠杀，秘密藏身在这座“空中密室”里，度过了两年零一个月与世隔绝的生活。在此期间，安妮每天在她的日记本上与她的朋友基蒂（她为日记本取的名字）对话，记录下他们暗无天日的生活。这便是后来被译成几十种文字出版的《安妮日记》。

读《安妮日记》，我曾流过眼泪。因为这个故事在一个小姑娘的笔下呈现出来就更具悲剧性——她本应该享有的正常人生被一个疯狂的时代彻底毁灭了。一个正处于青春期的少女和他人同处一室的苦恼与烦闷，她所有的向往与憧憬都在那间有内无外的隐匿之所里被扭曲并化为泡影。她本可以和普通孩子一样拥有蓝天和阳光，快乐健康地成长，然后成为一位母亲，甚至是一位作家。在文学史上，可能再难有像安妮这样一位作家，在十五岁的年纪就写出了这样优秀的作品。在建筑史上，恐怕再也没有像安妮的“秘密小屋”那样让人深思的室内空间。

这是一个看不见风景的房间。单从这幢六层楼房子的外立面看，人们很难知道密室就在楼后。“配楼”没有室外，只有室内。为了不让楼下上班的人知道，屋内的人要长年保持绝对的安静，只能轻手轻脚地走动，不能大声说话，哪怕一丁半点儿的响动都会招来不测之灾。一扇被伪装成书架的旋转小门成为这个脆弱的秘密世界通向强大外界的唯一通道，但他们却绝不能跨出一步。仅有的几扇面向后街的窗被厚重的窗帘遮蔽着不能开启，安妮在日记中这样写道："圣灵节的那个晚上，天气很热，我多想打开窗欣赏欣赏美丽的月色啊！但是我不能这么做，月光太亮，开着窗户太危险。于是我竭力睁着眼，透过窗户缝独自赏月……"另一次她写道："亲爱的基蒂，终于，我可以安安静静地坐在我的桌子旁，借着窗户缝透进来的那点光亮和你说说话。"

对室外的渴望在安妮的日记中多次被提到。"我已经太久太久没有到街上走走、呼吸呼吸新鲜空气了，啊，好想出去拥抱大自然啊！我还清清楚楚地记得：那蓝蓝的天空、动听的鸟鸣、皎洁的月光，还有绽放的鲜花……这些以前司空见惯的事物现在都遥不可及。对，自从我们搬到这儿以后，一切都变样儿了。"安妮好几次忍不住想揭开窗帘，都被父亲奥托·弗兰克严厉地制止了。再没有比安妮以及其他七位藏身于此的人更懂得室外的意义、光的意义、窗的意义。事实上，他们重见天日的那一天就是他们大祸临头之日。1944 年 8 月 4 日，被一个匿名者告密，纳粹警察闯入密室，八名犹太人被捕。就在这一年的 9 月 3 日，盟军攻克了布鲁塞尔。他们八人成了最后一批被船运离荷兰的犹太人，然后像牲口一样被塞进拥挤不堪的火车里，火车开了三天两夜，穿过德国，到达奥斯维辛站。一如电影《辛德勒的名单》中所描述的，那些押运犹太人的火车，每节车厢壁的最上面只开了一个被铁条封得紧紧的小窗户，那依然是一片黑暗的世界。

安妮的隐秘之家现在被作为博物馆供人们参观。我没有去过，但通过《安妮日记》，它已然在我脑中构建了一个想象中的世界，一个没有光的世界。

另一个犹太小男孩就要比安妮幸运得多。他姓李布斯金，一个典型的犹太人姓氏。生于战后 1946 年，波兰中部的罗兹，父母是大屠杀的幸存者。十一岁那年全家迁往以色列，两年以后定居美国纽约。从小就在音乐、绘画方面表现出极高的艺术天赋，后来成为一名建筑师，建筑作品遍布世界各地，其中以柏林犹太博物馆最为著名。他，就是丹尼尔·李布斯金。

2010 年 3 月的一天下午，我给研究生上课，找来一套教学影像资料，这次给学生看的正是李布斯金设计的柏林犹太博物馆。它就建在柏林，在库卢伊贝鲁克地区一栋老式的、红色的 18 世纪巴洛克建筑——柏林博物馆的旁边。表面上这两幢建筑毫无关系，犹太博物馆曲曲折折的外形会使人联想到闪电，从空中鸟瞰，它好像一颗支离破碎的大卫之星，暗示犹太人苦难而曲折的历程。金属外墙上那一道道奇异的开窗仿佛一道道伤痕，寓意犹太人所遭受的伤害和痛苦。

这不是一座普通的博物馆。最离经叛道之处是建筑没有门，进入它需先进入那栋老式的巴洛克建筑。正如李布斯金所说："从一扇传统的门无法进入犹太人的历史……"

一个混凝土盒子插入老建筑中，它是一个空的水泥"井"，这个"井"深至地面下 12 米，并贯通至建筑的最上层。进入盒子后是通往地面以下的台阶，沿着昏暗的梯井往下走，直到地下层。由这个盒子延伸出三条通道，它们围绕一个被称为"柱"的"虚空"，彼此交错后引向三个不同的空间。

一个通道。尽头没有路。这是最长的那条主轴，它通往一座长长的楼梯，从地下一直延伸通向其他层直至地面三层的展览厅，峡谷般的逼仄空间，头顶上灰色水泥横梁似乎是要把空间切割开，一步步艰辛的跋涉，述说着犹太人两千多年所走过的艰难道路和历经的辛酸。虽然艰辛，但毕竟延续着，象征着犹太人和德意志民族的存续。

剩下的两条路用来展示，并通向两个终点。

一座花园。花园由 49 根柱子密集组成一个正方形柱阵，沿对角线倾斜 10° 的地面使人感到困惑和迷茫，柱上覆盖的绿色植物仿佛是一个永远无法触及的幻影——自由。花园表面上是开放的，但实际则是被高高的围墙围困着，仿佛身陷无法逾越的要塞中，自由永远遥不可及。这是一座亡命之庭，讲述犹太人被迫离开家园，来到一个跟自己全然没有渊源的陌生国度被放逐的历史。

一个空间。它就在一扇黑压压的大门之后。正像电影《辛德勒的名单》中表现的奥斯维辛的毒气室。进入这道死亡之门，里面是一片漆黑，伸手不见五指。光秃秃的墙壁阴森恐怖，即便外面阳光灿烂，也与那片天空没有任何关系。在同样的蓝天之下，这里却是另一个世界。这是犹太人真实的遭遇。狭小的采光口是顶上的一道裂缝，光线从裂缝中渗透进来。我想起犹太小姑娘安妮说过她总是“透过窗户缝”来看外面的世界，想到电影《辛德勒的名单》里那运送犹太人前往奥斯维辛的火车，每节车厢的外壁都只开有一个小小的窗户。车厢里的人只能从木板的缝隙间瞥到外面的天空……有一篇小说，名字叫《女士们，先生们，请到毒气室去》，我忘了作者的名字，但小说的名字却让我铭记在心，它恰好适合被用在此处，这个空间，这座象征死亡的大屠杀塔。

六个“虚空”。它们是主轴上的六座塔，形状大小各异，在主轴上延展开，将弯弯曲曲的建筑在地下串连成一个整体，从地下层一直贯通至地面最高层，它们是建筑中的重要元素，在建筑结构中被称作“柱”。“虚空”，是什么也没有的空间。虽然是空的，但不能进去，仅靠顶上的缝隙透进微弱的光线，在建筑的屋顶上形成一条断断续续的虚拟线条，好似犹太人隐秘的人生之路，又像那些亡灵通过的痕迹。在地面层的展示空间中，这些横陈的塔将空间切割得更加零碎，人在曲折的空间中绕行，每一座塔都是一个记忆的空洞，幽暗而深邃，它们代表着巨大的失落与缺席，使人感受到一种深深的空虚。其中最大的那座“虚空”底部铺满了呐喊的面孔，像一处万人冢。影像中，一位女士从这些脸上走过，脚踩在金属人脸上发出“嗔嗔嗔”的声响，由近及远。然后，消失在空荡荡的“虚空”中，仿佛逝去的幽灵发出的一声声哀怨。

看到这里，我的眼眶竟忍不住盈满了泪水。

这部短片是法国人拍摄的，放映时我选择了英语发音，即使没有任何字幕也能大致听懂。不，其实不需任何解释也能读懂它。这，就是空间本身所释放出来的意义。伟大的建筑即具有这样一种传达的力量。

在我的书架上摆满了各种建筑书籍。有一本书既谈建筑也谈人生，作者优美的文笔以及他传奇般的人生经历使你很难随意地翻翻。所以买来后就一直放在那里，没有细读，这就是丹尼尔·李布斯金写的《破土：生活与建筑的冒险》。有一天，终于有时间坐下来静静地阅读它。读这本书正如我看那部短片时的心情一样，沉重而压抑。满篇文字都是“眼泪”“哭泣”“泪如雨下”“泪如泉涌”等描述。丹尼尔写道：“有一天，有两名犹太老妇人来参观博物馆。她们生在柏林，逃过大屠杀，现在侨居英国……我陪着她们缓缓走近大屠杀塔。我们进到里头，一道金属门在我们身后重重关上，毫不留情。当时是冬天，塔里头没有暖气，可听到塔外对街学校孩子们的嬉戏声、菩提大街上的车水马龙、博物馆里的交谈声。我们就跟战时的德国犹太人一样，都与正常生活隔离开来。两位老妇人泪如雨下……柏林人打从心底就了解这栋建筑。他们站在大屠杀塔里，一言不发，许多人眼中噙着泪水。”

| 柏林，一堵墙

1989 年 11 月 7 日，对我来说只是极其普通的一天。但对于丹尼尔·李布斯金一家以及柏林人，乃至整个德国却是意义重大的一天。因为在这一天，柏林墙被拆掉了。就在柏林墙倒塌之前的那一年夏天，李布斯金一家从纽约搬到柏林，建这座犹太博物馆，这是他建筑生涯中一个重要的转折点，而这一天对于柏林这座城市，以及整个德国则意味着一个恐怖时代的结束。

1990 年 6 月的一天下午，我在四川美院那栋最老式的教学楼三楼一间教室里做我的毕业设计。偌大的教室就我一个人，桌上堆着设计模型，各种纸板、图纸、笔、绘图工具则占满了旁边的另一张桌子。在桌子的一个角落摆放着一台老式的音响，音响里反复放着同一盘卡式磁带，机器时不时会发出“呲呲”粗糙刺耳的声音，但这并不影响我对音乐的欣赏：平克·弗罗伊德乐队的《迷墙》。它成为我整个青春时代的记忆。

过了几天，我的老师问我：“你知道柏林墙被拆了吗？”我当然不知道。在那个资讯传播极缓慢的年代，没有手机，没有网络，像我这样的学生，不看电视，不看报纸，也不听收音机。更确切地说，柏林墙被拆了几个月以后，大部分的中国人才知道这件事。当时，中国有一份报纸叫《参考消息》，专门报道国外发生的一些事件，可以通过阅读它来了解国外的动向。我的伯父曾经是这份报纸的编辑。20 世纪 70 年代，他去过当时是德意志民主共和国的东德以及其他东欧国家。记得伯父从东德回来后写了封信给我父亲，随信寄来几张照片，当我好奇地翻看这些照片时，父亲走过来指着其中的一张对我说：“这就是柏林墙。”伯父身后的建筑就是勃兰登堡门（我当时并不知道这座建筑的意义）。我那时还小，仅存的一点记忆相当模糊。大概在那时我知道了柏林墙，但不知道它确切的含义。

直到 1990 年，我知道柏林墙被拆了，一个曾经的政治符号变成历史，东西德合并为一个国家。开始大家并不习惯称呼“德国”，就像现在称呼“东德”“西德”同样的不习惯。

从 1961 年 8 月 13 日建造到 1989 年 11 月 9 日倒塌，柏林墙存在了二十八年。它全长一百五十五公里，是由混凝土砖石、铁丝网、瞭望塔、开放地带以及反车辆壕沟组成的防御设施。建造它的目的是阻止西方的法西斯分子进入东德和破坏社会主义。但具讽刺意味的是，它事实上成了阻止东德人向西德大规模逃亡的屏障。二十八年里，约有五千人试图翻越柏林墙，很多人被打死，死亡人数约一百三十六人。这是一堵死亡之墙，一堵被泪水浸透的墙。

在整个西方建筑史上伫立着各种风格的墙，它们多由石头、砖头来建造，述说着建筑的意义。它们高高耸立，需要仰头凝望。它们承载并分隔，强权而冷漠，是一种强大的力量。有了墙，一切变得分明，内与外从来就是完全对立的两个世界。墙是一种明确的建筑符号，也是一种精神符号。一堵墙一旦被建立起来，它便是一种当然的客观存在。人在墙的面前是脆弱的，也是渺小的。正如李布斯金说："柏林墙在精神与心理上的影响，远大于实际上与政治上的用意。"

最近一个周末的夜晚，我再次看了《迷墙》，它是根据平克·弗洛伊德乐队的音乐专辑《迷墙》而拍摄的同名电影。故事讲述了一个叫平克的小男孩的成长经历。平克的父亲在他幼小时阵亡于二战中，他从小在母亲和学校的严厉管教下长大，个人与外界之间逐渐筑起一座阻隔交流的高墙。整部电影充满了迷幻、离奇与超现实的画面。战争、杀戮、泥泞的壕沟、血流成河；一个没有父亲的男孩，一个被圣诞老人遗忘的孩子，他戴着面具，和其他孩子一起机械般地在迷宫一样的墙间穿梭徘徊；原野上，一道高高的墙凶残肆意地连绵横亘着蔓延开，一个弱小的身影在墙下蜷缩着，个人在它面前显得无能为力。正如歌词中所唱的："All in all it was a brick in the wall. All in all it was all just bricks in the wall."——每个人都是墙上的一块砖。墙，沉重而坚固，难以逾越。电影里的那道墙就似曾经的柏林墙，悲伤、苦闷、抑郁，使人压抑得透不过气来。电影的最后，那堵墙崩塌了，砖块向空中飞溅出去。

今天的柏林波茨坦广场已是车水马龙，这个冷战时期的无人区现已成为柏林的中心地带。柏林墙彻底消失了，而勃兰登堡门却依然在阳光下继续述说着这座城市的历史。

每当我想到曾经的柏林墙，就会想起那个夏天，在美院的教室里持续重复播放的平克·弗洛伊德的《迷墙》，我的耳边总会回荡着曲子里那一声婴儿的啼哭，以及 *Good bye Blue Sky*（《再见，蓝天》）里那句反复念叨的歌词："Baby，don't you cry."——孩子，别哭。

| 丰岛，海边的水滴房子

"Baby，don't you cry."。

大人哄孩子时总会说："哎，不哭哦，不哭。"但要是孩子大了，你翻来覆去说"不哭"恐怕是没用的。因为成人的哭充满了复杂性，是无法解释清楚的。看电影、读小说、看照片，我们可能都会哭，甚至看房子也是会哭的。

据说二战时德国建筑师布鲁诺·陶特为躲避纳粹的迫害，于 1933 年携夫人来到日本，当他参观桂离宫时，竟被它纯净的建筑与优美的自然景色感动得热泪盈眶。

2014 年 4 月的一天下午，我在日本濑户内海的一座小岛上看房子。房子是白色的，就建在海边，在那片青色调的山海之间，它就像一珠圆滚滚的水滴静卧在山坡上，这是西泽立卫设计的丰岛艺术博物馆。

来之前就听说有人看这房子看哭了。那是一个大男孩，一位学建筑的大五中国学生，他在自己的文章里吐露自己“对着一堆混凝土的构筑物流泪”的故事，引起不小的议论和关注。于是，这房子变得更加有名——一座能使人看哭的房子。

“我会哭吗?”去之前我不禁这样问自己。

进到房子里，一下子被震住了，里面也是通体白色，巨大、明亮，大得甚至无法把握它的边界。这是一个如洞穴般的空间，没有直线，没有柱，没有严格意义上的墙，一片很薄的混凝土壳覆于其上，壳上开有两个大大的扁扁的洞口，任由风霜雨露倾泻而入。此外别无一物。只有地面上流淌的水滴需要静静地细细地观赏。

客观地说，这里的确有哭的氛围。离海边如此之近，空气中弥漫着潮湿的水汽。那些晶莹剔透、千姿百态的水滴是艺术家的作品，但它们更像是人的泪滴。

我被感动，但，我并没有哭。虽然阵阵海风和空间通体的白色不断刺激我的眼睛，让我隐隐感到眼眶有些湿润。

即使有哭的先例也不见得每个人都会这样。想起那位哭过的大五学生对自己泪水的坦诚，我愈发觉得面对建筑而哭是一件多么神秘的事情，不哭，也同样如此。

眼泪，通常被认为是很私人化的东西。在现代人的眼里，面对一座建筑流泪是否会显得特别矫情和造作?但是，很多年以前，当我第一次走进巴黎圣母院的时候，那种静穆、神圣的空间氛围让我一下子不由自主地产生强烈的敬畏之心。我想，当时的人走进这个空间时恐怕是会哭的。今天，耶路撒冷的哭墙前仍然会有很多人在那儿哭，当我们以一种宗教般的虔诚之心来面对建筑时，那个空间就会散发出一股奇异的魔力。

为什么我会在读《安妮日记》时，面对那个用文字叙述的隐秘空间而哭？为什么在影像中体验犹太博物馆那种深邃幽暗的空间时会流下眼泪？为什么一堵我从没有真正面对过、只是通过音乐在心里筑起的墙让我莫名地感动？为什么当我身处“一座能使人看哭的房子”这样一个真实存在的空间时却没有哭？

是不是我们很多人都失去了天真地、本能地被建筑空间感动得流泪的能力？难道通常那些建筑能把我们感动得流泪，其实是借助着文字、影像，以及音乐的表现力和想象力来实现的吗？

2015 年 2 月 3 日初稿

2016 年 3 月 17 日定稿

拾玖　别删掉那些照片

自从那天晚上瞎聊以后，我真的不再删掉任何一张照片。

有一天，我在回复三联书店出版社某杂志编辑 M 老师的电子邮件时，告诉他我最近拜读了他的那本旅行散文集。过了一会儿，他回复我："那些都是我瞎写的……"我当时愣了几秒钟，但随即就意识到他是一个北方人。不过，我觉得 M 老师太谦虚，写得那么好还说是"瞎写"的。于是，我跟他说："瞎写都写这么好，那要认真写还不知写多好呢。"

北方人爱说这个"瞎"字。记得幼年时我在北京住过一段时间，我的伯母是地道的北方人，总爱跟我说"别瞎闹""别瞎说"(尽管当时我很文静，并不调皮)，等等。"瞎"，其实是北方人的口头禅，还有什么"瞎弄""瞎掰"……它语义丰富，难有准确的解释，更不能按字面理解。比如说"瞎聊"，它绝不是"胡说八道"，或"乱摆龙门阵"的意思，你只能从具体的情景中去理解。为此，我还真想起了一次跟北方人之间饶有兴致的瞎聊。

那是 2014 年初夏的一个夜晚。阵雨过后，天气异常凉快。

在一家叫"转转会"的餐厅吃过晚餐后，我与几位朋友，L 先生、D 先生、Z 小姐和 Y 先生聚在位于成都新会展中心的一间画廊茶室里喝茶聊天。

D先生和Z小姐共同经营这间“了了画廊”有十多年了，在成都颇有名气。除了定期的画展，这里也常常是成都艺术圈朋友们聚会的场所。茶室紧挨着展厅，空间高敞，书架和绘画作品占满了四壁，甚有氛围。高靠背的布艺长沙发分隔出喝茶的小区域，在书与画册的簇拥下，桌上摆放着精致的茶饮和新鲜的当季水果，枇杷、杨梅和柳橙，色彩分外养眼。

聊天的主角，L先生，80后人士（但看着像70后），艺术评论家、策展人，年纪轻轻却已有谢顶的趋势，外表的老练与内心的成熟都是我在他那个年龄无法相比的，而最为重要的一点是，他是我见过的最温情细腻的山东男人。

我对山东人的印象一直很概念化，粗黑壮硕，豪爽开朗。在川美读研究生的时候我有一位同学是山东烟台人，一米八四的个头，三十六岁，我那时二十二岁。老实说，我总是很不情愿跟他走在一起，倒不是因为我认为他老，而是他让我觉得山东大汉跟我这四川小个子一起真是一种非常奇妙的对比。那是90年代初，研究生非常少，外地的就更稀罕。从没有问过他为什么要这么大老远地跑到四川美术学院来读书，因为他不说，我也就不问。但他有时会跟我讲讲他家乡的故事。印象深刻的是在他家乡海边捕鱼，他说：“捕到的海鱼只需要抹一点盐，略烤着吃，就是人间最美味的食物。”我当时心想，真是一方水土养一方人，原来海鱼、煎饼和苹果就能养出如此山东大汉。后来这位同学毕业去了天津美术学院，我们就再没有联系过，但他讲的故事我一直记得。莫言的中篇小说《红高粱》我没有读过，但看过姜文、巩俐主演的电影《红高粱》，那是一部很有视觉冲击力的电影，至今留存于我记忆里的除了那壮观的高粱地，就是那一坛坛的高粱酒，还有那些庄稼汉一碗碗豪饮的画面。于是，在我脑子里有一种思维定式，酒的豪情必定催生出人的侠意。哦，这就是山东人。

而眼前的L先生却完全不是那么回事，个子不高，人也白净，还戴着一副近视眼镜。

但的确会讲故事。

我们都聚精会神地听着L先生讲述着“我爷爷”“我奶奶”的故事，还讲了很多“我媳妇儿”“我儿子”的故事，略带山东口音的普通话很具吸引力，让我们这些听众都感慨道：“原来山东人都那么能讲故事啊！”我向来乐当听众，坐在一边静静地听着。和口才出众的朋友聊天真是一种轻松愉快的享受。

D先生忙个不停地给每一位倒茶，并说：“这是现炒的蒙顶山春茶，品品味道怎么样。”我们都端起小茶碗先凑上鼻子深深吸了一口气，有一种淡淡的清香，然后慢慢地细品了一口。我虽然对茶没有太多研究，但喜欢这种清淡的味道。茶真是一种充满灵性和道意的水，顷刻间就可以让谈意更浓。Z小姐招呼着我们吃水果，从冰箱里拿出刚上市的杨梅，放在玻璃盘子里。我拿了一颗红得发紫的吃起来，嗯，味道还真不错。一边听着好听的山东故事，一边享用着茶点、水果，这样静静的夜晚恐怕一生也难有几次。夜已很深了，但大家都还没有要走的意思。

继续。

L 先生的兴致越发高涨起来，话题转为学术。

他轻轻扶了一下鼻梁上的眼镜，问 D 先生和 Z 小姐："你们机构有收藏某某画家转折时期的作品吗？"

"转折时期？" D 先生问。

"什么是转折时期？" Z 小姐问。

似乎大家都没有察觉到 L 先生诡异地一笑。

"就是一位画家的风格未定型，未被普遍接受认可的时期。" L 先生说。

"啊，就是还没有被商业化的时期，风格还不成熟，还处于探索寻找中，还比较有追求、有想法的时期，对吧？" 我插了一句，其实我不太懂艺术品市场，不过对此很感兴趣。

"是的，你会发现这个时期的作品有许多宝贵的品性，是研究这个画家最重要的资料。" L 先生一边用叉子叉起一瓣切开的柳橙吃起来，然后将柳橙皮放进一个专用果皮盘子里，一边这么说道。

"应该很具学术价值的吧。" 有人补充道。

"对。" 我又应了一声。这话题一下子吸引了我。

"那些转折时期的作品在整个艺术发展史上有着重要的价值，它们的价值缘于一种陌生感。因为这些作品是普通人很少能见到的，是所谓非成熟的、非普及的。"

L 先生仿佛是在给大家上课，我们一个个都认真地听着，就差没有拿笔记本来记了。

"其实，就是一件普通的作品，再加上'时间'，最起码是十年，就会让这件作品增加价值。"

“二十年，三十年，五十年，一百年……会是怎样的情况？”

嘿，真不是瞎说，不愧是策展人，我很同意他的说法。

“这个道理大家倒是都懂的。”又有人插话道。

“对，这就是那些老照片都有种特别的味道，让人怀念、产生很多联想的原因。”

“这就是时间的价值。”

“对啊，我们一般都会有浏览相机里照片的习惯，看到照得不好的就立马删掉，好像这很自然，但是你们可知道，最能让你记住的照片是哪些吗？”L先生端起小茶碗啜了口茶，然后用眼睛扫了大伙儿一眼。

“就是那些被你删掉的照片。”L先生不仅会讲故事，而且还能循循善诱地讲，看来很适合当老师。

“为什么？”有人问。

“因为只有那些照片经过了你仔细的审视，因为要删掉，你会反复斟酌要不要删，所以，你就记住了这些照片。反而是那些很正常的照片，你不大会记得住。”

有道理。难道不是吗？那些正常的照片，都经过精心设计，精心选取角度，精心构图，总之，一切都如我们的意愿，被安排得妥当、平稳、富有逻辑性，具有作品感，没有什么意外，也就没有什么特别，没有什么惊喜。

我突然间被点醒了。

是啊，我常在旅途中拍摄各种照片，为了记录，为了过后的回忆。拍很多，也会删很多。那些构图不好的，焦距模糊的恨不得赶快删掉，因为记忆卡的容量有限。有一天，当我翻看往日的照片时，突然发现有一张特别奇怪的居然漏掉没有被删除。哎，这是谁照的？这是在哪儿？这是我吗？想了半天，啊，原来是在纽约曼哈顿51街的路口，我俯身捡起掉在地上的地图时，手上的手机被触碰到而“瞎”拍下来的，那神态，好惊异，好慌张，头发在风中散乱飞舞，仿佛要去抓地上的虫子，或是去安抚一只受伤的小狗，总之，这是我从没有看到过的自己，奇怪啊！删吧，就这样我不知删掉过多少这样的照片。

于是，它们永远消失，再也找不回来了。

“太可惜了，我常常删掉那些照片。为了节省记忆卡的空间。”我很惋惜地说道。

“你当时是觉得这张不好，不怎么样，但很多年以后你再翻出来看时会特别喜欢这张。因为它很特别，跟其他的都不一样，这种生分感不就有点像刚才说的转折时期的作品？它们看起来会不太像这位艺术家的作品，至少不是人们心目中公认的其作品的样子。但是，比如哪天发现了一张不太像毕加索作品的作品，那才有意思呢！那一定比他那些正常作品有价值得多。”

我突然想起爱因斯坦那张伸舌头的照片，怪异、反常，但确实太有意思了。

“时间的作用，时间会带来意外的价值。”

“时间会让一件平淡的东西变得弥足珍贵。一件有污渍的衣服、一样严重磨损的家具、一只有缺口的杯子、一把缺盖的茶壶、一本纸页泛黄的书、一副破旧得不能戴的眼镜、一幅信手几笔而没有画完的画、一张无意间拍到的焦距模糊的照片……”

是啊，日本摄影家森山大道不是就有很多焦距模糊的照片吗？我挺喜欢那些不太正常的照片。其实摄影所记录的那个瞬间已经被摄影者重新解读了，我们可以这样看，同时也可以那样看，并没有一个绝对的标准，看别人看到的，也要看别人没有看到的。所以，千万别急着删照片。我似乎明白了一个很深的道理——时间会改变一切。我们可以被时间改变，我们终将被时间改变，但我们改变不了时间。一个瞬间的幻象一旦定格为一个图像，它就是一种存在，就成为时间这条线上的一个点，它一定有它的价值。

“别急着下结论，这张好，那张不好。它到底好不好，很多年以后再来看就能看出来了。”

“都是宝贝。”

“好照片都可遇不可求啊。”

“嗯……被删掉的也许才是最有价值的。我以后不删了，坚决不删了，都存着吧。”

“是啊，大不了多买几张卡。”

就这样，一个简单的道理被L先生阐释得如此深邃。我不得不佩服眼前这位山东人的口才、细致，以及他的思考。

自从那天晚上瞎聊以后，我真的不再删掉任何一张照片。

2014年8月12日初稿

2015年2月10日定稿

贰拾 成为酒店作家

想得多了，我终于悟出一个道理：要想成为酒店作家，真正的难度不在时间，也不在钱，而在于你能不能狠下心来，阻断与你熟悉的人及周围生活的联系。放下，放下那些你愿意放下和不愿意放下的，这似乎有点修行的意思……

有亲戚在闲聊的时候跟我抱怨，她家正在读初中的孩子不愿意在家做作业。“不在家做？那在哪里做？”我诧异地问道。“喜欢到咖啡馆里做，去麦当劳做。”“嘿，那倒是不错呵，有空调，有暖气，有喝的，有吃的，有卫生间。闹中取静呀。”我不禁脱口而出。亲戚的眼神仿佛有些失望：“哦，你跟咱家孩子想的一样啊！”其实，我真就是这么想的。

记得前年的中秋节，也在国庆假期中，我的一位绵阳的好朋友正好在当天过生日，邀请我们全家去玩。每次去我都住在长虹酒店。一天早上，我坐在酒店餐厅一个靠窗的位置，眼睛盯着窗外稀稀落落的秋雨绵绵不住地拍打着庭园里的喷水池，悄无声息地滋润着周围碧绿的草坪，一个人发着呆，孤独地吃着无比丰盛但却毫无特色的早餐，从中式的到西式的，样样皆有。边吃边想，虽然是些面目模糊的国际风格食物，但勉强也是可以接受的啊，要是能天天住在酒店里，不用操心一日三餐，该吃饭时到餐厅吃饭，吃完回房间，将“请勿打扰”的牌子往门上一挂，关起门来，关掉手机，谁也找不到我了，这不就可以安安心心地阅读、写作了吗？这样一两个月下来准保能写成一本书呢！

我随手拿起手机将这个似乎是很幼稚的想法写下来，发了一条微博。没想到几分钟以后居然有人评论并转发了。一看是著名设计师戴昆老师转发的，他说他也是这么想的，由于经常出差，住酒店是常事，所以也经常在酒店写东西。真是知音难寻，也许，我的想法还不错。

为什么要到酒店写作呢？其实这种想法跟中学生到咖啡馆、麦当劳里做作业是一样的，可以脱离恼人的日常生活，不必为其他事情分心、烦心。但不同的是，咖啡馆、麦当劳是喧闹开放的环境，任由外界的信息自由出入，而闭关在酒店房间里却纯粹是要图个清静。虽说酒店客房大多是国际风格的统一标准，但除了不可以烧饭做菜，可以说是应有尽有。正因为如此，才不用为吃什么而劳神地考虑、费力地准备，也不用想着穿什么去见人，不用打扫，不用整理，不必洗衣，没有多余的摆设和书籍分散精力，唯一要接触的人就是清洁工和服务生，需要什么打个电话，如果你连楼都不愿意下，对食物的要求也不太高的话，三餐也完全可以送到房间里，其实要是觉得打扫房间也很多余，连这个都可省去，我常常会跟服务生交代："不用打扫。"其实那么一点事完全可以自己做的。

关了手机，就连关系最亲近的人也不想见了，仿佛就真的人间蒸发，消失了。

据说有人对作家做了个奇怪的分类——咖啡馆作家和酒店作家，这倒是蛮有趣的话题。咖啡馆作家自然是像萨特、波伏娃之类的巴黎知识精英，在喧闹而嘈杂、弥漫着浓烈香烟和咖啡香味的咖啡馆里侃艺术谈文学，好像是伍迪·艾伦在《午夜巴黎》这部文艺青年必看的电影里营造的场景。虽然我很憧憬这样的场面，但是不太能接受在那样众声喧哗、人来人往的环境下写作；而酒店作家似乎是要神秘莫测一些，像卡夫卡，当年下榻维也纳的酒店写作，还有如托马斯·曼、康拉德、奈保尔、毛姆、亨利·詹姆斯、川端康成等都是酒店的常客，相比较而言，酒店作家是否更喜欢一个人独处呢?

既然是酒店作家，当然就不是偶尔才住住酒店的，这意味着这个行为具有相当的一贯性和长期性。但是，这种想法真的要实施起来却是相当有难度。其一，哪有那么多时间让你一个人住在酒店里?除非你是职业作家，或自由职业者。大学里每周的课程你走得开吗?别说是一个月，就是一周也难啊！其二，就算有时间，哪有那么多钱呢?现在稍微像样点的酒店客房一天的房价怎么都得在四百元到八百元吧，这样一个月大约需要一万两千元到两万四千元，我很纳闷，当年那些酒店作家竟然能长期住在酒店里。要不然就是当年的物价不高，抑或是他们太有钱。我始终想不好，也算不好。

今年春节的时候我去峨眉山游玩，住在红珠山宾馆。那可是一间面向山景的客房，高敞的空间、宽大的落地玻璃，铺着木地板的观景阳台惬意地摆放着白色的休闲椅、休闲桌，远处是烟雾朦胧中的沉寂山林，与天青色的天空柔和地晕染开来，好似一幅壮观而秀丽的中国水墨画卷。遗憾的是，正值冬天，寒风刺骨，很难在阳台上久待。于是，我开始幻想，待到冬去春来之时，再到这里来，天天对着这山景，在阳台上读书写字，过几天逍遥的神仙日子。但真等到春暖花开的日子，又会有其他的事情而无法分身了。每住一次酒店，我就这么幻想一次，到国外旅行时，住进酒店也多少这么想过。现实总归是难以成全这样的想法。

想得多了，我终于悟出一个道理：要想成为酒店作家，真正的难度不在时间，也不在钱，而在于你能不能狠下心来，阻断与你熟悉的人及周围生活的联系。放下，放下那些你愿意放下和不愿意放下的，这似乎有点修行的意思……

成为酒店作家，可能永远都只是一个引人遐想的梦。

2014 年 3 月 21 日

wan'zheng

跋　看的功课

我「看」的方式不是一般意义上的看，不是「look」，而是「read」，是「读」，是「阅读」，是「解读」，是把「看」当成一种功课。

新年过后几天的一个中午，休息的时候我打开手机，发现微信朋友圈里大家都在玩一种摇新年签的游戏。有人摇到“任性”，有人摇到“断舍离”，有人摇到“佑儿”，有人摇到“贵人相助”，还有人摇到“国王”。我也好奇地打开游戏摇了摇。结果，我摇到的是“旅行”。

我当然很清楚这仅仅是个小游戏罢了，但心里觉得这个结果不坏，就将摇到的签发到朋友圈告诉大家。很多人来点赞，有学生说：“老师，这个好啊！”我没想到会引起这么多人的注意。不过，这个真的好吗？我似乎有点矛盾。

这或许是一种暗示。

一想到新的一年又要到处跑，一想到申请签证，填各种表格，签字盖章，收拾行李，预订机票和住宿，到处住各种酒店，我就觉得很累。相较于这种生活，我更喜欢居家的日子。于是，我自嘲地跟大家说：“其实我真想待在家里。”

我说的是大实话。

别人可能不会相信。你不是每年都在旅行吗？还写旅行文字，应该是个相当热爱旅行的人啊。说真的，我还真算不上。

就在那天晚上，在路上开车时听到收音机里说现在到越南可以落地签了。我心想，那去越南的人准少不了，今年春节大假还是别去越南了，真不知道在人群里有多少是中国人。今年元旦，上海外滩因为拥挤发生踩死三十多人的恶性事件。去年过年期间，看微博发现很多消息都在说出国旅游到处都是人山人海的中国人。这些听多了，自然不会在大假期间出行。

其实，我上面说的这些都应该算是旅游，而不是旅行。旅游总是带点随性、轻松和热闹的感觉，而旅行却有目的性，并伴随那么点孤独和自省的意味。这些文字的确不是游记，而应该是旅行文字。因为，我真不是在到处旅游，而是在到处旅行。所以，每当一想到又要旅行了，就会觉得既兴奋又辛苦。

旅行，真的是一件很辛苦的事，真的不轻松。首先，我的旅行大多是基于个人兴趣的建筑之旅。去看城市，看街道，看建筑，看某一位我喜欢的建筑师的个人作品。这种选择完全不具有普遍性，或许很多都不是大家感兴趣的，仅是一种个人价值取向。在我眼里没有“高大上”和“低小下”之分，即使是村野里的农舍，一座普通的小房子，只要我想了解它，研究它，它就值得我不远万里花很多钱去看。这决定了我“看”的方式不是一般意义上的看，不是“look”，而是“read”，是“读”，是“阅读”，是“解读”，是把“看”当成一种功课。

最近几年，我都在做着这种看的功课。

旅行，是我功课中的一项内容，但它本身也是一门功课——旅行功课。既然是功课，那就须用功，我哪能以旅游般轻松的态度来对待啊？

在旅行之前，我会对将要到访的城市和建筑做很多预习的功课。读书，做笔记，查地图，在网上找资料，下载打印出来细读，确定要看的建筑的位置和去的路线，计划行程，读相关博客，研究建筑师生平和作品，以及他们写的文字作品。我会提前很久就列出一个计划，每天做一点，直到临出发的前一天（这些都需要花费很多时间和精力）。尽管如此，每次都还是很遗憾地觉得功课做得不够充分。有些没看完的资料和书会装在行李箱里带到飞机上看或在旅行的路途中看（当然不会是厚重的大部头）。记得前年在从北京至华盛顿的十几个小时的飞行途中，我竟一直没有睡觉，借着座位顶上昏暗的灯光读完了梁雪写的《三城记：一个建筑师眼中的美国城市》。这种阅读确实有效，是一种认识的强化训练，也可以说是临时抱佛脚。这是我的旅行功课之一。

出门在外必须要照顾好自己的生活，特别是不能生病。所以旅行时的随身用品很重要。但我显然不是台湾作家舒国治先生那种有级别的旅人，一个说走就走的任性背包客，只带很少的行李，甚至可以睡火车站，泡方便面。舒先生说如果你是一个太追求完美的人就会少了很多旅行的乐趣。这话在理，我常常在收拾行李时不断向自己重复强调这句话，聊以自勉。我一般会在出发前的一个星期上网查询所到目的地的天气情况，预设一个穿衣方案。冷的时候怎么穿，热的时候怎么穿，但又须严格控制衣物的数量。总的原则是：热的时候脱下，冷的时候把带的所有衣服统统穿在身上，衣服要重量轻，不易起皱，外套要防水。还有鞋子很重要，一定要轻便、舒适、结实且防水，也要准备一双备用鞋，因为旅行途中万一鞋子出了问题可就惨了，不一定马上就能买到合适的鞋。当然还有一条就是别穿新鞋，要穿你平时觉得最舒服的那一双。

想好这些以后，打印一份物品清单，包括衣服、洗漱用品、简单的药品，还有相机、笔记本电脑、充电器等电子产品，以及防晒防雨用品，笔记本、笔、地图册等，逐一去准备。在临出发的前一天将所有准备好的物品摊在一个大床上，清点后装入行李箱（直到最后我仍然会纠结有些东西要不要带）。这是我的旅行功课之二。

在旅行途中做笔记。在颠簸晃动的汽车上记，在累得快要崩溃时一头倒在酒店的床上，却仍在记，字迹虽潦草，感受却新鲜。常有朋友问为什么我写的文字这么细致，为什么记忆力这么好，其实不是我记忆力好，而是我喜欢记流水账，走到哪儿记到哪儿。将每天所看所想写在本子上，或者发在微博微信上，记录旅行中的点点滴滴。我哪怕再累也会整理每天所拍摄的照片，一张一张认真地过目（尽管很多都拍得不尽如人意），回忆，揣摩，这是我的旅行功课之三。

我热爱收集各类印刷品，所到之处买明信片，买书，买图册，只要是自己感兴趣的都会收集。这些东西也许当时并不觉得怎么样，普普通通，但回去以后再拿出来看时，感觉却迥然不同。它们会将我再次带回到当时的情景中，延续着旅行时的那份感受，并激发一些新的认识和灵感。这种行为的缺点就是回程时行李箱可能超重，我有那么几次超重的经历，很狼狈地把超重物品拿出来拎在手上。只是过后又忘得一干二净，对于收集一事又乐此不疲。这是我的旅行功课之四。

在旅行中还要面对睡眠严重不足的问题。赶早班飞机你就基本上睡不成，也许能睡两三个小时，那就很不错的了，我也曾有过一天二十四小时都没有合眼的经历。旅行还要适应各种时差、转机过程中焦虑的等待、安检、登机、取行李，重复再三，没完没了。有一次从法国尼斯到荷兰阿姆斯特丹，再从阿姆斯特丹到北京，再从北京回成都，当到了北京时我已经累得快要不行了。在北京机场，我一坐到飞往成都的班机座位上，立马就睡着了，飞机什么时候起飞的我都没有察觉，当我醒来时听见广播里在说飞机已经降落在成都双流国际机场。像我这种平时在家经常失眠的人居然也能这般大而化之地睡去，可想而知，那是怎样的一种累，产生了这样酣然而睡的效果。

常常是拖着沉重的行李箱在漆黑的夜晚，或在寂静的凌晨回到家中。可有时越是累，就越是兴奋得无法入睡。接下来会有十几天不在状态，睡不着，也不清醒，昏昏沉沉地过日子。旅行中所积攒下来的疲劳会如山洪般爆发出来，叫人不得安宁。唯一的办法就是不要着急，耐心地倒时差。这是我的旅行功课之五。

时差终于倒过来了，可以过正常日子了。

且慢，一切才刚刚开始。

看的功课远没有结束。那些亲历的异域风情，那些走过的城市，那些遇到的趣人和趣事，最重要的是那些我看过的房子——我曾那么想看的那些房子，如果我不把它们写下来，时间久了也许就淡忘了，时间真是可以将一切东西抹掉的，我确信这点。

我有这样一种奇怪的感觉，如果我不写点什么，便仿佛没有看过。

于是，我开始写。继续着我看的功课中的写作功课。

在我看来，“看”与“写”之间有一种对等的重要性。“写”是另一种形式的“看”，是一种对“看”的确认，是一种更深入的“看”，是“看”得更透。不是把看到的都写下来，而是需要筛选。写作本身是一个选择的过程，它是对“看”的提炼、整理和一种再认识。

每天，我大约在上午 9 时许坐到我的工作台前，关掉手机，打开电脑，写上四五个小时。但很多时候我要去学校上课，要考虑给各种层次、各种班级的学生讲什么，要备课，做幻灯片，要评阅学生论文，要指导学生毕业设计，要参加学生毕业答辩，要给学生的各种表签字，要去学校开会……这些是我的工作。但我真想不被打断地专心写作，据说日本作家夏目漱石为了写作辞去大学教职，我很向往，但却无法效仿，我只能将自己的状态调整得更适宜写作。

我个人的写作方式是：有想法后用笔在纸上先手写一个开头，然后再敲进电脑里，文章一旦有一个看得顺眼的开篇，我便能继续写下去。然而很多时候我都在读书，在想，在琢磨。在想写什么，在琢磨怎么写，迟迟动不了笔。但有时候也会一下子写出很多。一般我会将文章的初稿放置一段时间，在我几乎快要把这篇文章忘掉之前，再把它拿出来，在一个精力充沛的日子，专注地从头至尾读一遍，好多问题便看出来了。反复地修改是我写作的常态。

在写作的过程中，我会对一位建筑师的作品以及有关他（她）的研究文字作长时间的研读。这种功课是在结束了身体的旅行以后再次在文字中进行的旅行。旅行中看到的很多东西都会在回来后的研读中被重新发现，从而产生更深入的认识。常常会有再去看看的想法——这种感觉非常过瘾。这就是一个通过旅行来印证文字，又通过文字来印证旅行的过程。

我写过柯布西耶的自宅，写过在巴黎的雨中邂逅让·努维尔设计的盖布朗利博物馆，写过日本丰岛艺术博物馆，写过阿尔瓦·阿尔托的夏季别墅，写过阿尔托设计的小书店……写过东京，写过京都，写过纽约，写过巴黎，写过赫尔辛基……写过街道，写过禅寺，写过湖泊，写过大海，也写过晨光……还写过格罗皮乌斯的房子，写过王大闳的房子，以及阿尔瓦·阿尔托和夫人爱诺住过的房子……

慢慢地写得多了，我发现写作的功课好像成了我的旅行功课之一，而我的旅行功课也仿佛就是我的写作功课的一部分。到底是为旅行而写作，还是为写作而旅行呢？我的旅行与写作就这么难以分割了，它们都成了我的看的功课。

也许吧，我还会继续在旅行和写作彼此交替的过程中生活下去。

2015 年 1 月 19 日

◀ 柯布在莫利特公寓自己的工作室

▼ 被切的拱，安上窗户，光线刚好以 45° 角照射在碎石墙上，这是柯布的精心设计

▶ 此时的工作室纯净得如一潭镜水

▼ 柯布的书桌，很难想象这是一张大师的书桌

◄ 建筑师让·努维尔

▶几个红色的体块掩映在茂密的植物中

▲ 纽约的蓝天

▼ 纽约街头雕塑

▲ 纽约古根海姆美术馆

▼ 中央公园水面

▲ 龙安寺石庭院

▲ 水滴房子的外部景观

▲ 水滴房子的内部

▼ 水滴

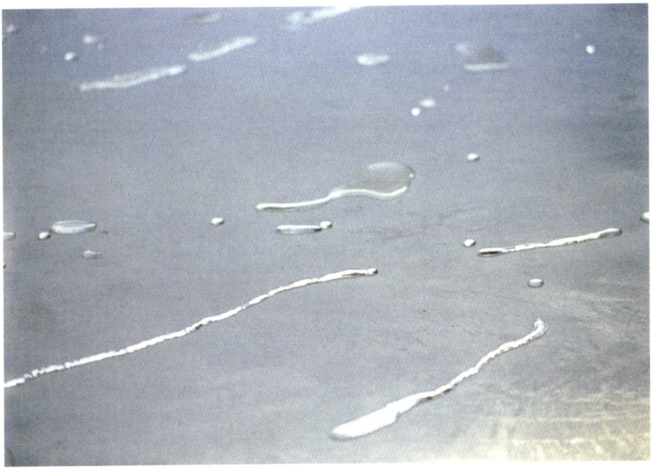

▲ 今月曾经照古人

▼ 祇园的小巷挨家挨户的尽是居酒屋、料理店、茶屋等特色小店

▲ 青石和小石子铺地的玄关

▼ 祇园北缘，白川和岸上的花

▲ 海面深沉而凝重地展开

▼ 窗外的海鸥们

▲ 赫尔辛基的晨光

▶ 阿尔托的小船设计草图

▼ 锥形天窗和天窗下的中庭

▲ 经典的阿尔托式竖条，以表达对周围森林的敬意

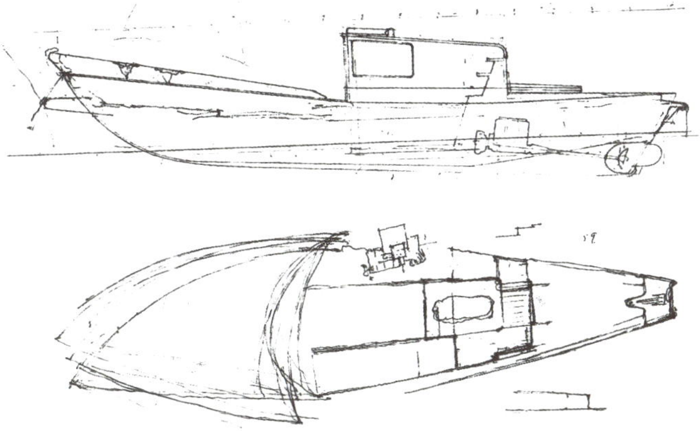

▲ 院子的开口朝南，从这里可以看到内院里热烈与欢快的气氛

◀ 阿尔托点起篝火

▶ 表现升腾烟雾的立面草图

◀ 砖墙有着极其丰富的表情

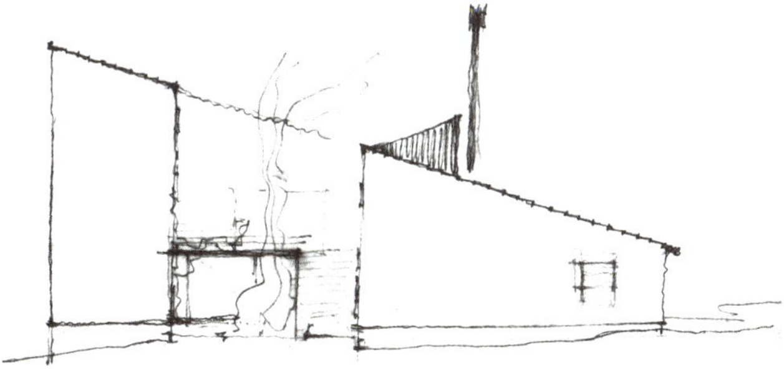

▶ 可移动的茶几
和萨伏伊花瓶

▼ 阿尔托自宅外观

◀ 从起居室看庭园

▲ 工作室

▲ 爱诺和阿尔托在工作室

▼ 阿尔托和女儿在露台上

◀ 王大闳与父亲王宠惠

▼ 台大第一学生活动中心大天井

▲ 雨打在小天井的池水中

▼ 建国南路王大闳自宅建筑模型

▲ 台北中山纪念馆

▼ 虹庐室内

▼ 东门基督教堂室内

▲ 被废弃的航站楼

► 安静的美国人

FRANKLIN DELANO ROOSEVELT
1882 - 1945

◀ 罗斯福岛（罗斯福雕像）

▲ 一层书房

▲ 一层起居室

▼ 二层露台

▲ 遮蔽的门廊

▼ 傍晚的瓦尔登湖